El CONTRATO CON EL DUQUE
SERIE "ACUERDOS ESCANDALOSOS" 1
AMAYA EVANS
2024

CW01425693

Título Original: "EL CONTRATO CON EL DUQUE"
Copyright © 2024 por Amaya Evans.
Diseño de portada: ©Amaya Evans.
Reservados todos los derechos. Queda rigurosamente prohibida, sin la autorización escrita de los titulares del copyright, bajo las sanciones establecidas en las leyes, la reproducción parcial o total de esta obra por cualquier medio o procedimiento, incluidos la reprografía y el tratamiento informático, así como la distribución de ejemplares mediante alquiler o préstamo público.

SINOPSIS

L ady Charlotte Brant, es una mujer decidida a tomar las riendas de su destino. En un mundo donde el matrimonio es una prisión, ella busca libertad, independencia... y jamás someterse a los caprichos de un hombre. Pero su vida da un giro inesperado cuando Alexander Hunt, el imponente Duque de Cavendish, le hace una propuesta que no puede rechazar: un contrato que le promete seguridad y poder, a cambio de su mano en matrimonio.

Alex, conocido por su oscura reputación como libertino, es un hombre acostumbrado a obtener lo que quiere. Protector, dominante y con una faceta vulnerable que pocos conocen, ve en Lottie la clave para salvar su legado, ya que necesita una esposa para asegurar su linaje y acallar los rumores sobre su vida disoluta. Pero lo que comienza como un acuerdo frío y calculado, pronto se convierte en una batalla de voluntades, donde el deseo incontrolable y el corazón no pueden ser ignorados.

Atrapados en una intensa danza de pasión y poder, Lottie y Alex descubrirán que no hay contrato que pueda protegerlos del fuego de un amor que lo consume todo.

¿Podrá Lottie conservar su libertad o sucumbirá al poder irresistible de un duque que está decidido a hacerla suya?

Capítulo 1

La luz suave de la mañana se filtraba a través de las cortinas de seda pálida, llenando la habitación de Lady Charlotte, a quien todos de cariño llamaban "Lottie" con un resplandor dorado. Las sábanas de encaje acariciaban su piel mientras se desperezaba, resistiéndose a abrir los ojos, como si prolongar el sueño pudiera liberarla de las obligaciones del día. El leve crujido de la puerta la hizo suspirar, sabiendo lo que venía.

Nelly, su doncella, se deslizó en la habitación con pasos silenciosos, sus manos ya preparadas para el ritual diario de Lottie.

—Buenos días, milady —dijo Nelly con su habitual dulzura mientras dejaba un vestido cuidadosamente doblado sobre el diván cercano—. Su madre ha escogido este traje para usted hoy.

Lottie abrió los ojos, fijando su mirada en el vestido. Era una pieza impecable de muselina color perla, con delicados bordados en los puños y el corpiño, justo lo que su madre, Lady Emilia Brant, consideraba apropiado. Una elección que, aunque elegante, era tan controlada como todo en su vida.

—Gracias, Nelly —respondió con una sonrisa débil mientras se incorporaba en la cama.

Nelly se acercó con la palangana de agua tibia, y Lottie, en silencio, empezó a lavarse. Mientras lo hacía, no podía evitar sentir cómo cada movimiento de su vida estaba calculado, cada paso vigilado por su madre. Todo tan perfectamente planificado que su propia voluntad quedaba relegada al último lugar.

—¿Durmió bien, milady? —preguntó Nelly, comenzando a desenredar sus cabellos castaños con delicadeza.

—Lo suficiente —respondió Lottie, aunque en su mente rondaban las preocupaciones del día.

Con la luz del día iluminando el espejo frente a ella, Lottie observó su reflejo. Su rostro era el de una joven de belleza innegable, pero los ojos que le devolvían la mirada carecían de brillo. El peso de las expectativas se sentía como una carga constante, sofocante.

Nelly comenzó a peinarle el cabello en un estilo sencillo, que ya de antemano había decidido lady Brant, su madre, mientras Lottie se sumía en sus pensamientos.

—Nelly, ¿alguna vez has deseado... más? —preguntó Charlotte, en un susurro, casi sin darse cuenta de que había hablado en voz alta.

Nelly la miró a través del espejo, ligeramente sorprendida por la pregunta, pero sabiendo que no debía decir mucho.

— ¿Más, milady? —respondió con cautela, mientras seguía peinando.

—Sí, más. Más que esta rutina, más que ser vestida y peinada cada día para que mi madre pueda exhibirme ante la sociedad como si fuera una muñeca de porcelana —dijo Lottie, una leve frustración asomándose en su voz.

Nelly se detuvo un momento, sopesando sus palabras antes de hablar.

—Supongo que todos deseamos algo más, milady. Pero no siempre tenemos el lujo de elegir —dijo con suavidad, volviendo a su tarea.

Lottie se quedó en silencio, contemplando la verdad en esas palabras. Aunque ella tenía todas las comodidades materiales posibles, carecía de algo que valoraba más: la libertad. La libertad de tomar decisiones sobre su propia vida, de elegir cómo vestirse, con quién casarse, o si siquiera casarse. En cambio, todo estaba decidido por su madre, Lady Emilia, esposa del Conde Brant, que controlaba cada aspecto de su existencia con una precisión casi militar.

Mientras Nelly terminaba de ajustarle el vestido, Lottie sintió cómo la tela, aunque suave al tacto, la aprisionaba de manera invisible. El corsé era una metáfora perfecta de su vida: ajustado, rígido, diseñado para mantenerla en la forma perfecta que la sociedad exigía.

—Milady, está lista —anunció Nelly, retirándose un paso para admirar su obra.

Lottie se levantó, enderezando los hombros y respirando hondo. El día apenas comenzaba, y ya sentía el peso de las expectativas sobre sus hombros.

—Gracias, Nelly —dijo con un suspiro.

Mientras caminaba hacia la puerta, lista para enfrentar el mismo desfile de expectativas y obligaciones de siempre, no podía evitar preguntarse si algún día lograría romper el ciclo.

"¿Es este realmente el futuro que quiero?", pensó mientras salía de la habitación. Y aunque su rostro mostraba serenidad, su mente estaba llena de preguntas sin respuesta.

Un rato después, Lottie descendió las escaleras con una sensación de inquietud. Se dirigió al comedor viendo como El sol de la mañana entraba a raudales por los altos ventanales del lugar; iluminando la vasta mesa de caoba, dispuesta con una precisión impecable. Los candelabros de plata relucían a la luz, y los manteles de encaje caían en cascadas perfectas sobre los bordes. El sonido del reloj de pie marcaba el compás de un silencio incómodo, interrumpido solo por el leve crujido del papel mientras Lady Emilia Brant, con el rostro sereno, pasaba una página del pasquín de sociedad.

—Buenos días, madre —dijo Lottie, intentando sonar casual mientras se acercaba a la mesa.

—Buenos días, Charlotte —respondió Lady Emilia sin alzar la voz, pero con un tono tan afilado que cortaba el aire—. Antes de que te sientes, hay algo de lo que debemos hablar.

Lottie sintió un nudo en el estómago, pero intentó mantener la compostura. Dio un paso hacia la mesa, pero su madre la detuvo levantando una mano.

—He hablado con Lord Charles esta mañana —dijo Lady Emilia, dejando el pasquín de lado—. Hemos decidido que es hora de fijar una fecha para tu enlace.

El cuerpo de Lottie se tensó al instante, el frío de esas palabras envolviéndola. Lord Charles. No había pensado en él más que como un conocido, un hombre sin carisma ni encanto, con el que su madre la había emparejado sin consultar sus propios deseos. Pero ahora, la idea de un enlace... aquello era demasiado.

— ¿Cómo... cómo que han decidido? —preguntó, luchando por mantener la calma mientras su voz temblaba ligeramente—. Madre, yo no he dado mi consentimiento para casarme con Lord Charles. Ni siquiera lo conozco bien.

Lady Emilia la miró fijamente, sus ojos grises resplandeciendo con una mezcla de determinación y frialdad.

—No es cuestión de si le conoces o no, Charlotte —respondió con suavidad, pero con un tono implacable—. Es cuestión de tu deber como hija y de las expectativas de esta familia. Lord Charles es una excelente opción. Su título y su fortuna te asegurarán una vida cómoda y respetada. Y eso es lo único que importa.

Lottie dio un paso atrás, sintiendo cómo el aire en el comedor parecía volverse más denso. La idea de un matrimonio con un hombre que no amaba, con alguien que apenas conocía, la llenaba de repulsión.

—Pero yo... yo no le amo, madre. ¿Cómo esperas que pase el resto de mi vida con alguien que no amo? —dijo, su voz elevándose ligeramente, mientras sus manos se crispaban a los lados de su vestido.

Lady Emilia dejó escapar un suspiro, como si las palabras de su hija fueran solo un obstáculo menor que debía superar.

—El amor no es relevante, Charlotte —dijo con una firmeza que rozaba la indiferencia—. Las mujeres de nuestra clase no se casan por amor, se casan por conveniencia, por alianzas. Es tu deber. Y ya basta de tonterías románticas.

— ¿Tonterías románticas? —replicó Lottie, sintiendo la frustración brotar en su pecho—. Madre, no soy una niña. No puedes seguir tomando todas las decisiones por mí como si mi vida fuera una extensión de la tuya. ¡No quiero casarme con un hombre que no conozco ni amo!

El rostro de Lady Emilia se endureció, sus labios formaron una línea delgada.

—No tienes opción en este asunto, Charlotte. Te he dado todas las oportunidades, te he educado para ser una dama de sociedad, y ahora es tu momento de devolver el favor a esta familia. Harás lo que te digo.

El silencio cayó sobre la habitación como un manto pesado. Lottie sintió las lágrimas acumularse en sus ojos, pero se negó a dejarlas caer. Respiró hondo, buscando desesperadamente una manera de escapar, pero cada palabra de su madre era como una cadena que la ataba más fuerte a su destino.

—No lo haré —susurró, casi como si intentara convencerse a sí misma más que a su madre—. No puedo... no lo haré.

Lady Emilia se levantó de su asiento con la gracia fría de una reina, avanzando hasta quedar frente a su hija. Su mano se posó firmemente sobre el hombro de Lottie, su rostro tan cerca que Lottie podía sentir su aliento.

—Sí, lo harás, Charlotte. Porque sabes que no hay otra opción. —La voz de Lady Emilia era baja, casi un susurro, pero cargada de autoridad—. No te equivoques. Este matrimonio se llevará a cabo. Y cuanto antes lo aceptes, mejor será para todos.

Lottie la miró fijamente, sus ojos brillando con una mezcla de rabia y desesperación. Sin decir una palabra más, dio un paso atrás, retirándose bruscamente del contacto de su madre. Su mirada recorrió la mesa, las copas de cristal, la fina porcelana... todo tan perfectamente dispuesto, y sin embargo, todo se sentía vacío.

Sin esperar una respuesta, giró sobre sus talones y salió del comedor apresuradamente, ignorando el sonido de su madre llamándola de nuevo. La rabia y la impotencia la empujaron a cruzar la casa, hasta que alcanzó el jardín. Allí, al aire libre, su pecho se expandió con el alivio momentáneo de la naturaleza.

Pero en su corazón, la opresión seguía presente. Sabía que debía encontrar una salida. Y pronto.

El jardín trasero de la mansión Brant era un refugio oculto, lejos del bullicio de la casa. Los altos setos de boj lo rodeaban como un muro natural, protegiéndolo del resto del mundo. Los rosales trepaban por arcos de hierro forjado, y las fuentes murmuraban suavemente, creando una melodía que se mezclaba con el canto de los pájaros. Aquel rincón de flores, senderos ocultos y sombra tranquila siempre había sido el escape de Lottie, un lugar donde podía encontrar un respiro de las exigencias de su madre y de la sociedad.

Con el corazón latiéndole frenéticamente en el pecho, Lottie corrió hacia el jardín, sus pasos ligeros resonando en el suelo de grava. Al llegar a uno de los bancos de mármol, se detuvo bruscamente y dejó que el aire fresco de la mañana llenara sus pulmones. Cerró los ojos, tratando de calmarse, pero las palabras de su madre seguían resonando en su mente. *"Harás lo que te digo"*. Esa frase se clavaba en su corazón como un puñal, dejándola sin aliento.

Lottie se dejó caer en el banco, incapaz de controlar el temblor en sus manos. Miró hacia los rosales, las delicadas flores que crecían bajo el cuidado estricto de los jardineros. Era irónico que, al igual que esas rosas, su vida también estuviera minuciosamente podada y controlada, sin espacio para crecer por sí sola.

—No es justo... —murmuró para sí misma, apretando las manos sobre su regazo—. No puedo seguir viviendo así. No quiero esta vida.

El susurro de los arbustos alrededor de ella parecía responderle, como si la naturaleza misma compartiera su desesperación. *¿Qué opción tenía?* Su madre había tomado decisiones por ella desde que tenía memoria. Cada vestido, cada evento, cada palabra que salía de su boca parecía estar perfectamente orquestada por Lady Emilia. ¿Y ahora? Ahora intentaba vender su futuro, su corazón, al mejor postor. Lord Charles. La simple mención de su nombre le provocaba una sensación de vacío en el estómago. No era más que una transacción.

Un suspiro largo y pesado escapó de sus labios. Lottie se inclinó hacia adelante, enterrando su rostro entre las manos. Los arbustos ocultaban su pequeña figura del resto del mundo, dándole la ilusión de que, al menos por unos momentos, era invisible, libre.

—Si al menos... si al menos pudiera tener el control de mi propio destino... —murmuró, sus palabras ahogadas por la brisa. Pero sabía que eso era solo un sueño imposible. Las cadenas de la sociedad, de su apellido, de su estatus, eran demasiado pesadas para romperlas sola.

El aire olía a rosas frescas y a tierra húmeda. Lottie levantó la mirada y, por un momento, permitió que su mente divagara. Imaginó una vida distinta, una donde ella pudiera elegir a quién amar, donde no estuviera atada a los caprichos de su madre o a las expectativas de la nobleza. Quizás, en otro lugar, en otro tiempo, sería posible.

Pero la realidad volvió a caer sobre ella como un manto oscuro. No podía escapar. Cada sendero que recorría la llevaba de vuelta a la misma jaula dorada. Lady Emilia no aceptaría nunca una negativa. Sus hermanos mayores habían cumplido con sus obligaciones sin cuestionarlas, y ahora era su turno. Era su deber. Pero Lottie se sentía ahogada, atrapada en una vida que no había elegido.

— ¿Qué voy a hacer? —preguntó al viento, como si las flores o los árboles pudieran darle una respuesta. El sonido de una fuente cercana la calmó ligeramente. Siempre había encontrado algo de consuelo en la naturaleza, en el orden perfecto de los jardines y el caos controlado de las flores. Pero hoy, incluso ese rincón de paz parecía insuficiente para aliviar el peso que cargaba en su pecho.

Las lágrimas finalmente comenzaron a correr por sus mejillas, silenciosas, mientras sus dedos jugaban nerviosamente con un pequeño pañuelo de encaje que tenía en las manos. No podía quedarse allí para siempre, escondida en el jardín, pero tampoco podía volver al comedor y enfrentar de nuevo a su madre.

—Tiene que haber una salida... —murmuró, su voz temblorosa, mientras una ráfaga de viento agitaba las ramas sobre ella.

La desesperación que sentía era como un pozo sin fondo. Cada vez que intentaba imaginar una solución, las paredes de su realidad se cerraban más a su alrededor. ¿Cómo podía encontrar una manera de escapar, cuando todo lo que conocía la mantenía encadenada?

Se limpió las lágrimas con el dorso de la mano y respiró profundamente, intentando reprimir el sollozo que luchaba por salir de su garganta. En algún lugar de su interior, todavía quedaba una chispa de esperanza, aunque era tenue. Debía haber una manera de liberarse, de ser más que una simple pieza en el juego de su madre. Lo que no sabía era cómo.

Por ahora, solo tenía el jardín, su refugio temporal.

LA NIEBLA CUBRÍA HYDE Park como un velo etéreo, transformando el amanecer en una escena misteriosa y tranquila. A lo lejos, apenas se distinguía el contorno de los árboles desnudos, cuyas ramas se alzaban hacia el cielo como manos en busca de algo más allá del horizonte. Los cascos del caballo de Alex Cavendish resonaban rítmicamente sobre el suelo húmedo, un eco constante en medio de la quietud del parque. El aire era fresco y limpio, cargado de la humedad de la mañana, y cada respiración le llenaba los pulmones de una paz momentánea que anhelaba desesperadamente.

Alex tiró ligeramente de las riendas, ralentizando el paso de su montura. El animal bufó, moviendo la cabeza como si comprendiera que su amo estaba sumido en pensamientos que lo mantenían distante. El joven duque apenas había dormido la noche anterior; su mente se había negado a encontrar descanso, atrapada en un torbellino de responsabilidades que se acumulaban como una tormenta sobre su vida. La muerte de su padre había llegado demasiado pronto. Y con ella, la maldita carga del ducado.

—Maldita sea —murmuró entre dientes, ajustando el agarre sobre las riendas.

No estaba preparado. No quería estar preparado. El título de duque siempre había sido una sombra distante que pendía sobre su futuro, pero jamás pensó que llegaría tan pronto. Y ahora... ahora todo recaía sobre él. Las propiedades, las tierras, los asuntos financieros, y peor aún, las expectativas. Su nombre, su reputación, su vida de excesos, todo estaba bajo escrutinio. Las miradas que una vez se deslizaban sobre él con envidia o admiración, ahora lo miraban con juicio.

Cavendish, el libertino. El duque disoluto. Los rumores le perseguían como fantasmas.

Tiró del sombrero hacia abajo, tratando de protegerse del frío viento que comenzaba a levantarse, y apretó los labios. Sabía lo que se esperaba de él. Cada hombre en su posición había hecho lo mismo antes: buscar una esposa adecuada, asegurar el linaje, restaurar la estabilidad. Todo era parte de un ciclo, uno que no podía evitar. "Tienes un deber", le había dicho su madre en sus últimas palabras antes de partir de la mansión. Y sabía que tenía razón.

Pero la idea de casarse le repugnaba. ¿Esposo? Él, que había vivido su vida al margen, entre escándalos y aventuras, que había probado cada placer y cada libertad que Londres ofrecía. ¿Cómo demonios iba a aceptar encadenarse a una mujer, por muy conveniente que fuera, solo por cumplir con las expectativas de la sociedad?

Apretó los dientes. Sabía que no tenía elección. La presión era aplastante. Incluso sus amigos, aquellos con quienes había compartido noches interminables de licor y juego, comenzaban a susurrar sobre su necesidad de "*sentar cabeza*".

— ¿Y cómo diablos voy a sentar cabeza si ni siquiera sé quién soy? —se dijo en voz baja, el viento llevándose sus palabras.

Las gotas de rocío colgaban de las hojas cercanas, y el resplandor del sol naciente empezaba a filtrarse tímidamente a través de la niebla. El parque, a esa hora, estaba casi vacío, salvo por algún que otro jinete madrugador. Alex disfrutaba de ese silencio, era el único momento en que podía escuchar sus propios pensamientos sin ser perturbado por el bullicio de la ciudad o las exigencias de su título.

Reflexionó sobre los últimos meses, sobre cómo la muerte de su padre no solo le había dejado con un vacío inesperado, sino también con una sensación de aislamiento. Antes, el título de duque era una herencia lejana que le permitía vivir con despreocupación. Ahora, le pesaba como una carga ineludible. Y con ello, el insistente recordatorio de que su vida disoluta debía terminar.

"*Necesitas una esposa, Alex*", le habían repetido hasta el cansancio. Pero no quería a cualquier mujer. No quería una transacción, una negociación fría como las que había presenciado en innumerables bodas aristocráticas. Quería algo más, aunque no sabía exactamente qué. Algo que no pudiera encontrar en los salones de baile ni entre las debutantes que susurraban tras sus abanicos cada vez que pasaba a su lado.

El sol comenzó a disipar lentamente la niebla, revelando más del paisaje que lo rodeaba. Alex dejó escapar un suspiro, más largo y pesado que el aire de la mañana. Sabía que estaba luchando contra algo inevitable. Debía casarse. Debía salvar su nombre. Y debía, de alguna manera, reconciliarse con la vida que siempre había evitado.

—Quizás... —susurró, mientras acariciaba el cuello de su caballo— quizás aún haya una oportunidad de encontrar una forma de hacer ambas cosas.

Con un último vistazo al cielo que empezaba a teñirse de colores más cálidos, Alex giró su caballo, listo para regresar a la mansión. La responsabilidad le esperaba allí, como siempre, inquebrantable y silenciosa.

Capítulo 2

La casa de los Cavendish siempre había sido un monumento a la austeridad y la tradición. Mientras Alex cruzaba el umbral, el eco de sus pasos sobre el mármol resonaba en el silencio sepulcral que envolvía la mansión. Los techos altos, las paredes adornadas con retratos de ancestros imponentes, y los muebles de líneas rectas, todo parecía recordarle una única cosa: la responsabilidad que pesaba sobre sus hombros.

Dejó las riendas de su caballo a uno de los mozos de cuadra y entró en la casa, el frío aire del exterior apenas disipado por el calor contenido de la mansión. A pesar de haber sido su hogar desde siempre, Alex sentía que aquel lugar lo sofocaba. Los recuerdos de su infancia, de su juventud rebelde, y ahora de la muerte de su padre, todo estaba entrelazado en esas paredes. Incluso el aire parecía impregnado de las expectativas de su difunto progenitor, el antiguo duque. No es que lo extrañara demasiado, despues de todo había sido un desgraciado con su madre hasta volverla una mujer indiferente a todo, y ni hablar de las migajas de cariño que le dio a él.

Caminó directamente hacia su despacho. Aquella habitación, con sus estanterías repletas de libros y el escritorio macizo de caoba, era uno de los pocos lugares donde podía encontrar algo de consuelo. Cerró la puerta tras de sí, dejando afuera el peso de la casa y, por un momento, todo lo que conllevaba ser el duque de Cavendish.

Se sirvió un vaso de brandy. El licor ambarino se vertía con un sonido suave y familiar, llenando el vaso con una promesa momentánea de alivio. Se dejó caer en el sillón de cuero frente a la chimenea, el fuego chisporroteando tímidamente, como si también se resistiera a arder con plena fuerza.

—Maldita sea... —murmuró, observando el líquido en su vaso antes de tomar un sorbo lento.

Los pensamientos se agolpaban en su mente. Sabía que no podía seguir evadiendo la verdad. El nombre Cavendish, su linaje, la responsabilidad de guiar a su familia y sus tierras... todo recaía ahora sobre él. Su padre siempre había sido un hombre severo, rígido en su visión del mundo y en lo que esperaba de sus hijos. Y Alex, a lo largo de los años, se había desviado del camino una y otra vez, desafiando esas expectativas.

"Nunca serás el hombre que tu padre quería que fueras."

Las palabras de su madre, dichas en un momento de amarga sinceridad, resonaron en su mente. Sabía que, en cierto sentido, ella tenía razón. No era como su padre. No tenía ese sentido inquebrantable del deber, esa capacidad para sacrificar todo en nombre del título. Siempre había ansiado más. La libertad, la aventura, la vida. Pero ahora... ahora no podía seguir viviendo como si fuera un joven descarriado. Las miradas de la sociedad, los cuchicheos en los salones, todo apuntaba a una verdad que no podía ignorar.

"Es el momento de cambiar."

Apoyó la cabeza en el respaldo del sillón y cerró los ojos, permitiendo que el calor del brandy se extendiera por su cuerpo. Sentía una mezcla de frustración y resignación. A lo largo de los años, había sido testigo de cómo otros nobles de su misma posición se habían rendido al deber, se habían casado con mujeres adecuadas y habían asegurado sus títulos. Y aunque esa vida nunca le había atraído, ahora comenzaba a entender la necesidad de tomar decisiones difíciles.

El fuego de la chimenea crujió, y por un instante, su mente viajó a los días de su juventud, cuando cabalgaba libremente por los campos, lejos de las responsabilidades, lejos de las miradas que lo juzgaban. Pero esos días habían quedado atrás. Las cartas estaban echadas, y el futuro no le ofrecía más que un camino: el de la corrección de su reputación.

"¿Una esposa?", pensó con ironía. Una unión arreglada para reparar su nombre parecía inevitable. Pero, aunque sabía que debía casarse, la idea de una mujer que compartiera su vida por simple conveniencia le resultaba insoportable. Quería algo más. Anhelaba una conexión, un vínculo que fuera más allá de los títulos y las expectativas. Pero... ¿eso existía en su mundo? En la alta sociedad, todo parecía una transacción.

Tomó otro sorbo de brandy, la bebida quemándole ligeramente la garganta. Y mientras observaba las llamas danzando, supo que no había vuelta atrás. Los días de despreocupación, de fiestas interminables y romances fugaces, estaban llegando a su fin. El legado de los Cavendish requería su atención, y por primera vez en su vida, debía enfrentar la realidad.

—Es hora de actuar como el duque que nunca quise ser —dijo en voz baja, dejando que las palabras quedaran suspendidas en el aire.

Se levantó del sillón, su cuerpo sintiendo el peso del título, y se dirigió al escritorio. Allí, entre papeles y cartas, estaba la correspondencia que había ignorado durante días. Entre ellas, una carta del abogado de la familia, recordándole los acuerdos pendientes y los asuntos financieros que debían ser atendidos.

"Todo comienza ahora."

Se dijo a sí mismo, sabiendo que su vida, tal como la conocía, había cambiado para siempre. La necesidad de convertirse en el hombre que su padre esperaba pesaba sobre él, y aunque su alma se rebelaba contra ello, no había otra opción

La mansión en Mayfair estaba iluminada con candelabros de cristal que proyectaban su brillo en cada rincón del salón. La fiesta congregaba a la flor y nata de la sociedad londinense. Los trajes de los caballeros y los vestidos de las damas competían por la atención en un despliegue de elegancia y opulencia. Alex, el duque de Cavendish, entró en el salón con su porte imponente y su inconfundible mirada de dominio. Apenas había cruzado el umbral cuando el murmullo de los presentes se hizo evidente.

—Ahí está —se escuchaba entre las mujeres—, el duque libertino.

Aunque acostumbrado a los cotilleos, Alex no podía evitar sentir el peso de su reputación en cada mirada, en cada susurro que lo rodeaba. Pero esa noche no estaba allí para mantener apariencias ni para ceder a los vicios que lo habían definido en los últimos años. Estaba allí con una misión clara: encontrar una esposa que pudiera garantizar el futuro de su linaje.

El salón estaba lleno de rostros conocidos, pero lo que capturó su atención, fue una joven al otro lado de la sala. Lady Charlotte Thorne, que estaba rodeada de un grupo de jóvenes damas de la alta sociedad que murmuraban con admiración y curiosidad al ver acercarse al duque. Ella, sin embargo, mantenía una distancia calculada. Aunque estaba junto a sus padres, los condes Brant, su postura mostraba cierta independencia, como si deseara no estar allí.

—Excelencia, me alegra verlo esta noche —dijo Sir Edward Morton, un viejo amigo de la familia—. Permítame presentarle a la dama que tan insistentemente observa —le dijo con una sonrisa enigmática, a su amigo.

—Gracias. Edward—dijo él también sonriendo—es una mujer hermosa en verdad.

—Lo es. Y tiene muchos admiradores por aquí. Sin embargo su madre, una mujer bastante ambiciosa, ya ha decidido el futuro de su hija, al parecer.

— ¿Oh si? ¿Y con quien ha decidido su futuro?

—Lord Charles Wentworth

Alex sonrió— ¡Por Dios! No hay más que ver a esa hermosa criatura para saber que un pusilánime como Wentworth, no es el hombre para ella. ¿Cómo se llama?

—Lady Charlotte Thorne, hija de los condes de Brant—vamos, te la presentaré.

Ambos se dirigieron hacia donde estaba ella y al llegar allí, Alex inclinó la cabeza, observando de cerca a la joven. Los ojos de Lottie eran brillantes, pero detrás de esa chispa había una cautela palpable. Ella lo miraba con frialdad, claramente consciente de su reputación. No era una de esas damas que se desvanecían ante la mera presencia de un título.

—Lady Charlotte, es un placer verla de nuevo—dijo Sir Edward.

—El placer es mío, milord. Escuché que estuvo de viajes por las tierras altas de Escocia.

—Siempre que puedo, lo hago. Es demasiado hermoso el paisaje para no disfrutarlo, cada vez que puedo permitírmelo, milady. Quisiera, si me lo permite, presentarle a mi amigo, Lord Alex Hunt, Duque de Cavendish.

—Lady Charlotte —dijo Alex, inclinando la cabeza en un saludo cortés—, es un placer conocerla.

—El placer es mío, excelencia—respondió ella con una inclinación apropiada para un duque. Tenía una sonrisa educada, pero sin el entusiasmo que él solía recibir de otras mujeres. Su tono era frío, pero elegante. Había algo en su forma de hablar, en la agudeza de su mirada, que lo desarmó momentáneamente.

El silencio entre ellos se volvió incómodo, aunque los murmullos alrededor parecían amplificarse. Alex, acostumbrado a dominar cualquier conversación, sintió que en este caso la situación se le escapaba de las manos.

—He oído hablar mucho de usted, milady —comentó Alex, buscando romper la tensión—. Parece ser que Londres no cesa de alabar su belleza y su... inteligencia.

Lottie arqueó una ceja, claramente viendo a través de sus halagos—Londres es generosa con sus palabras, Gracia—respondió ella con una leve sonrisa—, pero le aseguro que las alabanzas no siempre son una verdadera representación de la realidad.

Alex notó la sutil ironía en sus palabras. No era una joven común y corriente. En lugar de ceder ante él, parecía estar desafiándolo. Ese desafío era algo que rara vez encontraba en una mujer de su clase, y, de manera inesperada, comenzó a intrigarle.

—Debo decir, milady, que no todas las damas de la sociedad tienen su claridad de pensamiento —replicó él, intentando explorar esa chispa que había percibido.

Lottie mantuvo la mirada firme—Quizás porque muchas damas prefieren la comodidad de la conformidad, duque. No todas compartimos ese gusto —dijo, con una frialdad controlada que sugería que había mucho más en ella de lo que estaba dispuesto a mostrar.

El comentario hizo que Alex sonriera, una sonrisa que no fue de diversión, sino de reconocimiento. Sabía que había encontrado a alguien distinto en Lady Charlotte. Sin embargo, su frialdad le indicaba que ella no sería fácil de ganar, y mucho menos de convencer para cualquier plan que él tuviera en mente. Aun así, la posibilidad de convertirla en la solución a sus problemas comenzó a tomar forma.

—Debe perdonarme, duque, pero creo que mis padres desean mi compañía —dijo Lottie, haciendo una leve reverencia antes de alejarse, con una elegancia fría y calculada.

Alex la observó marcharse, su mirada fija en la joven que acababa de dejarlo, sintiendo una mezcla de fascinación y desafío. ¿Una mujer que no se doblegaba ante él? Eso, sin duda, era algo que no había previsto.

—Es fascinante, ¿verdad? —dijo Sir Edward a su lado—. Lady Charlotte es una joven brillante, aunque no siempre lo muestra. Tiene una voluntad de hierro, se parece mucho a su madre.

Alex asintió, aunque su mente seguía procesando el encuentro. Sabía que Lottie no sería fácil de conquistar, pero algo en ella despertó su deseo de intentarlo. No solo porque la veía como una posible esposa, sino porque, por primera vez en mucho tiempo, una mujer había conseguido despertarle algo más que una atracción superficial.

—Sí, fascinante —murmuró para sí, con la vista aún fija en ella, sabiendo que este encuentro no sería el último.

El bullicio del salón continuaba, pero en su mente, las posibilidades de su futuro habían comenzado a tomar una nueva dirección. Lady Charlotte Brant podría ser mucho más que una simple joven de la alta sociedad.

La velada en el salón de baile continuaba con la misma opulencia que había caracterizado la alta sociedad londinense. Las luces de los candelabros se reflejaban en los espejos dorados, y el bullicio de la conversación llenaba el aire. Lottie, habiendo hecho su escapada temporal de la mirada inquisitiva de su madre, buscaba un rincón donde respirar lejos de las expectativas que la rodeaban. Su mente seguía dándole vueltas al breve encuentro con el duque de Cavendish, pero la realidad pronto la golpeó cuando una voz familiar interrumpió sus pensamientos.

—Lady Charlotte, qué afortunado soy al encontrarla sola —dijo Lord Charles, su tono monocorde y casi presuntuoso. Se acercó con una leve inclinación, sin perder la oportunidad de adularse a sí mismo.

Lottie, reprimiendo un suspiro, forzó una sonrisa educada. Lord Charles, con su expresión siempre impasible y sus palabras cuidadosamente medidas, era la encarnación de todo lo que ella despreciaba. La imagen perfecta del hombre que su madre consideraba adecuado para su futuro.

—Lord Charles —respondió con una cortesía helada—. No esperaba encontrarlo aquí esta noche.

—Es un placer estar en cualquier lugar donde pueda compartir su compañía —replicó él, sin captar el tono distante en sus palabras. Parecía ignorar por completo la falta de entusiasmo en los ojos de Lottie, algo que ella comenzaba a creer que era una característica más de su personalidad: una inhabilidad de percibir cualquier emoción más allá de la propia satisfacción.

Mientras él continuaba hablando, con sus habituales comentarios vacíos sobre los eventos recientes y los planes que, evidentemente, su madre y la de Lottie ya habían discutido en detalle, ella sentía como si cada palabra que salía de su boca fuera un eslabón más en la cadena que su madre había comenzado a forjar alrededor de su vida.

—Es curioso —dijo él en un tono que pretendía ser encantador—, cómo nuestras familias parecen tener tantas expectativas en común. Su madre, la condesa, ha sido muy clara en cuanto a su deseo de vernos unidos, milady. Me atrevería a decir que este es un destino casi sellado.

El corazón de Lottie se encogió ante la mención de su madre. Aquellas palabras le pesaban como un yugo sobre los hombros, el mismo del que había intentado huir toda la noche.

—Quizás para algunos, Lord Charles, el destino es algo que otros deciden por ellos —respondió Lottie con sutileza, buscando mantener la compostura mientras contenía el creciente resentimiento que se agitaba en su pecho.

Lord Charles no pareció captar el significado de sus palabras. Como siempre, su visión era limitada, centrada solo en sí mismo y en lo que él creía inevitable.

—Precisamente, milady —dijo con una sonrisa condescendiente—. Y no podríamos tener mejores guías que nuestros padres para ese destino. Sus deseos son sabios y bien fundamentados.

Lottie lo miró fijamente, deseando poder desaparecer de aquella conversación tan sofocante. Lord Charles no la veía como una persona, sino como una extensión de los arreglos familiares, un objeto más en el tablero de la sociedad que podía ser movido según las estrategias de aquellos con más poder. Su incapacidad para reconocer su deseo de libertad y autonomía era un recordatorio más de lo atrapada que estaba.

—Quizás —respondió ella con suavidad, aunque sus palabras estaban cargadas de una desesperanza que no pudo disimular—, pero hay quienes prefieren trazar su propio destino, sin importar las expectativas.

Un leve fruncimiento en el rostro de Lord Charles fue la única señal de que percibía la distancia entre ambos. No obstante, se apresuró a retomar su intento de cortejo.

—Lady Charlotte, no me cabe duda de que, con el tiempo, comprenderá el valor de estas decisiones —dijo con una seguridad que solo logró aumentar el desprecio que Lottie sentía por él—. Su madre, y la mía, han sido siempre mujeres sabias. Estoy seguro de que, bajo su tutela, formaremos una unión exitosa.

El alma de Lottie se rebelaba ante esas palabras. Su unión, en los ojos de Lord Charles, no era más que una transacción, una conveniencia social que serviría para elevar la reputación y los intereses de ambas familias. Él no veía el matrimonio como algo más que un contrato ventajoso, y mucho menos reconocía la importancia del amor, algo que Lottie anhelaba profundamente pero que temía nunca encontrar.

—El éxito, Lord Charles, se mide de muchas maneras —dijo finalmente, su voz templada, pero sus ojos reflejaban el fuego de su frustración.

Antes de que él pudiera responder, Lottie hizo una pequeña reverencia, deseando terminar la conversación de una vez.

—Perdóneme, debo atender a mis deberes como anfitriona —dijo, usando la excusa perfecta para retirarse.

Lord Charles hizo una reverencia en respuesta, sin percatarse de la tensión que había en su voz.

—Por supuesto, milady. Hablaremos en otra ocasión.

Lottie giró sobre sus talones, con el pecho agitado y el pulso acelerado. Mientras caminaba entre la multitud, notó que las miradas de varios asistentes seguían su figura. Los murmullos siempre estaban presentes en esas reuniones, y el hecho de que ella fuera la hija de la condesa Brant solo aumentaba el interés en su vida privada. Sin embargo, en ese momento, no le importaba lo que dijeran o pensaran. Lo único que deseaba era escapar, encontrar algún rincón donde pudiera respirar libremente, lejos de las cadenas que la sociedad y su madre habían forjado para ella.

Su mirada buscó, casi de forma desesperada, algún resquicio de libertad.

Capítulo 3

E l salón de baile seguía vibrando con las risas y los murmullos de la alta sociedad londinense, pero en un rincón más apartado, lejos del bullicio, Lord Alex Cavendish observaba con atención. Había llegado a la fiesta con el objetivo de mantener las apariencias, como se esperaba de un duque de su rango, pero sus ojos se habían detenido en una figura que parecía incómoda, atrapada en una conversación que claramente deseaba evitar. Lady Charlotte Brant, con su porte altivo pero sus gestos tensos, estaba visiblemente afectada por la presencia del tedioso Lord Charles.

Alex reconocía esa incomodidad desde la distancia. La forma en que ella mantenía una expresión controlada, sus dedos jugueteando con el abanico en un intento de mantener la compostura, le resultaban familiares. Esa frustración de estar atrapada por las expectativas de otros, algo con lo que él también estaba luchando. Así que, sin pensarlo demasiado, decidió intervenir.

Se deslizó con elegancia entre los grupos de invitados, saludando a unos pocos con inclinaciones de cabeza, hasta llegar a la escena que había estado observando. Lord Charles, en su usual arrogancia, no notó su aproximación.

—Perdón, milord —dijo Alex, interrumpiendo suavemente la conversación con una inclinación cortés—, espero no estar interrumpiendo nada de importancia.

Lord Charles giró con una leve expresión de sorpresa, pero rápidamente compuso su rostro para recibir al duque.

—Ah, su Gracia —respondió, visiblemente satisfecho de ser reconocido—. No, en absoluto, estaba disfrutando de una conversación encantadora con Lady Charlotte.

Alex lanzó una mirada a Lottie, cuya expresión de alivio era evidente a pesar de su esfuerzo por disimularlo.

—Lady Charlotte, he venido a pedirle el honor de su próxima danza —dijo Alex, ignorando deliberadamente la insinuación de Lord Charles sobre su conversación. Su tono era firme, pero respetuoso, y su mirada no dejaba lugar a dudas de que no aceptaría una negativa.

Lottie lo miró sorprendida. La osadía de Alex al intervenir sin previo aviso la había dejado desconcertada. Sin embargo, la posibilidad de escapar de la conversación con Lord Charles era tentadora, casi demasiado tentadora.

—Sería un placer, su Gracia —respondió Lottie, recuperando rápidamente la compostura, aunque la curiosidad brillaba en sus ojos.

Antes de que Lord Charles pudiera objetar, Alex le ofreció su brazo a Lottie, y ella lo tomó sin vacilar.

—Discúlpenos, lord Charles. Ha sido un placer volverlo a ver.

Lord Charles que estaba molesto pero ante un duque era poco lo que podía hacer a pesar de que odiaba a ese hombre, hizo una inclinación de cabeza—lo mismo digo, su gracia.

La tensión en el aire se disipó casi de inmediato. Mientras caminaban hacia el centro del salón, Lottie sintió cómo la presión de la conversación anterior se desvanecía, reemplazada por una mezcla de alivio y una creciente intriga hacia el hombre que ahora la escoltaba.

—Gracias por su intervención, su Gracia —dijo Lottie en voz baja, mientras comenzaban a moverse al ritmo de la música—. No sabía cómo salir de esa situación.

Alex la observó con una leve sonrisa en los labios, aunque su expresión seguía siendo impenetrable.

—No podía permitir que una dama se viera obligada a soportar semejante tortura —respondió, su tono ligeramente divertido, pero sus ojos la observaban con intensidad—. Aunque, debo admitir que lo hice por puro egoísmo. Deseaba conocerla mejor.

Lottie lo miró, sorprendida por su franqueza. No era común que los hombres en su círculo fueran tan directos, y mucho menos con un tono que parecía estar a medio camino entre el halago y la provocación.

— ¿De veras? —preguntó, arqueando una ceja—. ¿Y por qué habría de interesarle una mujer como yo, su Gracia?

Alex hizo una pausa, como si estuviera decidiendo cuánto revelar. Mientras giraban suavemente por el salón, sus ojos nunca se apartaron de los de ella.

—Digamos que las jóvenes damas de sociedad no suelen ser tan... auténticas —dijo finalmente, con un matiz de admiración en su voz—. Y usted, Lady Charlotte, parece ser diferente a las demás.

Lottie no pudo evitar sonreír ante ese comentario. Aunque le desconcertaba la repentina atención de Alex, había algo en su tono y en su mirada que la hacía sentir más vista de lo que cualquier otro hombre había conseguido.

—Es usted muy observador, su Gracia —replicó, sin dejar que su tono se suavizara demasiado—. Pero me temo que no soy tan diferente como usted cree.

Alex inclinó la cabeza levemente, sin apartar su mirada de ella.

—Permítame ser yo quien juzgue eso, Lady Charlotte.

Lottie no respondió de inmediato. Aún estaba intentando entender la motivación detrás de la inesperada intervención de Alex. Sabía bien la reputación que lo precedía, y la cautela que había sentido hacia él no había desaparecido. Sin embargo, no podía negar la atracción magnética que emanaba de su presencia.

— ¿Y qué le ha hecho pensar que deseo ser juzgada, milord? —preguntó finalmente, con un aire de desafío en sus palabras.

Alex rió suavemente, una risa baja y cálida, y se inclinó ligeramente hacia ella mientras seguían girando por la pista de baile—Quizás no sea un juicio lo que usted busca —dijo en voz baja—, sino alguien que la vea por lo que realmente es.

Lottie lo miró fijamente, sus palabras resonando en ella de una manera que no esperaba. Estaba acostumbrada a ser vista como la hija obediente, la futura esposa perfecta, pero en ese momento, frente a Alex Cavendish, se sintió como algo más. Alguien más.

Alex condujo a Lottie al centro de la pista con una elegancia natural, y en cuanto la música comenzó, él tomó su mano con firmeza, atrayéndola hacia él con la misma facilidad con la que dominaba cualquier situación.

—Parece que todos nos observan —dijo Lottie, sus labios curvándose en una sonrisa que no alcanzaba sus ojos.

—Eso suele suceder cuando uno está en compañía de la mujer más hermosa de la sala —replicó Alex con una sonrisa ladina, su voz baja y suave.

Lottie rodó los ojos ligeramente, aunque no pudo evitar una pequeña sonrisa.

— ¿Suele utilizar esa táctica con todas las damas? —preguntó, con un tono entre divertido y desafiante.

—Solo con aquellas que no parecen impresionarse fácilmente —respondió él, sus ojos brillando con un destello travieso.

La música los envolvía mientras se movían con gracia entre las otras parejas, sus cuerpos en perfecta sincronía. Pero aunque los pasos del baile los mantenían en movimiento, fue la conversación lo que atrapó por completo la atención de Alex. A pesar de su apariencia tranquila, Lottie no era como las otras mujeres que había conocido. Sus respuestas rápidas y agudas lo mantenían intrigado, como si estuviera constantemente jugando un juego mental que no había anticipado.

—Parece usted un hombre acostumbrado a tener siempre lo que desea, Lord Cavendish —comentó Lottie, sus ojos fijos en los de él, desafiándolo a negar su acusación.

Alex dejó escapar una suave risa, inclinándose levemente hacia ella mientras la guiaba en un giro.

—Quizás sea cierto, milady. Aunque debo admitir que, en este momento, no estoy seguro de qué es exactamente lo que deseo —respondió, sus palabras cargadas de un doble sentido que Lottie no pasó por alto.

—Oh, no me engañe —dijo ella, su tono ligero pero con un trasfondo de sagacidad—. Un hombre como usted siempre tiene un plan. Apuesto a que incluso ahora está calculando cada palabra que dice.

Alex sonrió, divertido por la precisión de su comentario. Estaba acostumbrado a mujeres que reían sin pensar en sus palabras, que aceptaban cumplidos y guiños sin cuestionarlos. Pero Lottie... ella era diferente. No solo era hermosa, sino que tenía una inteligencia afilada que lo desafiaba, y eso solo hacía que él quisiera conocerla más. Y entonces lo vio claro: Lottie Brant era perfecta para sus fines. Educada, hermosa, y, sobre todo, con una voluntad férrea que la mantenía firme ante la presión de su familia. No era difícil adivinar que lo último que ella deseaba era casarse con un hombre como Lord Charles, un idiota sin carácter, manipulado por su madre.

"Exactamente lo que necesito", pensó Alex mientras la giraba una vez más. Un matrimonio con ella le daría lo que ambos deseaban. Él aseguraría su linaje y calmaría las habladurías de la sociedad, y ella podría escapar del destino que su familia le había impuesto. Sería un acuerdo perfecto.

—Y usted, Lady Charlotte, ¿es siempre tan franca en sus juicios? —preguntó Alex, fingiendo sorpresa.

—Solo cuando lo creo necesario —replicó ella con una leve inclinación de cabeza—. Y en su caso, me temo que la franqueza es el único modo de mantener una conversación interesante.

Alex la miró, encantado. Estaba jugando el mismo juego que él, y lo hacía de manera impecable. Sin embargo, sabía que no podía proponerle su idea en ese mismo momento. No sería prudente. Lottie no era una mujer que aceptara fácilmente una propuesta de esa naturaleza, mucho menos si sentía que estaba siendo manipulada. No, debía esperar. Quizás en un entorno más íntimo, donde ambos pudieran hablar abiertamente, podría plantearle su acuerdo.

—Estoy disfrutando mucho de esta conversación, milady —dijo Alex, cambiando el tono de su voz a uno más suave—. De hecho, me pregunto si estaría dispuesta a prolongarla en otro momento. Tal vez podríamos... —hizo una pausa, como si estuviera reflexionando sobre sus palabras— salir a cabalgar algún día. Hyde Park es encantador a primera hora de la mañana.

Lottie levantó una ceja, claramente sorprendida por la invitación.

— ¿Quiere usted que salgamos a cabalgar, excelencia? —preguntó, sus labios curvándose en una sonrisa juguetona.

—Si eso le parece una idea atractiva, sí —respondió Alex, inclinado hacia ella mientras la música llegaba a su fin—. A menos que prefiera algo más... convencional.

Lottie bajó la mirada por un momento, pensando. La idea de pasar más tiempo con él, lejos de la estricta mirada de su madre y de la sofocante atmósfera de las fiestas, era tentadora. Y, de alguna manera, sentía que Alex estaba más interesado en su mente que en simplemente cortejarla como los demás. Eso lo hacía distinto. Más peligroso, quizás. Pero también más intrigante.

—Le haré saber mi respuesta —dijo finalmente, con una inclinación ligera de su cabeza mientras la música se detenía.

Alex soltó su mano, pero no apartó los ojos de los suyos—Espero con ansias su decisión, milady —dijo con una sonrisa, antes de hacer una reverencia y alejarse lentamente.

Lottie lo observó marcharse, su mente ahora llena de preguntas. La química entre ellos era innegable, pero sabía que detrás de esa sonrisa encantadora había un hombre calculador. Y sin embargo, algo en su interior le decía que tal vez, solo tal vez, ese sería el tipo de hombre que podría ofrecerle algo que ni Lord Charles ni ningún otro pretendiente podría: libertad.

Alex, por su parte, caminó entre los invitados, con un plan cada vez más claro formándose en su mente. Esa noche no le haría la propuesta, pero pronto encontraría la oportunidad perfecta. Por ahora, lo único que necesitaba era asegurar una segunda reunión. Una vez que la tuviera a solas, lejos de las miradas curiosas y las expectativas familiares, le plantearía su acuerdo.

"Todo a su tiempo", pensó mientras salía del salón, con una sonrisa satisfecha.

EL JARDÍN DE LA RESIDENCIA Brant lucía radiante bajo el sol de la tarde. Las rosas trepaban las paredes de piedra y el aire olía a lavanda y jazmín. Lottie caminaba despacio entre los senderos, su mente aún atrapada en los recuerdos del baile de aquella noche en Mayfair. A cada paso, las imágenes del Duque de Cavendish volvían a su mente: la firmeza de su agarre al bailar, el brillo astuto en sus ojos, y sobre todo, la intensidad con la que la había mirado, como si cada palabra que pronunciara le perteneciera.

"Un hombre tan peligroso para el corazón como para la reputación", pensó con una mezcla de desconcierto y frustración. Sabía de su fama de libertino, conocía las murmuraciones y advertencias. Su madre siempre decía que un hombre como él solo traería desgracia a una

mujer decente. Pero, por mucho que intentara sacarlo de su cabeza, no podía negar el magnetismo que había sentido en su presencia.

"¿Qué me pasa?", se preguntó a sí misma mientras rozaba los pétalos de una rosa con sus dedos. Había algo en él que la tentaba, algo que la inquietaba pero que también despertaba su curiosidad. No quería ser otra más en su lista de conquistas, una mujer cuyo honor quedaría destrozado por un hombre con la reputación del duque. Pero entonces, ¿por qué su corazón latía más rápido al pensar en él?

Justo en ese momento, su paseo fue interrumpido por la aparición del mayordomo, que avanzaba con paso rápido hacia ella, portando una pequeña nota entre las manos.

—Milady —dijo, haciendo una leve inclinación—, ha llegado esta misiva para usted.

Lottie tomó la carta con delicadeza, agradeciéndole al mayordomo con un gesto de cabeza antes de alejarse unos pasos para abrirla. Al desplegar el papel, reconoció de inmediato el sello del Duque de Cavendish. Su corazón dio un vuelco y su respiración se aceleró, mientras leía las palabras escritas con una caligrafía elegante y firme:

Lady Charlotte,

Espero que se encuentre bien después de la velada en Mayfair. Me gustaría tener el honor de visitarla mañana por la tarde, si su agenda lo permite. Será un placer compartir un momento de su compañía.

A las tres en punto, si está de acuerdo.

Atentamente,

Alex Cavendish, Duque de Cavendish.

Lottie sintió una mezcla de emoción y aprensión. Una parte de ella deseaba rechazar la invitación, mantenerse distante y alejada del peligro que él representaba. Pero otra parte, más audaz y temeraria, la empujaba a aceptar. El recuerdo de sus miradas cruzadas en el baile y de la química que había sentido le impedía tomar la decisión más prudente. Suspiró, y sin pensarlo dos veces, se dirigió a la mesa de mármol que había en un rincón del jardín. Tomó un pliego de papel y una pluma que siempre mantenía a mano y comenzó a escribir su respuesta, sin consultar con su madre, sin detenerse a considerar las posibles consecuencias. Sus dedos se movían rápido sobre el papel, como si temiera que su resolución vacilara si se detenía a pensarlo demasiado.

"Su Gracia,
Será un placer recibirle mañana a las tres de la tarde.
Lady Charlotte Brant."

Lottie dobló la carta con cuidado, sellándola con su anillo. Después llamó al mayordomo, entregándole la nota.

—Por favor, asegúrese de que esta carta llegue al destinatario cuanto antes —dijo, con un brillo en los ojos que no pudo ocultar.

Mientras el mayordomo se alejaba, sintió un nudo formarse en su estómago. *¿Qué estaba haciendo?* Ni siquiera había consultado a su madre, ni había pensado en lo que dirían los demás. Pero algo dentro de ella, algo más profundo que el miedo al escándalo, la impulsaba a seguir adelante.

"Sea lo que sea lo que busque el Duque de Cavendish", pensó, *"me lo dirá mañana".* Y aunque su razón le advertía que tuviera cuidado, su corazón latía con la anticipación de lo que estaba por venir.

Alex sostenía la nota entre sus dedos, observando las palabras que Lady Charlotte había escrito con delicadeza. Una sonrisa se asomó en sus labios. No era común en él sentirse tan emocionado por una simple visita, pero algo en ella lo intrigaba profundamente. Había algo en su forma de hablar, en la chispa de su mirada, que lo atraía más allá de lo que podía explicar. ¿Por qué esta mujer le importaba tanto? Tal vez fuera el desafío que representaba, su resistencia inicial, o el hecho de que era distinta a las demás.

Sabía que Lottie estaba influenciada por los rumores que rondaban sobre su reputación, pero estaba decidido a cambiar esa percepción. La deseaba, no solo por la atracción que sentía hacia ella, sino porque también era perfecta para sus planes. Una mujer de su inteligencia y carácter sería el complemento ideal para asegurar su futuro. "No puedo perderla", se repitió a sí mismo.

Al día siguiente, Alex se tomó más tiempo de lo habitual para elegir su atuendo. Su valet le ayudó a seleccionar un elegante traje negro con detalles dorados, que resaltaban tanto su figura como su posición. Quería impresionar, no solo a Lottie, sino también a su madre, sabiendo bien que, en estos casos, la aprobación materna era crucial. Cuando se miró en el espejo, vio reflejado a un hombre que no solo era un duque, sino también uno preparado para ganar cualquier batalla que se le presentara.

El carruaje lo condujo a la majestuosa residencia de los condes Brant. El mayordomo lo recibió con una inclinación respetuosa al ver la tarjeta que Alex le extendió, junto con el carruaje que esperaba en el exterior, símbolo claro de su estatus.

—Su Gracia, el Duque de Cavendish —anunció el mayordomo con voz grave, mientras hacía una reverencia—. Lady Charlotte y la Condesa Brant lo esperan en el salón azul. Sígame, por favor.

Alex asintió, su porte seguro mientras seguía al mayordomo por los pasillos decorados con exquisitez. Las paredes estaban adornadas con retratos familiares y tapices finos, un reflejo de la larga y noble historia de los Brant. Finalmente, llegaron a una puerta doble que el mayordomo abrió con cuidado.

Dentro, el salón azul era tan elegante como cabría esperar de una familia de tal linaje. Los candelabros brillaban suavemente, y las cortinas de seda azul claro se movían ligeramente con la brisa que entraba por una ventana semiabierta. En el centro de la habitación, Lady Charlotte y la Condesa Brant estaban sentadas en dos sillas estilo Luis XVI. Al ver entrar a Alex, ambas damas se levantaron de inmediato, con expresiones que denotaban una mezcla de cortesía y curiosidad.

—Su Gracia, el Duque de Cavendish —anunció el mayordomo una vez más, antes de retirarse con una reverencia.

Alex hizo una inclinación leve de cabeza en señal de saludo, sus ojos brevemente capturando los de Lottie. Ella se veía igual de hermosa que en el baile, aunque ahora una leve tensión parecía entretejerse en su expresión. La madre de Lottie, la Condesa Brant, fue la primera en romper el silencio.

—Su Gracia —dijo la condesa, haciendo una leve reverencia—. Es un honor tenerlo en nuestra casa. Espero que la tarde sea de su agrado.

—El honor es mío, milady —respondió Alex con cortesía, mientras sus ojos volvían a posarse en Charlotte—. Estoy muy agradecido de que Lady Charlotte me permitiera la visita.

Lottie, por su parte, inclinó ligeramente la cabeza en respuesta, pero sus ojos mostraban una mezcla de cautela y curiosidad. Parecía medir cada uno de sus movimientos, analizando a aquel hombre que había conquistado la atención de tantas damas pero que, por alguna razón, ahora había fijado su interés en ella.

—Espero que mi madre no le haya incomodado con su formalidad, su Gracia —dijo Lottie, en un tono suave pero con una leve sonrisa que destilaba ironía—. Sabemos bien cuán ocupada es la agenda de un duque.

Alex rió suavemente, notando el sutil desafío en sus palabras. Le gustaba eso de ella. No era una mujer que se dejaría conquistar fácilmente, pero esa era una de las razones por las que la encontraba tan fascinante.

—Para usted, Lady Charlotte, siempre encontraré tiempo —respondió, manteniendo un tono respetuoso, pero cargado de intención. La condesa Brant, claramente complacida con el intercambio, los observaba con una sonrisa controlada, evaluando cada palabra que se cruzaba entre ellos.

—Por favor, tome asiento —ofreció la condesa, señalando una silla cerca de las damas—. Me temo que debo retirarme un momento para atender ciertos asuntos. Estoy segura de que Lady Charlotte se encargará de que su estancia sea agradable.

Alex asintió y, tras un breve intercambio de despedidas, la condesa salió de la habitación, dejando a Alex y Lottie solos. El ambiente, de inmediato, cambió, volviéndose más íntimo, más cargado de la tensión que ambos parecían evitar.

—No esperaba verle tan pronto, Excelencia —comentó Lottie, intentando sonar casual, pero sus ojos lo observaban con una intensidad que delataba su verdadero interés.

—Y yo no podía dejar de pensar en nuestra última conversación —dijo Alex, inclinándose ligeramente hacia ella—. Quería continuarla, en un entorno más... apropiado.

Lottie arqueó una ceja, una sonrisa leve asomando en sus labios.

— ¿Un entorno más apropiado? ¿Y cuál sería la diferencia?

—Aquí no hay bailes que nos interrumpan, ni damas curiosas susurrando a nuestras espaldas —replicó Alex—. Aunque debo admitir que me agrada la atención que recibimos. Me recuerda que tengo competencia, pero no me preocupa.

Lottie se sorprendió ante su honestidad, pero no lo dejó ver. Aunque él intentara jugar con las palabras, sabía que su reputación no era un simple rumor. Aun así, algo en él la tentaba a seguir esa conversación.

— ¿Competencia? —preguntó, fingiendo sorpresa—. Su Gracia tiene mucha confianza.

—La confianza es una de las pocas virtudes que puedo reclamar sin temor a equivocarme —dijo Alex, sonriendo con suavidad—. Pero no estoy aquí solo por eso, Lady Charlotte. He venido porque creo que entre nosotros podría haber un entendimiento... más allá de lo que los demás ven. Pero no quisiera apresurarme. Me gustaría invitarla a una salida más privada, para que podamos hablar de ello con la tranquilidad que ambos merecemos.

Lottie lo observó con ojos calculadores, consciente de la complejidad de lo que estaba sugiriendo. Sin embargo, algo en la idea de pasar más tiempo con él, de conocer más a fondo sus intenciones, la tentaba más de lo que quería admitir.

—Acepto su invitación, Su Gracia —respondió finalmente, con un brillo de desafío en su mirada—. Estoy segura de que será una conversación interesante.

Capítulo 4

Al día siguiente, Alex llegó puntualmente a la casa de los condes Brant, tal como había prometido. El carruaje negro, de líneas elegantes, aguardaba a las puertas de la mansión, y desde una ventana del segundo piso, la madre de Charlotte observaba con discreción cada movimiento. Sabía que esta salida sería crucial para su hija, aunque fingía desinterés mientras apretaba un pañuelo de encaje entre sus dedos.

Charlotte descendió las escaleras con una elegancia natural que detuvo la respiración de Alex por un breve instante. Estaba vestida con un exquisito vestido de tarde en tonos suaves de lavanda, con detalles en encaje blanco que adornaban las mangas largas y ceñidas. El escote era modesto, pero delineaba delicadamente su figura. La falda caía en suaves pliegues, moviéndose con gracia con cada paso que daba, mientras un cinturón delgado acentuaba su cintura. Su cabello, recogido en un peinado sencillo pero refinado, estaba adornado con un pequeño broche de plata, y llevaba un parasol del mismo color que su vestido, completando la imagen de una dama distinguida. A su lado, su doncella, vestida en tonos oscuros y con expresión seria, la seguía de cerca.

—Su Gracia —dijo Charlotte, con una leve reverencia al verlo, sus ojos apenas contenían el brillo de anticipación.

—Lady Charlotte —respondió Alex, inclinando la cabeza con un gesto de admiración apenas disimulado—. Está radiante esta tarde.

Ella sonrió ligeramente, aceptando el cumplido sin mostrar demasiado interés, pero sabía que sus palabras la halagaban. Mientras subía al carruaje, asistida por Alex, su madre seguía observando desde la ventana, velando por la reputación de su hija, como siempre.

El trayecto comenzó tranquilo, con la doncella sentada al frente, observando discretamente la conversación entre su señora y el duque. Las normas sociales, por supuesto, dictaban que una dama de la alta sociedad no podía estar a solas con un caballero, y la presencia de la doncella era indispensable. Sin embargo, Alex tenía otros planes.

—He pensado en un lugar que podría disfrutar, Lady Charlotte —dijo Alex mientras el carruaje avanzaba—. Un parque tranquilo y reservado, donde podemos conversar con mayor libertad.

Charlotte arqueó una ceja, intrigada pero también precavida. Sabía que debía mantener cierta distancia emocional, pero algo en la voz de Alex la hacía desear seguir adelante.

El carruaje se detuvo en un parque apartado, rodeado de árboles y setos bien cuidados. No era un lugar popular para los paseos de la alta sociedad, lo cual lo hacía perfecto para lo que Alex tenía en mente. Mientras la doncella se mantenía cerca, pero a una distancia respetuosa, Alex ofreció su brazo a Charlotte para que bajara del carruaje.

—Un paseo breve antes de nuestra conversación, si me permite —sugirió Alex, y Charlotte asintió con una leve inclinación de cabeza.

Caminaron entre los senderos arbolados, con el sonido suave de las hojas moviéndose con la brisa de la tarde. Charlotte mantenía su parasol abierto, protegiéndose del sol, mientras el silencio entre ambos crecía en expectativa.

Finalmente, Alex se detuvo cerca de un banco de madera, alejado lo suficiente para que la doncella no pudiera escuchar con claridad lo que él iba a decir. Sabía que este era el momento adecuado.

—Lady Charlotte —comenzó, mirándola directamente a los ojos—, he estado pensando mucho en usted desde nuestra última conversación. Y, aunque sé que podría parecer imprudente, debo ser franco con mis intenciones.

Ella lo observó con cautela, su corazón latiendo con algo más que curiosidad. *¿Qué sería aquello que tanto deseaba decirle?*

—Sé bien que las expectativas que la sociedad y su familia tienen sobre usted son... sofocantes —continuó Alex, su voz baja pero firme—. Al igual que sé que el matrimonio con Lord Charles no es algo que usted desee. Por eso, me atrevo a proponerle un acuerdo que, estoy seguro, nos beneficiaría a ambos.

Charlotte parpadeó, sorprendida. El duque había hablado con una franqueza que no esperaba. Había escuchado rumores sobre su forma de ser poco convencional, pero esto era algo completamente distinto.

— ¿Un acuerdo, su Gracia? —repitió Charlotte, su tono contenía un ligero deje de escepticismo.

Alex sonrió levemente.

—Sí, un acuerdo. Vengo a hablarle de una alianza. Usted, una mujer de espíritu libre, no desea estar atada a un hombre como Lord Charles, y yo, aunque lo desee, no estoy interesado en las complicaciones sentimentales que un matrimonio tradicional conllevaría. Pero si nos unimos, ambos obtendremos lo que queremos.

Charlotte lo observó, procesando sus palabras con cuidado. No podía negar que la oferta era tentadora. Si se casaba con él, evitaría las garras de Lord Charles y, al mismo tiempo, mantendría una parte de su libertad. Pero no podía dejar de lado las consecuencias que aquello tendría en su vida.

— ¿Y cuál sería exactamente la naturaleza de este acuerdo, su Gracia? —preguntó ella, controlando el temblor en su voz.

—Simple —dijo Alex, inclinándose un poco hacia ella—. Nos casamos. Usted mantiene su libertad, y yo, a cambio, obtengo una esposa digna de mi título, con la inteligencia y la determinación suficientes para no ser una simple adición a mi vida. No habrá presión por formar una familia, ni expectativas imposibles. Seremos socios. Un matrimonio de conveniencia, pero con total respeto mutuo.

Charlotte permaneció en silencio por unos momentos, su mente analizando la oferta. Había algo intrigante en él, algo que despertaba en ella la idea de rebelarse contra lo que se esperaba de su vida. Sin embargo, no podía decidirse tan fácilmente.

—Es una propuesta... inusual —admitió finalmente—. Tendré que pensarlo.

—Por supuesto, Lady Charlotte. No espero una respuesta inmediata —dijo Alex, sonriendo de nuevo—. Pero estoy seguro de que verá los beneficios tan claramente como yo.

La mirada de Charlotte seguía fija en los ojos de Alex. Sabía que esta decisión cambiaría el curso de su vida, y aunque no estaba lista para decir que sí, tampoco podía negarse a considerar la posibilidad.

—Habrá tiempo para hablar más sobre esto —dijo ella finalmente, cerrando su parasol con un gesto firme—. Pero hasta entonces, su Gracia, debemos regresar.

Alex asintió, sabiendo que había sembrado la semilla de lo que pronto podría ser la alianza más perfecta que jamás hubiera planeado.

--- ⚭ ---

LOTTIE SE ENCONTRABA frente al espejo de su tocador, mientras la doncella cepillaba su cabello con suaves movimientos repetitivos. La luz tenue de las velas apenas iluminaba la habitación, proyectando sombras danzantes en las paredes adornadas con delicados bordados florales. El vestido de seda que había llevado aquella tarde yacía cuidadosamente doblado sobre una silla, reemplazado por un sencillo camisón de encaje que la envolvía en una cómoda calidez.

El silencio en la habitación solo era roto por el sonido suave del cepillo deslizándose a través de su melena dorada, pero en su mente, el caos reinaba. La propuesta de Alex aún resonaba en sus pensamientos, como un eco persistente que no lograba acallar.

"Nos casamos. Usted mantiene su libertad, y yo obtengo una esposa digna de mi título".

La audacia de sus palabras la había dejado desconcertada. Aquel hombre había hablado con una franqueza y una seguridad que desafiaban todo lo que ella conocía. No había rodeos, ni promesas románticas vacías, sino un planteamiento directo y pragmático. La idea de un matrimonio de conveniencia, libre de las restricciones sentimentales y sociales que tanto la asfixiaban, despertaba algo en su interior. Algo que nunca había sentido antes: un deseo de rebelión.

Cuando la doncella terminó de peinarla, Lottie la despidió, ella se fue con una leve inclinación de cabeza. Una vez que estuvo sola en la habitación, se levantó del tocador y se acercó a la ventana. La brisa nocturna entraba suavemente por la rendija, refrescando el aire cargado de sus pensamientos. Miró al cielo estrellado, buscando en la vastedad del firmamento alguna señal que le indicara qué debía hacer.

— ¿Qué debo hacer? —murmuró para sí, su respiración agitada. Se apoyó en el alféizar, sintiendo el frío de la piedra contra la piel desnuda de sus brazos.

La propuesta de Alex era tan tentadora como peligrosa. La promesa de independencia que él le ofrecía era todo lo que había soñado: liberarse de las garras de su madre y de las expectativas asfixiantes de la sociedad. Un matrimonio con el duque significaría protección, una apariencia de respetabilidad, pero sin la carga emocional que ella temía.

Sin embargo, Lottie no era ingenua. Sabía que detrás de cada propuesta, especialmente de un hombre como Alex, debía haber un costo.

"¿Qué más querrá a cambio el duque?", se preguntó, entrecerrando los ojos mientras contemplaba las estrellas. Sabía que no debía fiarse de los hombres con reputaciones como la de él. Alex era conocido por sus aventuras amorosas y su vida disoluta. Aunque había asegurado que eso era parte del pasado, ¿podría realmente confiar en su palabra? ¿O solo era otra estrategia para atraparla en una red de manipulación? Sentía el peso de la incertidumbre en su pecho.

A pesar de ello, había algo en él que la atraía, como un imán poderoso e incontrolable. El recuerdo de la manera en que la había mirado, esa mezcla de arrogancia y admiración, seguía provocando un leve temblor en su interior. Ningún hombre la había mirado de esa forma antes. Había deseo en sus ojos, sí, pero también algo más: respeto, como si viera en ella algo más que una dama de sociedad. Como si comprendiera lo que ella realmente deseaba, aunque no se lo hubiera dicho en voz alta.

—No puedo ser una más en su lista de conquistas —susurró para sí misma, con una mezcla de determinación y miedo.

Lottie se apartó de la ventana, caminando hacia su cama. Mientras se deslizaba entre las sábanas, sus pensamientos seguían girando en torno a la oferta del duque. Sabía que si aceptaba, su vida cambiaría para siempre. Ya no sería la hija obediente que seguía las órdenes de su madre sin cuestionarlas. Se convertiría en alguien que dictaba su propio destino, una mujer que tomaba decisiones audaces y desafiaba las convenciones. Y eso le asustaba.

Pero, al mismo tiempo, el pensamiento de vivir el resto de su vida bajo la autoridad de su madre o casada con un hombre tan insípido como Lord Charles le resultaba insoportable.

Cerró los ojos, pero el rostro de Alex apareció detrás de sus párpados cerrados. Él no era como los demás. Tenía algo que la desafiaba y la intrigaba a partes iguales. Quería conocer más de él, entender lo que realmente buscaba con aquella alianza.

— ¿Será posible que haya cambiado de verdad? —pensó en voz alta, con una pizca de escepticismo en su tono. Sabía bien la fama que tenía en los círculos de la alta sociedad, pero algo en su propuesta sonaba genuino. No había falsedad en su mirada cuando le prometió libertad.

A medida que el sueño comenzaba a apoderarse de ella, Lottie se dio cuenta de que, por primera vez en mucho tiempo, tenía el control. La decisión era suya. Podía rechazarlo o aceptar su propuesta. Y aunque la duda seguía rondando en su mente, no podía evitar sentir una creciente curiosidad sobre lo que el futuro podría traer si decidía aceptar.

Al fin y al cabo, si alguien podía manejar a un hombre como Alex, esa era ella.

La última imagen en su mente antes de quedarse dormida fue el momento en que sus miradas se cruzaron en el parque, ese instante cargado de una tensión eléctrica que la dejó con la sensación de que nada volvería a ser igual.

Y, tal vez, eso era exactamente lo que quería.

—⁑—

EL SALÓN PRIVADO DONDE Alex y Henry se encontraban estaba envuelto en una atmósfera relajada y llena de una suave conversación. Las lámparas de aceite iluminaban el ambiente con una luz cálida que se reflejaba en las paredes de terciopelo rojo. Sentados en sillones de cuero, con copas de brandy en mano, los dos amigos compartían una noche distendida, como muchas otras, pero con una notable diferencia en la conversación.

Henry Lancaster, con una sonrisa traviesa en el rostro, observaba a Alex desde el otro lado de la pequeña mesa entre ellos. Había conocido a su amigo en todas sus facetas: libertino, aventurero, estratega frío y calculador. Pero ahora, la ironía de su situación le divertía más que nunca.

—Así que, Alex, el hombre que siempre ha tenido el mundo a sus pies, atrapado en la red más ridícula de todas —dijo Henry, agitando su copa antes de darle un trago—. Condicionado por el difunto duque a casarse para recibir la otra mitad de su herencia. No me digas que esto no es una broma del destino.

Alex Hunt, duque de Cavendish, levantó una ceja, pero no pudo evitar una sonrisa de medio lado mientras se recostaba en su asiento. Con un gesto despreocupado, bebió un sorbo de su brandy, saboreando el calor que le quemaba la garganta.

—Mi padre tenía un extraño sentido del humor, eso está claro —dijo, cruzando una pierna sobre la otra—. Me deja la mitad de las propiedades, sí, pero me ata las manos con esta absurda cláusula. *"Demuestra que ya no eres un libertino y cásate con una dama digna de tu título",* como si fuese algo que se pudiera resolver en un abrir y cerrar de ojos.

Henry soltó una carcajada, inclinándose hacia adelante con una diversión casi infantil en los ojos.

— ¡Oh, vamos! Alex, tú siempre has querido controlar todo: desde las cartas en las partidas hasta el destino de aquellos a tu alrededor. Pero aquí estamos, con la única cosa que no puedes manipular a tu antojo: el matrimonio.

— ¿Quién dice que no puedo? —replicó Alex, su tono lleno de una tranquila seguridad. Sus ojos destellaban con una mezcla de desafío y confianza, como si aceptara el reto sin dudarlo—. Hay formas de obtener lo que uno quiere, Henry, siempre las hay. Incluso en esto.

— ¿Incluso en el matrimonio? —preguntó Henry, inclinándose hacia atrás en su sillón, sus cejas alzándose con un toque de escepticismo—. ¿Cómo piensas manejar algo tan volátil como una mujer que seguramente no querrá ser usada para tus fines?

Alex guardó silencio un momento, su mente volviendo a Lottie. Aquel día en el parque, su mirada rebelde, la manera en que había mostrado desdén hacia las normas sociales que la asfixiaban. Era un riesgo, sí, pero uno calculado. Lottie no era como las demás. Podía ver en ella una chispa de independencia que coincidía con sus propios intereses. Una mujer como ella no sería fácilmente manipulada, pero tampoco quería perder su libertad. Y ahí estaba la clave de su propuesta.

—Hay mujeres que no desean ser amarradas por un matrimonio tradicional. Lottie Brand es una de ellas. Lo que le ofrezco no es diferente de lo que ella ya busca: libertad.

Henry parpadeó, sorprendido por el nombre.

— ¿Lady Charlotte Brand? ¿La hija de los condes de Brand? —preguntó, con un toque de incredulidad en su voz—. No me digas que te has fijado en ella para este... acuerdo.

Alex asintió con una sonrisa contenida, sus ojos mostrando un brillo astuto.

—Es perfecta para mis propósitos. Educada, hermosa, con una posición adecuada y, sobre todo, sin deseos de casarse con algún idiota aburrido como Lord Charles. Está cansada de las expectativas que su madre y la sociedad han puesto sobre ella, Henry. Lo que le ofrezco es una salida.

Henry negó con la cabeza, riendo por lo bajo.

—Dios, Alex. Realmente no puedes dejar de controlar todo, ¿verdad? Te advierto, esta vez podrías encontrarte en aguas más profundas de lo que crees. Lady Charlotte no es una presa fácil. Y aunque dices que la estás ayudando, ella podría ver tus intenciones y simplemente rechazar la oferta.

Alex levantó la copa hacia Henry con un gesto de burla antes de dar otro sorbo.

—Lo sé. Pero también sé que soy su mejor opción si realmente quiere escapar de las garras de su madre. No la subestimes, Henry. Tiene más en juego de lo que aparenta.

— ¿Y si no quiere "escapar"? —insistió Henry, con una ceja levantada—. ¿Qué harás si decide no seguir tus planes?

Alex se encogió de hombros con una calma calculada.

—Entonces, encontraré otra manera. Pero dudo que se resista por mucho tiempo. Después de todo, no le estoy ofreciendo una prisión, sino libertad. Y en nuestro mundo, la libertad es el bien más escaso.

Henry lo observó en silencio durante un largo momento, dejando que sus palabras flotaran entre ellos. Luego sonrió de nuevo, aunque esta vez con una mirada que mostraba más admiración que burla.

—Siempre con una jugada preparada, ¿no? —dijo, levantando su copa hacia Alex—. Bien, mi amigo. Si alguien puede convencer a una mujer como Lady Charlotte de seguirle en esta loca aventura, ese eres tú. Pero te advierto, Alex... algunas mujeres no son tan predecibles como una partida de cartas.

—Eso es lo que lo hace interesante, ¿no crees? —respondió Alex, devolviendo el gesto y chocando su copa con la de Henry.

Ambos bebieron en silencio, mientras el eco de su conversación se mezclaba con la música suave del salón adyacente. Pero Alex sabía que Henry tenía razón en algo: Lottie no sería una mujer fácil de convencer. Y eso, en lugar de desalentarlo, solo aumentaba su interés.

Porque Alex Hunt, duque de Cavendish, nunca retrocedía ante un desafío.

⸺ ⟨∾⟩ ⸺

EL DESPACHO DEL DUQUE de Cavendish, Alex Hunt, era un refugio de oscuridad y poder. Las paredes de madera, profundas y pulidas, absorbían la luz tenue que emanaba de las lámparas de aceite, mientras que las estanterías abarrotadas de libros pesados imponían una sensación de grandeza y dominio. El silencio de la habitación solo era roto por el chasquido ocasional del fuego en la chimenea. Lady Charlotte Brand, Lottie, estaba sentada frente al gran escritorio de caoba, observando a Alex con una mezcla de desconfianza y curiosidad.

—Entonces, está todo claro, Lady Charlotte —dijo Alex, con una voz baja pero firme, sus dedos jugueteando ligeramente con una pluma sobre la superficie del escritorio—. Este no será un matrimonio de amor. No busco sentimientos ni promesas vacías. Busco un acuerdo pragmático, en el que ambos obtendremos lo que necesitamos.

Lottie, con las manos cruzadas en el regazo, lo miró fijamente, procesando sus palabras. Sabía que su madre se volvería loca si supiera que estaba allí, negociando su vida y su futuro con el duque más notoriamente libertino de Londres. Sin embargo, el mismo acuerdo que la desconcertaba era también su posible salvación.

—Entiendo, excelencia —respondió finalmente, manteniendo su tono firme y respetuoso—. Pero hay algo que me inquieta. ¿Qué clase de libertad puedo esperar de este acuerdo?

Alex se inclinó hacia adelante, dejando la pluma a un lado, sus ojos fijos en los de ella. Había algo en su mirada, una mezcla de control y desafío, como si esperara que Lottie retrocediera ante su propuesta.

—Libertad en su sentido más puro —respondió él, con una leve sonrisa que no alcanzó a suavizar sus facciones—. No tendré expectativas sociales o personales sobre usted. No le pediré que desempeñe el papel de una esposa sumisa. Podrá dedicarse a sus propios intereses, manejar sus decisiones y seguir su vida, siempre y cuando mantengamos las apariencias ante la sociedad. Mi única condición es que respete nuestra fachada de matrimonio y por obvias razones eso incluye no ser infiel.

Ella inmediatamente alzó una ceja incrédula ante aquellas palabras—y supongo que la misma cláusula de fidelidad va para usted.

—Por supuesto, no lo haría de otra forma.

Lottie, con el ceño ligeramente fruncido, asimiló sus palabras. Era una oferta extraña y poco convencional, pero le daba la oportunidad de escapar del control absoluto de su madre y, sobre todo, de evitar el matrimonio con Lord Charles. Era una puerta abierta hacia algo más... hacia una vida que siempre había creído inalcanzable.

—Suena demasiado bien para ser verdad, su Gracia —comentó ella, sin dejar de observarlo, sus ojos fijos en los de él—. ¿Qué espera obtener a cambio, además de una esposa fiel para restaurar su reputación?

El duque la miró con una sonrisa suave y calculada, como si hubiera anticipado esa pregunta desde el principio.

—Lo que espero a cambio es simple: un heredero —respondió él, su voz impregnada de una firmeza inquebrantable—. Un hijo que asegure la sucesión del título y del ducado. No voy a forzarla a nada. El cómo y cuándo será su decisión. No habrá presiones de mi parte. Este es el único punto innegociable de nuestra unión.

Lottie sintió un leve nudo en el estómago ante la mención de un heredero, pero mantuvo su compostura. Aquella era una negociación, después de todo. Un intercambio de necesidades, nada más. Sin embargo, no podía ignorar la frialdad calculada de Alex, un hombre acostumbrado a obtener siempre lo que deseaba.

—Y después de que el heredero nazca —preguntó ella, cruzando los brazos—, ¿qué sucederá? ¿Seguiremos actuando como socios... o habrá algo más?

Alex se reclinó ligeramente en su silla, estudiándola con una intensidad que parecía capaz de atravesar cualquier barrera que ella intentara levantar. La sonrisa en sus labios era casi imperceptible, pero estaba ahí, dibujada con una mezcla de desafío y curiosidad.

—Eso dependerá de nosotros, Lady Charlotte —dijo lentamente, con la misma calma controlada—. Si decide que quiere seguir adelante con su vida, respetaré su decisión. El contrato que firmaremos incluirá una cláusula de separación después de unos años. No habrá resentimientos ni presiones. Si decide que no desea continuar en este matrimonio, ambos seremos libres de vivir nuestras vidas por separado, sin que afecte nuestra reputación.

Lottie asintió ligeramente, aunque en su interior había algo que no terminaba de convencerla. Conocía la reputación del duque de Cavendish y aunque él le aseguraba libertad, ¿qué pasaría realmente cuando la pasión —si es que alguna vez surgía— entrara en la ecuación? Y, sobre todo, ¿podía confiar en que respetaría cada uno de esos términos? ¿Y si las cosas no resultaban, sería ella capaz de darle un heredero y luego simplemente dejar a su hija con su padre desentendiéndose de él? No, no podría, esa era la única pregunta para la que si tenía

—Muy bien —dijo al cabo de un momento—. Acepto esas condiciones—en su interior tenía pavor de lo que estaba haciendo pero esa vida que él le ofrecía era menos horrible que la que tendría en un matrimonio arreglado con Lord Charles Wentworth — Sin embargo, su Gracia, debo dejar algo en claro: no permitiré que interfiera en mis asuntos personales. Si me caso con usted, mi vida me seguirá perteneciendo. No espero menos que el respeto que usted ha prometido.

El duque la miró con un brillo de sorpresa y admiración en los ojos, aunque su expresión seguía siendo tranquila y controlada. Era raro que alguien lo desafiara, y mucho menos una mujer. A la mayoría le habría bastado con obtener una fracción de la libertad que él ofrecía, pero Lottie... ella exigía más.

—Le aseguro que mantendré mi palabra, Lady Charlotte —dijo Alex, con un tono bajo y calculado—. No intervendré en su vida personal, como he dicho. Solo espero que ambos respetemos los términos de este contrato y que, ante todo, mantengamos el acuerdo que beneficia a ambos. Nos ayudaremos mutuamente a obtener lo que queremos. Fuera de eso, somos dos personas independientes.

Sus palabras eran correctas, casi mecánicas, pero había algo en la manera en que la miraba que hizo que Lottie sintiera una ligera corriente de anticipación recorrerle la piel. El control que ambos proclamaban estaba desafiado por la atracción latente que comenzaba a tomar forma entre ellos, aunque ninguno de los dos estuviera dispuesto a reconocerlo abiertamente.

—Perfecto, entonces —murmuró ella, con un tono neutral, mientras se levantaba lentamente de su asiento—. Parece que tenemos un trato, su Gracia.

Alex se inclinó hacia adelante, tendiéndole la mano. El gesto era frío y formal, una muestra del pragmatismo que habían acordado. Lottie extendió su mano y, cuando sus dedos se encontraron, una chispa invisible pareció cruzar el aire entre ellos. Ambos lo sintieron, pero ninguno lo mencionó. No en ese momento.

—Un trato, Lady Charlotte —dijo Alex suavemente, mientras sus dedos se cerraban alrededor de los de ella—. Este es solo el comienzo.

El contrato estaba sellado. Pero ambos sabían que lo que habían acordado era solo el inicio de un camino mucho más complicado, lleno de trampas y tentaciones que ninguno de los dos parecía del todo dispuesto a evitar.

Capítulo 5

El salón de costura en la mansión Brant era un espacio lleno de luz y colores suaves, donde las paredes estaban adornadas con tapices florales y el mobiliario estaba tapizado en tonos delicados de crema y rosa pálido. El contraste entre la atmósfera femenina y la fuerza de la personalidad de Lottie era evidente, como si aquel lugar representara una parte de sí misma que había mantenido oculta durante mucho tiempo.

Sentada frente a un espejo dorado, con las manos entrelazadas en su regazo, Lottie observaba su propio reflejo con ojos que no reflejaban la calma que intentaba proyectar. La propuesta del duque, que le había parecido una solución perfecta en un principio, ahora la inquietaba de una manera que no había previsto. Mientras ajustaba los pliegues de su vestido verde claro, sus pensamientos volvían una y otra vez a las palabras de Alex, resonando en su mente como un eco.

"Este no será un matrimonio de amor.", las palabras frías y calculadas

de Alex, reverberaban en su mente. Se lo había dicho sin titubeos, sin pretender lo contrario. ¿Y qué había hecho ella? Aceptar. Pero ahora, frente al espejo, veía en sus ojos una duda que no había tenido en ese momento.

— ¿He hecho lo correcto? —murmuró para sí misma, mientras deslizaba los dedos por el borde de la mesa de costura.

Sabía que el matrimonio con Alex le ofrecía lo que siempre había querido: independencia, libertad de la opresión constante de su madre, y una vía de escape de las insoportables expectativas sociales que la rodeaban. Pero había algo más que ahora empezaba a molestarla. La libertad emocional. No era solo una cuestión de hacer lo que deseara con su tiempo o sus intereses, sino de mantener su corazón a salvo.

—Un matrimonio sin amor... —repitió, observando su rostro en el espejo, como si esperara encontrar alguna respuesta en sus propios ojos.

Había prometido a sí misma no ser una de esas mujeres que vivían para complacer a los hombres, que sacrificaban todo por una ilusión de amor romántico. El amor debilita, el amor consume. Su madre siempre se lo había recordado. Y, sin embargo, aunque Alex había ofrecido exactamente lo que ella había creído querer —un acuerdo pragmático, frío y controlado—, ahora que la decisión estaba tomada, la incertidumbre la atacaba con una fuerza inesperada.

— ¿Qué me está ocurriendo? —se preguntó, apretando ligeramente los labios.

El reflejo le devolvía la imagen de una mujer fuerte, decidida. Pero su interior estaba en conflicto. Si aceptaba las condiciones del duque, tendría que renunciar no solo a la posibilidad del amor, sino también a cualquier esperanza de una conexión emocional profunda. Tal vez era lo que más temía: perderse en la indiferencia, en un acuerdo donde las emociones quedaban fuera, y aun así sentirse vulnerable por algo que jamás podría tener.

Miró el borde del vestido que se movía ligeramente con el temblor de sus manos. Sus dedos rozaron el suave tejido, pero el delicado tacto no la tranquilizó. Las palabras de Alex seguían acechando en su mente.

—Es un trato —se dijo en voz baja—, nada más. No es una prisión. No estoy cediendo mi alma.

Pero, en el fondo, sabía que, si aceptaba, aunque la libertad física y social fueran suyas, su corazón no podría mantenerse neutral. Alex era demasiado imponente, demasiado fascinante. Había una chispa que había sentido en aquella sala, cuando sus manos se habían tocado brevemente al cerrar el acuerdo. Algo que, por más que quisiera negar, amenazaba con romper la calma controlada que tanto se esforzaba por mantener.

Cerró los ojos y suspiró profundamente. Sabía que debía tomar esta decisión con frialdad, como siempre había hecho con todo. Si seguía el camino de la lógica, la oferta de Alex era su mejor oportunidad para escapar de las garras de su madre, de las expectativas sofocantes de la sociedad y del destino que Lord Charles representaba. Ser la esposa del duque de Cavendish le daría la libertad de actuar en sus propios términos, sin las restricciones que la acechaban desde que era niña. Pero, ¿a qué costo?

"Un heredero", había dicho él. Ese era el único precio a pagar por su libertad. Y aunque Alex había sido claro al respecto, dándole el control sobre cuándo y cómo, sabía que tal intimidad la expondría a un tipo de vulnerabilidad que jamás había permitido.

Volvió a abrir los ojos y se encontró con su propio reflejo, más desafiante esta vez.

—Si no acepto esto —dijo en voz alta, como si al decirlo pudiera aclarar sus pensamientos—, ¿qué me espera? ¿Seguir bajo el control de mi madre hasta que Lord Charles obtenga lo que quiere? No, eso no lo soportaría.

Se levantó del asiento y se acercó a la ventana. El sol de la tarde se filtraba entre las cortinas de encaje, llenando la sala de un brillo cálido que contrastaba con el frío nudo en su estómago. Sabía que debía ser calculadora, que la decisión no podía basarse en emociones momentáneas. Alex le había ofrecido un camino hacia su propia independencia. Un matrimonio sin amor. Un trato basado en respeto mutuo.

—Lo haré —murmuró, como si finalmente lo hubiese decidido—. No es perfecto, pero es lo que necesito.

Sin embargo, una parte de su mente seguía inquieta. Alex no era un hombre fácil de ignorar. Y aunque habían establecido que este sería un matrimonio pragmático, algo en la forma en que él la había mirado, algo en la tensión palpable entre ellos, le decía que la atracción crecería con el tiempo. *¿Podría mantener su corazón a salvo?*

—No lo sabré hasta que esté en medio de todo —susurró para sí misma.

Pero lo que más le preocupaba no era lo que Alex pudiera llegar a hacer. Era lo que ella misma temía sentir. Era demasiado peligroso dejarse llevar por la atracción.

Al volver a sentarse frente al espejo, la determinación volvió a instalarse en su semblante. Su reflejo la miraba, serio, calculador. Sabía que estaba a punto de tomar una decisión que cambiaría el rumbo de su vida. El precio por la libertad física y social sería su propia lucha interna por mantener sus emociones bajo control.

"Ella no caería en la trampa del amor", se prometió.

Pero mientras el sol caía suavemente sobre su rostro, iluminando la tenue sonrisa que intentaba mostrarse indiferente, Lottie no pudo evitar sentir que había algo más en juego de lo que ella misma estaba dispuesta a admitir.

LA BIBLIOTECA DE ALEX era un espacio imponente, con paredes forradas de estanterías llenas de volúmenes encuadernados en cuero y la tenue luz de las lámparas de aceite proyectando sombras sobre las alfombras persas. El ambiente estaba cargado de silencio, interrumpido solo por el crepitar ocasional del fuego en la chimenea. Al centro de la habitación, una gran mesa de caoba dominaba el espacio, donde el contrato de matrimonio estaba desplegado, esperando ser firmado.

Charlotte Brant, o Lottie, se sentó frente a la mesa con una expresión inmutable. Su espalda recta, la barbilla alta. Aunque sus manos estaban firmes sobre el brazo de la silla, en su interior, las emociones se arremolinaban como un torbellino. Este momento representaba mucho más que un simple acuerdo entre dos partes; sellaba su destino, y lo sabía.

Alex, el duque de Cavendish, la observaba desde el otro lado de la mesa con una leve sonrisa de triunfo en el rostro. Se había vestido para la ocasión, con un traje negro de corte perfecto y una camisa blanca impecable. Sus ojos, de un gris intenso, no dejaban de estudiarla, buscando señales de duda o arrepentimiento. Pero en Lottie no había ninguna.

—Parece que hemos llegado al final de nuestra negociación, mi lady —dijo Alex, con una voz suave pero cargada de satisfacción.

Lottie mantuvo la mirada fría, sus ojos azules como el hielo. Era consciente de que Alex creía haber ganado algo más que un contrato; él pensaba que al firmar este acuerdo, estaba asegurando su control sobre ella, sobre su vida. Pero Lottie no era una mujer que cediera fácilmente.

—Así parece, Excelencia —respondió con voz baja, sin emoción, mientras tomaba la pluma estilográfica que él le había tendido.

Alex alzó una ceja ante la formalidad de su tono. No la corregiría, no aún. Sabía que en el fondo, el contrato era solo el primer paso. Lo que realmente le interesaba era domar el espíritu indomable de la mujer que tenía frente a él. Pero eso llevaría tiempo, y él era un hombre paciente.

Lottie, sin perder tiempo, inclinó la pluma hacia el papel, sus dedos delgados pero firmes sosteniendo el instrumento con precisión. Sentía la mirada de Alex clavada en ella, lo suficientemente intensa como para hacerle sentir el calor en la piel, aunque no lo dejaría ver ni un atisbo de debilidad.

—Espero que esto no sea más que un acuerdo comercial para usted, duque —dijo sin levantar la vista mientras firmaba su nombre. La tinta negra se deslizó sobre el pergamino, sellando su futuro con cada trazo.

Alex sonrió ante su comentario, un brillo divertido apareció en sus ojos.

—Oh, mi lady —respondió con una risa suave—, nunca mezclaría los negocios con el placer.

Lottie finalmente levantó la vista, sus ojos encontrándose con los de él. Había algo oscuro y peligroso en esa sonrisa suya, una promesa tácita de que este acuerdo era solo el comienzo de una partida mucho más complicada. Sin embargo, ella no se dejaría intimidar. No le temía a Alex ni a lo que representaba. Había tomado esta decisión de manera calculada y no había marcha atrás.

—Me alegra escuchar eso —replicó con frialdad—, porque espero que lo mantenga todo en esos términos de negocios. No tengo interés en ningún otro tipo de... compromiso.

Alex inclinó la cabeza, fingiendo una deferencia que Lottie sabía que no era genuina.

—Por supuesto, mi lady. No esperaría menos de usted —respondió con un tono casi encantador—. Aunque, debo decir, me intriga ver cuánto tiempo podrá mantener esa distancia entre nosotros.

Lottie soltó una risa corta, más un gesto de desafío que de diversión.

—Soy muy buena en mantener distancias, duque —replicó, dejando la pluma sobre la mesa con un gesto decidido.

Alex tomó la pluma en su mano, sus dedos rozando la de ella en un toque fugaz, intencionado. La tensión entre ellos era palpable, casi visible en el aire que compartían. A pesar de las palabras formales, las chispas de una atracción indomable latían bajo la superficie. Ambos lo sabían, aunque ninguno lo admitiría en voz alta.

—No lo dudo —murmuró Alex, bajando la vista al contrato. Firmó con elegancia, sellando el acuerdo con su nombre, su destino atado al de ella de manera irrevocable.

Cuando terminó, Alex dejó la pluma a un lado y levantó la mirada, una sonrisa de satisfacción cruzando su rostro.

—Ahora somos socios, mi lady —dijo con suavidad, la ambigüedad en su tono dando a entender que para él, este acuerdo iba mucho más allá de los términos legales—. Y, como buenos socios, espero que podamos llevarnos bien.

Lottie lo miró sin pestañear.

—Nos llevaremos bien, duque, siempre y cuando no olvide que este matrimonio es una cuestión de conveniencia, no de control —dijo ella con firmeza.

Alex se inclinó hacia adelante, apoyando los codos sobre la mesa, sin dejar de mirarla intensamente.

—Le aseguro, Lottie, que nunca me ha interesado controlar a ninguna mujer. Me parece mucho más interesante descubrir lo que desean.

Ella sintió que su corazón latía más rápido, pero no dejó que se notara en su rostro. En cambio, mantuvo la compostura, dejando que el silencio hablara por sí mismo. Sabía que el juego entre ellos apenas comenzaba, y no tenía ninguna intención de ceder terreno.

—No tengo deseos que pueda satisfacer, Excelencia —respondió con una leve sonrisa que no llegó a sus ojos—. Mis intereses están en mi libertad y en mi independencia. Nada más.

Alex se recostó en su silla, evaluándola con una mirada intensa.

—Lo veremos —fue todo lo que dijo, en un tono bajo y cargado de promesas veladas.

El contrato estaba firmado, el trato hecho. Ambos sabían que lo que acababan de sellar era más que una simple alianza matrimonial. Era el comienzo de una batalla de voluntades, donde ni uno ni el otro estaba dispuesto a ceder.

CUANDO LA NOTICIA DE que Charlotte había firmado un contrato matrimonial con el duque de Cavendish llegó a la familia, el caos estalló en la mansión Brant.

Lady Emilia Brant, su madre, estaba indignada. En su mente, todo ya estaba calculado: Lottie debía casarse con Lord Charles Wentworth, una unión conveniente que había negociado con esmero. Estaba segura de que Charlotte aceptaría tarde o temprano, especialmente bajo su constante presión.

— ¡Esto es una traición! —gritó Lady Brant al leer el contrato que Charlotte había firmado—. ¡Después de todo lo que he hecho por ti, Charlotte! ¡Has arruinado todos mis planes!

La voz de su madre resonaba por todo el salón principal, sus mejillas enrojecidas de ira y los ojos chispeantes. No podía entender cómo su hija había actuado a sus espaldas, tomando una decisión tan impulsiva.

— ¿Cómo has podido ser tan insensata? —continuó Lady Brant, agitando el documento en el aire—. ¡Un duque! Sí, es un duque, pero todos saben lo que es, un libertino. ¡Una reputación espantosa! ¡Y para colmo, una cláusula de incumplimiento! ¡Esto es una locura, Charlotte!

Lord Andrew Brant, que hasta ese momento se había mantenido en silencio, observaba la escena con el rostro tenso. Él siempre había apoyado a su hija, había sido su defensor en más de una ocasión, particularmente cuando su esposa intentaba controlar cada aspecto de su vida. Sin embargo, esta vez, la situación lo superaba. No estaba de acuerdo con el matrimonio con Lord Charles, pero tampoco podía apoyar la decisión de su hija de unirse a un hombre con la reputación del duque de Cavendish.

—Lottie —comenzó, su voz más controlada que la de su esposa, pero claramente enfadado—. Sabes que nunca quise que te casaras con Wentworth. Siempre estuve de tu lado en ese asunto. Pero esto...

—hizo una pausa, tomando el contrato de manos de su esposa y examinándolo detenidamente—. Esto es una locura, Charlotte. ¡Has firmado un contrato con un libertino que solo va a hacerte sufrir! ¿De verdad crees que es el hombre adecuado para ti?

—Madre, es un duque. ¿De qué te quejas? No hay mejor partido según tus estándares.

Había estado manteniendo la calma mientras su madre gritaba, pero sintió que el reproche de su padre la golpeaba más fuerte que cualquier otra cosa. Lord Andrew rara vez se enfadaba con ella. Su relación siempre había sido cercana y cálida, basada en el respeto mutuo y la confianza. Saber que lo había decepcionado de alguna manera la llenaba de un dolor que no esperaba.

—Padre —comenzó Lottie, intentando mantener la calma—, sé lo que estoy haciendo. El duque y yo hemos llegado a un acuerdo. No es un matrimonio por amor, pero me dará la independencia que necesito.

Lord Andrew la interrumpió, más enfadado de lo que Lottie había anticipado.

— ¿Independencia? ¿A costa de qué, Charlotte? Este hombre tiene una reputación que supera cualquier cosa que yo haya visto en mi vida. No me importa que sea un duque, ni que tenga títulos y riquezas. Lo que me importa es tu bienestar. ¿Y crees que un hombre como Alex Cavendish te va a proporcionar eso? ¿Qué te hace pensar que no te hará sufrir más de lo que cualquier otro hombre podría hacerlo?

Lottie se mantuvo en silencio por un momento, sintiendo la gravedad de las palabras de su padre. Sabía que él no hablaba por el egoísmo o por controlar su vida, como su madre. Él estaba genuinamente preocupado por ella, y esa preocupación hacía que sus palabras dolieran más.

Lady Brant, por su parte, no había terminado su arrebato.

— ¡Te has arruinado, Charlotte! Ninguna mujer decente se casaría con un hombre como ese. ¡Y ni siquiera has tenido la decencia de consultarnos antes de hacer algo tan... tan irracional!

Lottie alzó la vista, su determinación intacta a pesar del caos.

—Madre, ya estoy cansada de que decidan por mí. Este matrimonio, aunque no sea perfecto, me dará lo que ustedes nunca han podido: libertad para tomar mis propias decisiones. No seré una esposa decorativa ni un trofeo.

Pero su madre no parecía escucharla. Los gritos continuaban, llenos de desprecio hacia el duque y reproches hacia Lottie por "arruinar" su vida. Sin embargo, fue su padre quien volvió a intervenir, su voz más baja, pero cargada de intensidad.

— ¿Libertad, dices? —preguntó, mirándola directamente a los ojos—. Charlotte, me duele verte tomar este camino. Puedo soportar que te enfrentes a tu madre, incluso que desobedezcas nuestras expectativas. Pero si crees que atarte a un hombre como Cavendish te dará libertad, estás muy equivocada. Ese tipo de hombres no cambia, y menos por alguien como tú.

Lottie sintió una punzada en el corazón. Su padre había sido su mayor defensor, pero ahora parecía pensar que ella no tenía la fuerza para enfrentarse al mundo en el que estaba entrando.

—Padre —repitió con más suavidad—, soy más fuerte de lo que piensas. Sé lo que estoy haciendo. He considerado todas las implicaciones. Y si el duque intenta hacerme daño de cualquier manera, sabré cómo manejarlo.

Lord Andrew la miró con una mezcla de tristeza y desaprobación. Había visto la fortaleza de su hija, pero no podía evitar sentir que esta vez estaba cometiendo un error irreversible.

—Charlotte... —su voz bajó un poco—. Espero que sepas lo que haces. Porque si te equivocas, no habrá vuelta atrás.

El silencio llenó la habitación. Por primera vez en mucho tiempo, Lottie sintió el peso completo de su decisión. Su padre no la apoyaba esta vez, y eso la hacía dudar. Pero no podía echarse atrás. Había tomado una decisión calculada, una decisión que cambiaría su vida para siempre.

Con un último vistazo a su padre, dijo:

—Lo sé, padre. Y estoy dispuesta a enfrentar las consecuencias.

Su madre resopló, incrédula y furiosa, pero Lord Andrew no dijo nada más. Solo la miró, con los ojos cargados de preocupación.

LA BIBLIOTECA DE ALEX se había convertido en un espacio de tensiones no resueltas y secretos, y ahora se sentía aún más pesada con la presencia de Lord Andrew Brant, el padre de Lottie. La luz del fuego titilaba, proyectando sombras danzantes en las paredes, pero el ambiente carecía de la calidez que normalmente ofrecía. Lord Andrew, un hombre de porte distinguido y mirada firme, estaba sentado frente al duque, con una expresión que reflejaba su descontento.

—Su Gracia —comenzó Lord Andrew, su voz profunda resonando en la estancia—, me gustaría que supiera que no tengo ninguna intención de andar con rodeos. Mi hija, Charlotte, es la niña de mis ojos. No sólo una joven amable e inteligente, sino una persona con un corazón enorme. Ella no merece ser lastimada, y le advierto que si llega a hacerle daño, no habrá lugar en el que pueda esconderse.

Alex lo miró, manteniendo una actitud calmada. Su sonrisa era suave, pero en sus ojos había un destello de desafío.

—Entiendo su preocupación, milord. Sin embargo, creo que está malinterpretando mis intenciones —respondió Alex con una seguridad que sólo parecía enfurecer más a Lord Andrew.

Lord Andrew se inclinó hacia adelante, sus ojos intensos y decididos.

—No me malinterprete, Gracia —replicó, su tono firme—. No me importa en absoluto que su título sea mayor que el mío. Lo que me preocupa es lo que usted planea con mi hija. Firmar ese trato sin hablar primero conmigo fue un acto calculado y poco honorable. ¿Por qué no tuvo la decencia de dirigirse a mí y a su madre antes de arrastrar a Lottie a un compromiso tan importante?

—Quizá porque sabía que la decisión final debía ser de ella —replicó Alex, su tono más tranquilo que antes—. Charlotte es una mujer independiente y capaz de tomar sus propias decisiones. Y ha elegido este camino.

Lord Andrew se enderezó, su mirada se endureció.

—Ella es impulsiva, sí —admitió—, y tal vez se deja llevar con demasiada frecuencia por sus emociones. Pero eso no justifica que usted la convenza para firmar un contrato que la ata a usted de una manera que ni ella comprende del todo. Si se siente atrapada o herida, será a usted a quien culpe, duque, y yo no dudaré en protegerla.

Alex sintió que la tensión aumentaba entre ellos. Había un profundo respeto por el padre de Lottie, pero no iba a permitir que nadie cuestionara su carácter o su honor.

—No tengo intención de hacerle daño a su hija, milord. En absoluto —dijo Alex, su voz firme—. Aprecio a Charlotte más de lo que puede imaginar. Pero también le aseguro que no puedo renunciar a lo que hemos acordado. Este matrimonio le ofrecerá a ella independencia y seguridad, algo que necesita en este mundo.

Lord Andrew frunció el ceño, sus ojos escudriñando el rostro del duque en busca de una rendija de sinceridad.

—Independencia y seguridad... —repitió, como si las palabras tuvieran un sabor amargo en su boca—. ¿Y a costa de su libertad emocional? Mi hija no es un peón en su juego, milord. Tiene sentimientos y merece ser tratada con respeto.

—Lo sé, y le prometo que la trataré con respeto. Pero en el amor y el matrimonio, a veces es necesario ceder un poco —respondió Alex, consciente de que cada palabra era un paso en un camino peligroso.

Lord Andrew se levantó de su asiento, su postura desafiante marcando el final de su tolerancia.

—Si la decepciona, si alguna vez la hace sufrir, no dudaré en recordarle que una promesa es solo palabras, y las palabras pueden ser deshechas. No permita que su título lo ciegue a la realidad. Mi hija merece a alguien que la ame y la respete, y no a un libertino que se siente atraído por su espíritu indomable.

Alex sintió una punzada de frustración, pero mantuvo la calma.

—La respeto, milord, y estoy seguro de que con el tiempo, Charlotte también verá el valor de esta unión. Pero su confianza no será desmedida. Tiene mi palabra de que haré todo lo posible por proteger su corazón.

Lord Andrew lo observó durante un largo momento, como si estuviera valorando cada palabra. Finalmente, su expresión se suavizó un poco.

—Espero que así sea, duque. Porque, al final, lo único que quiero es la felicidad de mi hija. No le pido que renuncie a su ambición, sino que no pierda de vista su humanidad en el proceso.

Con un último intercambio de miradas, Lord Andrew abandonó la biblioteca, dejando a Alex solo con sus pensamientos. En el silencio que siguió, el duque se dio cuenta de que había mucho en juego, no solo por su propio futuro, sino por el de Lottie, quien, sin saberlo, había despertado en él algo que nunca había sentido antes: la necesidad de protegerla, no solo de los peligros externos, sino de sus propios demonios internos.

Capítulo 6

La noticia del compromiso entre el duque de Ashford y Lady Charlotte Brant había corrido como pólvora por los salones de la alta sociedad londinense. En cada rincón se susurraba sobre la sorprendente unión, y las opiniones eran tan variadas como los vestidos que adornaban a las damas en la última gran fiesta de la temporada. Pero había una persona, en particular, cuya indignación superaba la de todas las demás: Lady Beatrice Fairfax Whitmore.

El salón de los Somerset estaba lleno de luces y música, con la elegancia propia de una noche en la que la alta sociedad se reunía para mostrar su mejor cara. Lady Charlotte, conocida por su porte distinguido y su indomable independencia, caminaba entre los invitados con la cabeza bien alta. A pesar de su determinación, podía sentir las miradas curiosas y los cuchicheos a su alrededor. Sabía que el compromiso con el duque había causado revuelo, pero no le importaba.

Sin embargo, una figura se destacaba entre la multitud, acercándose con un paso firme y una mirada que destilaba desdén: Lady Beatrice Fairfax Whitmore, ex prometida de Alex y su amante hasta hacía pocos meses. Vestida en un imponente vestido rojo, Beatrice se plantó frente a Charlotte, bloqueando su paso con una sonrisa que no llegaba a sus ojos.

—Lady Charlotte —dijo Beatrice, su tono dulce pero con un filo que no pasaba desapercibido—. Parece que las noticias vuelan en

Londres, y no puedo evitar expresar mí... sorpresa ante su inminente enlace con el duque de Ashford.

Charlotte mantuvo su rostro sereno, sabiendo muy bien que aquella no era una simple charla cortés. Miró directamente a Beatrice, manteniendo la compostura.

—Lady Beatrice —respondió Charlotte con igual cortesía, aunque sus palabras estaban cargadas de una frialdad sutil—. En efecto, es una noticia que ha despertado interés. Pero dudo que sea motivo de sorpresa. Las decisiones del duque no suelen ser cuestionables.

Beatrice dejó escapar una pequeña risa, aunque su expresión no mostró alegría.

— ¿No le parece que es demasiado rápido? —inquirió, ladeando la cabeza con una inocencia fingida—. Después de todo, hasta hace unos meses, el duque y yo estábamos... muy unidos. —Sus ojos se clavaron en Charlotte, buscando cualquier rastro de inseguridad o incomodidad.

Charlotte, lejos de mostrarse afectada, la miró con una leve sonrisa, su mirada firme.

—No tengo interés en indagar sobre las relaciones pasadas de Su Gracia. Lo que importa es el presente, ¿no es así, Lady Beatrice? —respondió Charlotte, dejando claro que no se dejaría intimidar.

Beatrice entrecerró los ojos, sintiendo cómo la sangre le hervía ante la calma y el control de Charlotte. Pero no iba a permitir que esta joven arrebatara lo que, según ella, le pertenecía. Sus dedos se crisparon en su abanico mientras daba un paso hacia Charlotte, reduciendo la distancia entre ambas.

—Le daré un consejo, Lady Charlotte —dijo Beatrice, en un tono apenas por encima de un susurro—. Los hombres como Alex...—se corrigió— los hombres como su Gracia, no son de fiar. Su encanto es peligroso, y la lealtad... escasa. No confíe demasiado.

Charlotte la miró directamente a los ojos, su postura inamovible.

—Aprecio su consejo, Lady Beatrice —contestó Charlotte—, pero no necesito advertencias para saber cómo manejar mi propia vida. Mi relación con el duque es asunto nuestro, y no tiene cabida la intervención de terceros.

La tensión entre las dos mujeres era palpable, y algunos de los invitados más cercanos comenzaban a percibir que algo se cocía entre ellas. Las miradas de las damas y caballeros en el salón que pasaban cerca, se dirigían con curiosidad hacia el pequeño enfrentamiento.

Beatrice, frustrada por no haber logrado desestabilizar a Charlotte, dejó que una sonrisa maliciosa se dibujara en sus labios.

—Veremos cuánto dura esa confianza, Lady Charlotte —dijo finalmente, con un tono cargado de amenaza velada—. No me rindo fácilmente. Y recuerde, el duque y yo compartimos un pasado. A veces, esos lazos no se rompen tan fácilmente como uno cree.

Dicho esto, Beatrice inclinó la cabeza en un gesto apenas respetuoso antes de retirarse, su vestido rojo ondeando detrás de ella como la cola de un zorro que huía después de sembrar el caos. Charlotte la siguió con la mirada, pero no dejó que las palabras de la mujer calaran en ella. Sabía que Beatrice representaba solo el primer obstáculo de muchos que tendría que enfrentar en este nuevo y complicado compromiso.

Sin embargo, no podía negar que algo en sus palabras había encendido una chispa de inquietud en su interior. No respecto a Alex, sino sobre lo que significaba su propio lugar en la vida de un hombre tan enigmático. Pero ahora no era el momento de mostrarse vulnerable, y menos ante el escrutinio de toda la sociedad.

Con una última mirada hacia el salón, Charlotte respiró profundamente y retomó su paso, decidida a no dejar que las inseguridades o los viejos fantasmas de Beatrice la desviasen de su propósito.

Charles Wentworth, sentado en la amplia butaca de su estudio, apretaba los puños hasta que sus nudillos se volvían blancos. Una furia creciente lo consumía por dentro, mientras las palabras que acababa de escuchar resonaban en su cabeza una y otra vez. Charlotte había decidido casarse, no con él, sino con ese hombre. El mero pensamiento hacía que su mandíbula se tensara.

"¿Cómo pudo hacerlo?", se dijo en voz baja, sintiendo el amargo sabor de la traición. Desde que supo que ella había suspendido su compromiso con él, Charles había asumido que quizá había otras razones, algún capricho o duda que la hubiera llevado a tomar esa decisión. Pero ahora que sabía la verdad, todo cobraba sentido: lo había dejado por Alex Rutland, ese hombre al que siempre había detestado.

Se levantó bruscamente, recorriendo el estudio con pasos largos y pesados, incapaz de calmarse. La habitación, con sus estantes llenos de libros y sus finos muebles, parecía demasiado pequeña para contener su rabia. Había sido humillado. No solo le dolía en el orgullo haber sido rechazado, sino que Charlotte, una mujer tan inteligente y sofisticada, hubiera caído en los brazos de alguien como Alex. Alex, su rival en tantas ocasiones, desde la universidad hasta la alta sociedad londinense. Siempre había habido competencia entre ellos: en los negocios, en los círculos sociales, e incluso con las mujeres. Pero nunca pensó que lo superaría en algo tan personal.

— ¿Qué tiene ese maldito hombre? —se preguntó, hablando solo, mientras se detenía frente a la chimenea. Las llamas crepitaban suavemente, pero no lograban calmar la tormenta que llevaba dentro—. Siempre se ha movido por la vida como un libertino, un indecente que no sigue las reglas. Y sin embargo... las mujeres parecen enloquecer por él.

Su rabia no era solo producto del rechazo, sino del hecho de que el hombre al que más despreciaba hubiera ganado una vez más. Alex siempre había tenido una manera de atraer la atención, de hacerse notar, y lo hacía de una forma que a Charles le resultaba completamente odiosa. Charlotte no era solo una mujer cualquiera,

era la mujer que él había planeado hacer su esposa, su aliada, su trofeo. Y ahora, verla en los brazos de su peor enemigo... eso lo destrozaba.

Charles se sirvió una copa de whisky y la bebió de un solo trago, sintiendo el calor del licor extenderse por su pecho. Cerró los ojos por un momento, intentando visualizar qué podría tener Alex que lo hiciera tan irresistible. Claro, era un hombre apuesto, con ese porte de duque que parecía convencer a todos de su nobleza, pero él sabía mejor. Alex no era más que un libertino disfrazado de caballero. Sus fiestas, sus conquistas... todo en él era inmoral, lejos de lo que se esperaba de un hombre de su posición.

— ¿Cómo pudo elegirle a él sobre mí? —volvió a murmurar, apretando los dientes.

Para Charles, lo más hiriente no era solo perder a Charlotte, sino perderla ante Alex, alguien que siempre había creído inferior en cuanto a valores y principios. Era una afrenta personal, una herida en su orgullo que no podría sanar fácilmente. Recordó cómo había cortejado a Charlotte con esmero, con todo lo que se esperaba de un caballero. Le había ofrecido estabilidad, respeto, y el lugar que merecía como su esposa. Pero al parecer, eso no había sido suficiente.

Lanzó la copa vacía sobre la mesa con un golpe seco y volvió a caminar por la habitación, la mente en llamas con pensamientos de venganza. Sabía que no podía dejar las cosas así. Alex no solo le había robado a la mujer que amaba, sino que también lo había humillado públicamente. No, esto no iba a terminar aquí. No permitiría que Alex siguiera triunfando a su costa.

—Tarde o temprano, se dará cuenta de quién es realmente. Charlotte no podrá soportar la vida con un hombre como él —dijo, más para convencerse a sí mismo que como una verdadera declaración—. Y cuando eso ocurra, estaré ahí para recordarle que tuvo una mejor opción.

Charles no estaba dispuesto a rendirse. Podía sentir cómo su odio por Alex crecía con cada segundo que pasaba, y sabía que tenía que encontrar una manera de volver a imponerse, de recuperar lo que consideraba suyo. No permitiría que ese hombre, con su sonrisa arrogante y su vida desordenada, se llevara la victoria esta vez.

LADY AMELIA HUNT, entró en la biblioteca de la casa familiar con pasos firmes, dejando que su largo vestido de viaje se deslizara silenciosamente sobre el suelo de madera. Tras su regreso intempestivo de Bath, no había tardado en enterarse de la sorprendente noticia: Alex iba a casarse, y en cuestión de días. El desconcierto y la inquietud habían crecido en su interior a medida que las horas pasaban, y ahora necesitaba respuestas. Sabía que, por más que su hermano tratara de ocultar sus verdaderas intenciones, siempre había un trasfondo en sus decisiones.

Al entrar en la biblioteca, lo encontró de pie frente a uno de los enormes ventanales, con la luz de la mañana iluminando su perfil. Alex parecía absorto en sus pensamientos, pero su postura relajada no engañaba a Amelia. Conocía a su hermano lo suficientemente bien para saber que algo tramaba.

—Alex —dijo, rompiendo el silencio—. ¿Qué demonios estás haciendo?

Alex giró lentamente la cabeza hacia ella, esbozando una leve sonrisa. Pero en sus ojos, Amelia no vio la habitual despreocupación, sino algo que no lograba descifrar del todo.

—Buenos días, querida hermana —respondió con esa voz calma que siempre usaba cuando intentaba parecer inofensivo—. Parece que mi regreso ha causado cierto revuelo.

Amelia se acercó más, cruzando los brazos con una expresión de desconfianza que él conocía demasiado bien.

—Deja las bromas, Alex. Me he enterado de que en unos días te casas, y con lady Charlotte Thorne, la hija del conde Brant, ¿Por qué, de repente, has decidido hacer algo que llevas años evitando?

Alex soltó una risa suave, como si la preocupación de su hermana le resultara divertida. Se apartó del ventanal y caminó hasta el escritorio de caoba, sirviéndose una copa de brandy a pesar de la temprana hora del día.

— ¿Es tan sorprendente que, después de tantos años de libertad, haya decidido que es momento de asentar cabeza? —replicó, ofreciéndole una copa que ella rechazó con un leve gesto de la mano—. Charlotte es... una joven de excelente familia, y una unión como esta tiene sentido. Es un buen arreglo.

— ¿Arreglo? —Amelia entrecerró los ojos—. Entonces, no me estás hablando de amor.

Alex se detuvo un momento, observando el líquido ámbar en su copa antes de llevarla a los labios.

—El matrimonio rara vez es por amor, Amelia. Sabes eso tan bien como yo. Lo que importa es que ambos estamos de acuerdo en los términos. Será un matrimonio conveniente.

La incomodidad en el aire creció. Amelia sentía cómo la verdad se deslizaba en las palabras de su hermano, como si intentara convencerse a sí mismo tanto como a ella.

—Sabes que lady Charlotte no es cualquier joven de sociedad. Es hermosa, inteligente, y tiene una reputación impecable. ¿De verdad crees que todo esto se puede reducir a un simple "arreglo"? —le reprochó, sin apartar la mirada de él—. No quiero verla sufrir, Alex. Como no quisiera ver sufrir a ninguna otra joven, por tu culpa. Y te conozco. No eres el tipo de hombre que se toma el matrimonio a la ligera... o más bien, que se lo toma en serio.

Alex dejó la copa sobre el escritorio y se volvió hacia su hermana, cruzando los brazos. Sus ojos se encontraron, y durante un breve instante, Amelia vio una sombra de duda en la expresión de su hermano.

—No tengo intención de hacerle daño —dijo finalmente, en un tono más serio—. Al menos, no conscientemente. Pero sí, esta es una unión por conveniencia, no una historia de amor romántico. Ambos lo sabemos. Charlotte es... adecuada. No espero más que eso.

Amelia suspiró, sabiendo que no conseguiría una respuesta más honesta de su hermano en ese momento. Pero la frialdad con la que hablaba del matrimonio la preocupaba profundamente. Si Charlotte pensaba que estaba entrando en una relación con algún atisbo de afecto o devoción, estaba equivocada. Y aunque Alex afirmara que no tenía intención de lastimarla, Amelia sabía que sus decisiones podrían tener consecuencias dolorosas.

—Te preocupas demasiado, Amelia —añadió Alex, notando su silencio—. Te aseguro que todo estará bien.

—Eso espero —respondió ella, sin dejar de mirarlo a los ojos—. Porque si le haces daño, su padre que la adora, no se quedará de brazos cruzados, y la sociedad tampoco te lo perdonará, pues es un miembro querido en la sociedad, como el resto de su familia.

Alex rió suavemente, como si las palabras de su hermana no lo afectaran del todo, pero había un brillo en sus ojos que indicaba que lo había entendido. Amelia se giró para marcharse, pero antes de salir de la biblioteca, se detuvo un momento.

—Solo una cosa más —dijo, volviendo la cabeza hacia él—. ¿Por qué ahora? ¿Por qué ella?

Alex guardó silencio por un instante. Sus ojos se oscurecieron levemente, pero su expresión se mantuvo tranquila.

—Porque, Amelia, hay cosas que se deben hacer para cumplir con lo que se espera de uno. Y porque a veces... una mujer como Charlotte aparece en el momento adecuado.

Amelia frunció el ceño, insatisfecha con la respuesta, pero sabía que no conseguiría más. Mientras salía de la biblioteca, una sensación de inquietud la acompañaba. Sabía que había algo más detrás de esa decisión, algo que Alex no le había confesado. Y ese "algo" era lo que la hacía temer por Charlotte, la mujer que ahora se convertiría en su cuñada.

———— ⚜ ————

LA CAPILLA DE LA MAJESTUOSA casa de campo del duque de Ashford estaba decorada con la elegancia y el lujo propios de un evento de tal magnitud. Flores de todas las tonalidades adornaban los bancos y el altar, llenando el aire con una fragancia embriagadora, mientras los invitados, la mayoría miembros de la alta sociedad, observaban la escena con una mezcla de asombro y curiosidad. Aquella no era una boda cualquiera, no solo por el rango del novio, sino por la inesperada unión que se celebraba ese día.

Lady Charlotte Brant se encontraba de pie frente al altar, sujeta por las ataduras del destino que había decidido por ella misma, aunque con un nudo en el estómago que no podía deshacer. Su vestido de novia, un elegante diseño de seda blanca, caía en cascadas hasta el suelo, con delicados bordados de hilo de plata que resplandecían bajo la luz de los candelabros. Un fino velo cubría su rostro, pero sus ojos no podían esconder la mezcla de emociones que bullía en su interior: aprensión, curiosidad... y algo más que no lograba identificar. La sobriedad del corte del vestido contrastaba con su espíritu fuerte e indomable, como si su atuendo representara la lucha interna entre su independencia y el papel que estaba a punto de asumir.

A su lado, el duque de Ashford, Alexander Hawthorne, se veía tan apuesto como siempre. Su porte elegante y su traje oscuro de corte perfecto lo hacían parecer el hombre ideal para cualquier joven de sociedad. Tenía el aspecto de un hombre que lo controlaba todo, y esa era la impresión que daba a todos los presentes. De pie, erguido y sin una pizca de emoción visible en su semblante, parecía el epítome de la serenidad. Sus ojos, sin embargo, no dejaban de observar a Lottie con una intensidad que nadie más podría notar.

La ceremonia avanzaba en un silencio tenso. Las palabras del sacerdote resonaban en el aire, pero apenas eran escuchadas por los presentes, cuyas miradas fluctuaban entre la novia y el novio. Los padres de Charlotte estaban sentados en el primer banco, sus rostros reflejaban una preocupación que no habían logrado ocultar desde el día en que se enteraron de aquel enlace tan repentino.

Lady Brant, la madre de Charlotte, mantenía una expresión rígida, pero sus pensamientos corrían como una corriente de inquietud. *Al menos es un duque*, se repetía, tratando de encontrar consuelo en la posición social que su hija ahora ocuparía. Pero no podía dejar de preocuparse por la reputación de su familia. Los rumores sobre la vida de Alex, sus conquistas y, peor aún, la posibilidad de que tuviera hijos bastardos, le carcomían la mente. Lo que más temía no era que hiciera sufrir a Charlotte, sino que un escándalo, como la existencia de un hijo ilegítimo, manchara el apellido Brant y los arrojara al centro del chisme social.

Lord Andrew, el padre de Lottie, estaba visiblemente incómodo. Siempre había defendido los deseos de su hija, pero esta vez no podía evitar la sensación de que aquello no acabaría bien. Miró al duque de reojo, y aunque respetaba su título, su desconfianza era palpable. Sabía que su hija era fuerte, capaz de tomar decisiones por sí misma, pero aun así, no podía dejar de preocuparse por lo que le aguardaba en ese matrimonio.

—Si le haces daño, no habrá lugar en la Tierra donde puedas esconderte —le había advertido Lord Andrew en una conversación privada el día anterior—. Charlotte es la niña de mis ojos, y no tengo claro qué intenciones ocultas tienes, pero te aseguro que pagarás caro si juegas con ella. Es una joven excepcional, y no merece sufrir por las acciones de un libertino.

Alex había escuchado las palabras con calma, sin mostrar ofensa. Sabía que cualquier padre diría lo mismo por su hija, y aunque no había dado explicaciones, comprendía la preocupación de Lord Andrew. Sin embargo, no había lugar para los sentimientos en aquella ecuación; la decisión estaba tomada.

Charlotte, por su parte, intentaba concentrarse en lo que ocurría a su alrededor. La figura de Alex la desconcertaba. Aquel hombre, con su reputación cuestionable y su vida llena de secretos, había tomado el control de la situación desde el principio, y eso no pasaba desapercibido para ella. Aunque sus emociones estaban mezcladas, había algo en él que despertaba su curiosidad. La firmeza de su postura, la forma en que cada movimiento parecía calculado, y esa mirada intensa que le dedicaba de vez en cuando la hacían sentir... incómodamente intrigada.

¿En qué me he metido? —se preguntaba mientras sentía el peso del compromiso que acababa de firmar.

La ceremonia prosiguió, los votos fueron intercambiados, y finalmente, el sacerdote declaró lo que muchos aún no podían creer: Lady Charlotte Brant y Alexander Hawthorne, duque de Ashford, eran marido y mujer. Las palabras parecieron flotar en el aire por un momento, mientras los invitados permanecían en un tenso silencio, como si no supieran cómo reaccionar ante lo que acababa de ocurrir.

El duque, por su parte, esbozó una ligera sonrisa de triunfo al mirar a Charlotte. Ella, sin embargo, mantuvo su expresión fría, dejando claro que, aunque ahora era su esposa, su independencia y su libertad emocional no estaban en venta. Había firmado el contrato, sí, pero eso no significaba que iba a someterse a él. La tensión entre ambos era palpable, no solo por el conflicto interno que cada uno llevaba, sino también por algo más primitivo, una atracción que ninguno de los dos estaba dispuesto a reconocer abiertamente.

Mientras los asistentes comenzaban a moverse, comentando entre susurros que no se veían muy felices los novios, Charlotte se permitió un último vistazo hacia Alex. *Será apuesto y encantador, pero no me dejaré engañar*, pensó, decidida a no bajar la guardia.

Capítulo 7

La fiesta que siguió a la ceremonia fue todo lo que se esperaba de un evento organizado por un miembro de la talla dl duque Cavendish. Los jardines de su fastuosa casa de campo estaban decorados con elegancia y cuidado. Largas mesas cubiertas con manteles de lino blanco se extendían a lo largo de los caminos de piedra, mientras fuentes de agua añadían un suave sonido de tranquilidad al ambiente. Los mejores músicos de la ciudad tocaban melodías suaves y clásicas, y la comida, servida en abundancia, era digna de los paladares más exigentes.

Charlotte observaba el ambiente con una mezcla de asombro y una ligera incomodidad. Aquella boda había sido precipitada, y aunque todo a su alrededor irradiaba perfección, no podía ignorar el peso de lo que había ocurrido ese día. El matrimonio no solo la unía a Alex, sino que la colocaba en el centro de la atención de la alta sociedad de una manera que no estaba segura de querer.

Los invitados charlaban y reían, como si no se dieran cuenta de la tensión que flotaba entre los recién casados. La música, la comida y el vino parecían crear una atmósfera ideal para celebrar, pero para Charlotte, todo resultaba una farsa.

— ¡Lottie! —la voz alegre de su amiga, Lady Victoria Pembroke, interrumpió sus pensamientos.

Eliza, siempre animada y efusiva, se acercó con una sonrisa amplia. Llevaba un vestido de seda verde que realzaba sus ojos brillantes, y su expresión reflejaba pura felicidad por su amiga. Se detuvo frente a la pareja, con las manos juntas, y miró primero a Charlotte y luego a Alex.

—No puedo creer que ya estés casada. —Eliza abrazó a Charlotte con fuerza y luego se volvió hacia Alex, inclinando la cabeza ligeramente—. Mis felicitaciones, Gracia. Sois una pareja admirable.

Charlotte sonrió débilmente, agradecida por el apoyo de su amiga, pero Alex se limitó a devolver una sonrisa cortés. Antes de que la incomodidad pudiera instalarse en la conversación, una figura alta y bien vestida se acercó.

—Lord Henry Lancaster —anunció Alex con un tono más relajado al ver a su amigo acercarse—. Me alegra que hayas podido venir.

Henry, el mejor amigo del duque, era un hombre de aspecto robusto y con una sonrisa franca, aunque ese día su mirada parecía ocultar una preocupación.

—No me lo habría perdido por nada del mundo —respondió Henry mientras ofrecía su mano a Alex y luego inclinaba la cabeza hacia Charlotte—. Mis felicitaciones, lady Charlotte. —Su tono era amable, pero sus ojos parecían estudiar a la joven detenidamente, como si intentara descifrar qué pensaba realmente.

—Gracias, lord Lancaster —respondió Charlotte, tratando de mantenerse tranquila.

Después de unos momentos de charla trivial, Henry lanzó una mirada cómplice a Alex.

—Mi querido amigo, ¿me disculpas por un momento? —Henry sonrió a Charlotte—. Me temo que debo robarle a su esposo para una breve conversación de negocios. Nada que le interese, se lo aseguro.

Charlotte asintió, y los dos hombres se apartaron un poco del bullicio, alejándose hacia uno de los rincones menos concurridos del jardín. Henry observó a Alex por un momento antes de hablar, su tono más serio de lo habitual.

—Alex —comenzó Henry—, ¿puedo hablarte con franqueza?

Alex arqueó una ceja, pero asintió, con los brazos cruzados mientras observaba los movimientos de los invitados.

—Escúchame bien, amigo. Ahora que estás casado con una mujer hermosa, inteligente y de buena familia, te aconsejo que no vayas a arruinarlo todo con algún desliz. —Henry mantuvo su mirada fija en los ojos de Alex, esperando una reacción.

Alex se tensó por un momento, pero mantuvo la compostura.

— ¿Desliz? —preguntó con calma—. No estoy seguro de a qué te refieres.

—Sabes muy bien a qué me refiero —replicó Henry—. Me encontré con Lady Beatrice Fairfax hace unos días, y ella sigue convencida de que su relación no ha terminado. Y considerando su carácter, dudo mucho que vaya a dejarte ir tan fácilmente.

El rostro de Alex se endureció, pero mantuvo su mirada fija en el horizonte, como si no quisiera responder de inmediato.

—Lady Beatrice es cosa del pasado —dijo finalmente, aunque el tono de su voz no transmitía la certeza que deseaba proyectar.

Henry suspiró, como si hubiera esperado esa respuesta.

—Escucha, Alex. Este matrimonio puede ser solo un contrato para ti, pero esa joven que acaba de convertirse en tu esposa merece algo más que ser parte de un juego. Si hay algo que tengas que resolver con Beatrice, hazlo. Y hazlo pronto. No puedes tener un pie en cada mundo sin que todo se derrumbe.

Alex permaneció en silencio por unos momentos, su mirada aún perdida en los jardines. Las palabras de su amigo eran razonables, pero algo dentro de él se resistía a admitirlo. Este matrimonio, a pesar de ser un acuerdo calculado, estaba comenzando a complicarse de una manera que no había previsto.

—Lo pensaré —murmuró finalmente—. Pero no olvides que este matrimonio es solo de nombre. No hay amor entre nosotros, solo un contrato. —Alex se volvió hacia Henry, con una sonrisa que no llegaba a sus ojos—. Eso no cambia nada.

Henry lo miró con preocupación, sabiendo que su amigo estaba cometiendo un error.

—Quizás no haya amor ahora —dijo en voz baja—, pero créeme, si sigues así, podrías perder algo más importante que una mera relación de negocios.

Mientras esas palabras colgaban en el aire, Alex no podía evitar que su mente regresara a Charlotte. A pesar de sus propias palabras, no dejaba de pensar en ella. En su belleza, en su inteligencia, y en la atracción inexplicable que había sentido desde el momento en que la vio de pie junto a él en el altar.

LA CASA DE CAMPO DEL duque, con su grandeza sobria y elegancia meticulosa, estaba ahora en silencio, iluminada por la luz suave de los candelabros que adornaban el comedor privado. Era un espacio más íntimo, decorado con buen gusto, reflejando la personalidad de Alex, donde cada detalle parecía cuidadosamente controlado.

Charlotte se sentó al final de la larga mesa, frente a su reciente esposo. La cena se había servido con precisión impecable, pero el ambiente era cualquier cosa menos cómodo. La tensión entre ambos era palpable, y la elegancia de los cubiertos de plata y los platos de porcelana fina no hacía nada para disiparla.

Alex, como siempre, parecía dueño de la situación. Observaba a Charlotte con una calma calculada, como si esperara pacientemente el momento adecuado para hacer su próximo movimiento. Ella, por su parte, mantenía una fachada fría, esforzándose por no dejar que el desconcierto que sentía se reflejara en su rostro.

— ¿La celebración ha sido de tu agrado? —preguntó Alex finalmente, rompiendo el silencio con un tono suave, casi desafiante.

Charlotte levantó la vista lentamente de su plato, encontrando sus ojos con los de él. Había algo en la forma en que la miraba que la incomodaba, una intensidad que parecía prometer mucho más de lo que ella estaba dispuesta a conceder.

—Todo es... perfecto —respondió ella, manteniendo su voz controlada—. Como me imaginé que sería.

Él esbozó una sonrisa que no llegó a sus ojos, tomando un sorbo de vino sin apartar la mirada de ella.

—Me alegra que lo pienses así —dijo Alex, su tono cargado de subtexto—. Después de todo, ahora formas parte de todo esto.

Charlotte sintió el peso de sus palabras, pero no permitió que se reflejara en su rostro. Era consciente de la atracción física que sentía por él, una que había tratado de ignorar desde el primer momento. Pero no iba a caer fácilmente en su juego. Sabía muy bien el tipo de hombre que era.

—No somos exactamente una pareja convencional, ¿verdad? —murmuró Charlotte, inclinándose hacia adelante ligeramente—. Pero no esperes que eso cambie nada de mi parte.

Alex arqueó una ceja, claramente entretenido por su resistencia.

—No espero nada que no estés dispuesta a ofrecerme, Charlotte —respondió con suavidad, una promesa oculta en sus palabras.

El silencio volvió a instalarse entre ellos, tenso y cargado de todo lo no dicho. Charlotte apartó la mirada, su respiración se aceleraba ligeramente al sentir la intensidad con la que él la miraba. Pero antes de que pudiera responder, una figura familiar apareció en la puerta.

Era Nelly, su doncella, una joven de aspecto cálido y siempre dispuesta a prestar apoyo emocional a su señora. Había servido a Charlotte durante años, y sus consejos solían ser acertados, aunque a veces demasiado directos. Charlotte la miró con alivio disimulado.

—Lady Charlotte, ¿le gustaría que le ayudara a prepararse para retirarse? —preguntó Nelly con una inclinación respetuosa.

Charlotte asintió rápidamente, sintiéndose agradecida por la intervención de su fiel doncella—Sí, Nelly. Creo que es una buena idea —respondió, su tono algo tenso.

Alex se levantó de su asiento con una elegancia natural, acercándose lentamente a ella.

—Te veré más tarde, entonces —dijo Alex con voz profunda, haciendo que la piel de Charlotte se erizara. Pero ella no se dejó intimidar.

—Eso lo veremos —murmuró ella, levantándose de la mesa sin mirarlo a los ojos y saliendo del comedor seguida por Nelly.

Cuando llegaron a la habitación de Charlotte, la joven doncella comenzó a desvestirla con manos hábiles y rápidas, pero con un aire de confidencialidad que la distinguía.

—Mi señora, tiene que ser fuerte —susurró Nelly, mientras desabrochaba el corsé—. No deje que ese hombre la manipule. Sabe que es apuesto, y claramente sabe cómo usar su encanto, pero usted es mucho más fuerte que eso.

Charlotte dejó escapar un suspiro, agradeciendo en silencio la presencia tranquilizadora de su doncella.

—Lo sé, Nelly —dijo finalmente—, pero él... sabe cómo ponerme a prueba. Siento que juega con mis emociones de una manera que nunca había experimentado.

—Es un hombre experimentado, mi señora, y ha visto más del mundo que cualquiera de nosotras. Pero usted es inteligente y tiene un buen corazón. No deje que esa atracción física nuble su juicio.

Charlotte asintió lentamente, intentando asimilar las palabras de su doncella. Sabía que tenía razón, pero había algo en la forma en que Alex la miraba, algo en esa tensión silenciosa que la hacía dudar de sus propias convicciones.

—No se entregue tan fácilmente, mi lady —insistió Nelly—. Un hombre como él debe ganarse su respeto antes que cualquier otra cosa.

Después de unos momentos más de preparación, Charlotte estaba lista para regresar con Alex, con la mente un poco más clara, aunque su corazón seguía latiendo con fuerza. Aun así, su resolución no había cambiado. Sabía que debía enfrentarlo sin caer en su juego.

Cuando regresó al salón, Alex la esperaba, recostado junto a la chimenea con una copa de vino en la mano, como si supiera exactamente lo que estaba a punto de ocurrir. La miró desde la distancia, pero esta vez Charlotte no se dejó intimidar por la intensidad de su mirada.

—Parece que te has tomado tu tiempo —comentó Alex con una sonrisa que bordeaba la arrogancia.

Charlotte caminó hacia él con la cabeza en alto, decidida a no dejarse dominar por la situación.

—Me estaba preparando para esta... reunión —respondió ella, con un tono que dejaba claro que no era una simple reunión de esposos.

Alex dio un paso hacia ella, pero Charlotte no retrocedió. Sentía la atracción física, sí, pero no permitiría que él la controlara de esa manera.

—Sabes, Charlotte —comenzó Alex, con su voz grave y controlada—, esto puede ser más fácil si tú lo permites.

—Eso depende de lo que esperes de mí —respondió ella, cruzando los brazos.

La sonrisa de Alex se amplió ligeramente, pero había algo en sus ojos que revelaba un atisbo de genuino interés, más allá del deseo físico.

—Por ahora... solo espero que confíes en mí.

EL DORMITORIO PRINCIPAL de la mansión del duque era un reflejo de su dueño: imponente, elegante y oscuro, decorado con terciopelos de tonos profundos y detalles dorados que resaltaban el lujo en cada rincón. Las cortinas pesadas caían en cascada, atrapando la luz de las lámparas, creando un ambiente íntimo y tenso.

Charlotte, o Lottie como él la llamaba en privado, se encontraba de pie junto al enorme lecho con dosel, sus manos temblaban ligeramente mientras acariciaba el borde del terciopelo oscuro. El silencio en la habitación solo servía para intensificar la presión que sentía sobre sus hombros. Sabía lo que vendría, o al menos lo que Alex esperaba. La primera noche juntos como marido y mujer.

Alex entró en la habitación en silencio, sus pasos resonando apenas sobre las alfombras gruesas. Sus ojos se fijaron en ella, recorriéndola de arriba abajo como si quisiera adivinar sus pensamientos. Él estaba vestido solo con una camisa blanca y pantalones oscuros, sus botas ya habían sido abandonadas en algún rincón del vestíbulo. A pesar de la tensión, la atracción física entre ellos era innegable, y Lottie lo sentía arder en su piel como una llama que intentaba sofocar.

— ¿Nerviosa? —preguntó él con una voz suave, casi seductora, rompiendo el silencio que amenazaba con ahogarlos.

Lottie levantó la mirada y lo enfrentó. No tenía intención de mostrar debilidad, aunque por dentro su corazón latía con fuerza. El control siempre había sido su única arma, y ahora parecía resbalarle entre los dedos.

—No —mintió, su voz firme—. Solo estoy... cansada.

Alex se acercó a ella, su presencia llena de esa seguridad arrogante que la desafiaba a cada paso. Sus dedos rozaron su brazo, una caricia ligera que, sin embargo, envió un escalofrío por su columna. Lottie no se movió, pero tampoco retrocedió.

—Cansada, dices. —El tono de Alex era incrédulo, y en su mirada había una mezcla de deseo y frustración contenida. Lentamente, sus manos subieron por sus brazos, hasta detenerse en sus hombros, firmes pero sin fuerza. Su rostro se acercó al de ella, apenas unos centímetros de distancia, y cuando habló de nuevo, su voz era baja y raposa—. Me cuesta creer que no sientas lo mismo que yo, Lottie.

Lottie se estremeció ante el sonido de su nombre en sus labios, pero mantuvo su compostura.

—No somos una pareja normal, Alex —replicó, intentando mantener la distancia emocional que se había prometido—. Este no es un matrimonio por amor.

Alex esbozó una sonrisa ladeada, pero en sus ojos había algo más. Algo oscuro y frustrado.

—Eso no cambia lo que está ocurriendo entre nosotros ahora mismo —murmuró él, inclinándose hacia adelante, sus labios rozando los suyos sin llegar a besarlos del todo.

Lottie sintió su cuerpo encenderse al contacto. Su corazón golpeaba fuerte en su pecho, y por un momento estuvo a punto de ceder, de rendirse a la intensidad de la pasión que compartían. Pero se aferró a lo poco que le quedaba de control.

Las manos de Alex comenzaron a moverse, deslizando caricias suaves pero firmes por su cintura, sus caderas, y finalmente rodeándola en un abrazo que la atrapaba contra su cuerpo. El calor de su piel a través de la fina tela de la ropa de dormir era suficiente para hacerla perder el aliento. Sin embargo, en lugar de rendirse, Lottie mantuvo su distancia emocional, luchando contra el torbellino de sensaciones que la abrumaban.

— ¿Esto es lo que quieres? —susurró él contra su cuello, dejando un rastro de besos suaves que encendían su piel—. ¿Mantener esa frialdad, esa distancia entre nosotros?

—No es frialdad... —intentó decir ella, pero su voz sonaba rota, traicionada por el propio deseo que la invadía.

Los labios de Alex siguieron su recorrido por su piel, sus manos la sostenían con firmeza, y ella sintió como si todo su autocontrol se desmoronara lentamente. Pero entonces, algo dentro de ella la detuvo. Se apartó un poco, lo justo para mirarlo a los ojos.

—Alex, no podemos hacer esto —susurró con una mezcla de desafío y vulnerabilidad—. No esta noche.

Él la miró durante unos segundos, su respiración agitada y sus ojos cargados de frustración y deseo. Se separó de ella lentamente, sin apartar la mirada. Hubo un momento de silencio, cargado de emociones que ninguno de los dos podía expresar con palabras.

—Sabes que el matrimonio debe consumarse o fácilmente podría ser anulado. ¿Es lo que quieres? —No...por supuesto que no es lo que quiero. Tenemos un acuerdo y pienso cumplirlo. Pero no sé porque el afán de que sea hoy cuando podemos consumarlo en unos días. Sin embargo, luego de eso, no tendremos más intimidad.

—Debes darme un hijo para que yo te deje en paz, esposa—le dijo con una mirada fría, molesto por su insistencia en alejarse de él.

¡Ninguna mujer había querido eso, jamás! Todas le rogaban que les hiciera el amor, y luego de hacerlo le pedían que se quedara a pesar de que él era claro desde el principio y nunca se quedaba una noche entera con una mujer. No era de los que le agradaban los arrumacos y la ternura. Sin embargo, esta mujer...ella era distinta y lo volvía loco con su terquedad e independencia.

—Te daré tu hijo, pero no tiene por qué ser esta noche—dijo molesta.

—Como quieras —respondió él finalmente, su voz fría y controlada. Dio un paso atrás, apartándose por completo de ella, como si necesitara espacio para procesar lo que acababa de suceder.

Sin más palabras, Alex se dio la vuelta y se dirigió hacia la puerta.

— ¿A dónde vas? —preguntó Lottie, aunque una parte de ella ya sabía la respuesta.

—A despejarme. Necesito una copa —dijo él sin mirarla. Y con eso, salió de la habitación, dejando a Lottie sola.

Ella se quedó de pie, respirando con dificultad, tratando de controlar las emociones que la invadían. Miró la cama que había sido preparada para su primera noche juntos, y sintió una mezcla de alivio y confusión. Si había sido tan difícil resistirlo esta vez, ¿cómo lograría mantenerse firme las noches que vendrían?

Se dejó caer sobre el borde del lecho, con las manos temblando. Mientras intentaba calmarse, la habitación se le antojó sofocante. Las palabras de Nelly resonaban en su mente, pero también lo hacía el calor del cuerpo de Alex y la intensidad de su mirada.

Sabía que mantener el control no sería fácil.

EL ESTUDIO ESTABA SUMIDO en una penumbra suave, con el crepitar del fuego en la chimenea como único sonido que rompía el silencio de la noche. Alex se encontraba de pie, con una copa de brandy en la mano, observando las llamas danzar con una intensidad que reflejaba el tumulto dentro de él. Había cerrado la puerta tras de sí con una fuerza inusual, una señal de su frustración contenida, de la tensión que había dejado atrás en la habitación principal.

Llevó el vaso a sus labios y tomó un largo sorbo, sintiendo cómo el licor ardía al descender por su garganta. Pero el calor del brandy no era suficiente para apaciguar el fuego que Lottie había encendido en él.

No podía hacerse el desentendido. Lo sabía. Lo había sabido desde el momento en que la vio, pero ahora era imposible ignorarlo. Aquella mujer lo atraía como ninguna otra lo había hecho antes. Había tenido amantes, mujeres hermosas, algunas incluso de renombre en la sociedad, pero ninguna le había despertado el mismo deseo que Charlotte... Lady Charlotte, su esposa.

El pensamiento le arrancó una sonrisa ladeada, amarga y satisfecha a la vez. Ahora era suya, de alguna manera. No en el sentido romántico y sentimental que algunos podían imaginar, pero el contrato los unía, y eso era suficiente para que ella estuviera en su vida, en su casa. Sin embargo, él sabía que no podría conformarse solo con tenerla como un adorno más en su mansión. Lottie era demasiado tentación para él. Demasiado viva, demasiado hermosa, demasiado desafiante.

Caminó hacia la ventana, observando el jardín iluminado por la luna. Sus pensamientos volvían a la conversación que habían tenido en la habitación. Esa breve confrontación en la que ninguno de los dos había querido ceder. Alex había sentido su resistencia, había visto el miedo en sus ojos, pero también había notado algo más. Algo que lo mantenía aferrado a la idea de que ella no le era indiferente. Por mucho que quisiera negarlo, él sabía que Lottie también lo deseaba.

— ¿Cuánto tiempo podrás resistir? —murmuró para sí mismo, sonriendo de nuevo mientras tomaba otro trago.

El acuerdo que habían firmado era claro: un matrimonio por conveniencia, una unión de títulos y beneficios, nada más. Pero, ¿qué había de malo en querer algo más? Seducirla no rompía ninguna de las cláusulas del contrato. Después de todo, él no estaba pidiendo su amor. No esperaba promesas ni compromisos emocionales. Solo quería explorar lo que había entre ellos, esa tensión palpable que llenaba el aire cada vez que estaban en la misma habitación.

Volvió a la chimenea, observando cómo las brasas chisporroteaban en el fuego. Sabía que intentar conquistarla sería un juego peligroso. Lottie no era una mujer fácil de manipular, y su espíritu independiente la hacía aún más atractiva para él. Pero eso no lo detenía. De hecho, lo impulsaba aún más. Alex siempre había disfrutado de los retos, y ella era el mayor de todos.

Tomó otro sorbo de brandy, dejando que su mente vagara por las imágenes de la noche. Las caricias, el roce de su piel contra la de él, la forma en que ella había intentado mantener el control mientras él la provocaba con cada palabra, con cada gesto. Aunque no habían llegado a consumar su matrimonio, esa primera batalla había dejado claro que la guerra apenas comenzaba.

Pero, ¿cómo manejar esto? No podía simplemente lanzarse sobre ella como un joven impetuoso. No, tendría que ser astuto, paciente. Ir derribando sus defensas poco a poco. Porque aunque ella intentaba mostrarse indiferente, Alex había visto algo en sus ojos que lo animaba a seguir adelante. Ese brillo de deseo que ella no podía esconder del todo, ese pequeño temblor en sus manos cuando él la tocaba. Sí, Charlotte lo deseaba, aunque lo negara.

—Será un placer ver hasta dónde podemos llegar, mi querida esposa —susurró para sí mismo, sintiendo que su resolución se fortalecía.

Habían hecho un acuerdo, sí. Pero no había ninguna cláusula en ese contrato que dijera que no podía seducirla, que no podía hacer que lo deseara tanto como él la deseaba a ella. Y, después de todo, ¿no sería más interesante para ambos si dejaban que las cosas siguieran su curso natural? No esperaba que ella se rindiera fácilmente, pero la idea de verla ceder, de verla entregarse, lo llenaba de una anticipación que lo sorprendía incluso a él.

Dio un último trago a su copa y la dejó sobre la mesa. La chimenea seguía ardiendo con intensidad, pero ya no sentía la necesidad de quedarse allí más tiempo. Las brasas podían apagarse. Él tenía otros planes. Y aunque esa noche no habían cruzado la línea, sabía que era solo cuestión de tiempo antes de que lo hicieran.

—Es solo el principio —murmuró una vez más, antes de salir del estudio y dirigirse a su habitación.

Sabía que esa batalla no se ganaba en una sola noche. Pero estaba listo para luchar. Porque, por mucho que lo negara, Alex deseaba a Lottie, y no descansaría hasta que ella lo deseara de la misma manera.

Capítulo 8

La luz suave de la mañana entraba a raudales por los amplios ventanales de la sala de desayunos, iluminando cada rincón con un resplandor dorado que parecía insuflar vida al elegante mobiliario. La habitación estaba decorada con un gusto impecable: cortinas de terciopelo en tonos marfil, una mesa de caoba pulida al centro y arreglos florales frescos que llenaban el aire con un leve aroma a rosas y jazmín. Sin embargo, a pesar de la belleza del entorno, el ambiente entre Alex y Lottie era tenso, cargado de una incomodidad palpable.

Lottie se sentó en el extremo de la mesa, perfectamente erguida, con una compostura inquebrantable que disimulaba el torbellino de emociones que había dentro de ella. Había elegido un vestido sencillo de la mañana, uno que permitía moverse con libertad, dejando claro que no pensaba comportarse como una muñeca de porcelana ahora que estaba casada con un duque. Ella seguía siendo Lottie, una mujer con voluntad propia.

Alex, por su parte, estaba al otro extremo de la mesa, observándola detenidamente mientras sorbía su café. Él, como siempre, parecía imperturbable. Su postura era relajada, pero había algo en la manera en que sus ojos seguían cada movimiento de Lottie que sugería un control calculado, como si estuviera midiendo cada palabra antes de pronunciarla. Llevaba un traje perfectamente cortado, y su aspecto era tan impecable como el día anterior, cuando habían sellado su destino con un acuerdo matrimonial que ninguno de los dos terminaba de aceptar por completo.

El silencio entre ellos se hacía más pesado con cada minuto que pasaba. Los criados iban y venían en silencio, sirviendo los platos con diligencia, conscientes de la tensión en el aire. Lottie se inclinó hacia adelante para tomar una pieza de fruta, intentando concentrarse en su desayuno. Sin embargo, la presencia de Alex, imponente y dominante, la hacía sentir una punzada de frustración. Sabía lo que él esperaba, sabía que la quería bajo su control, pero no estaba dispuesta a ceder tan fácilmente.

Finalmente, Alex rompió el silencio, con un tono firme, pero aparentemente calmado—He notado que tienes la costumbre de pasear sola por las mañanas. A partir de ahora, sería mejor que no lo hicieras sin acompañamiento. —Sus palabras eran claras, y aunque su tono era mesurado, el mensaje era inequívoco.

Lottie dejó la fruta en su plato y alzó la vista para mirarlo directamente, sintiendo cómo su paciencia comenzaba a desvanecerse.

— ¿Acompañada? —repitió, su voz firme aunque no levantó el tono—. Siempre he disfrutado de mis caminatas matutinas sin la necesidad de ser escoltada. No veo por qué debería cambiar eso ahora.

Alex se inclinó ligeramente hacia adelante, sus ojos oscuros fijos en ella. Parecía un hombre acostumbrado a que su voluntad no fuera desafiada, pero Lottie no era una mujer dispuesta a ser controlada.

—Lottie, lo que funcionaba antes para ti, ya no es lo más adecuado —dijo, su voz ahora teñida de una sutil autoridad—. Eres la duquesa de Cavendish ahora. Tu seguridad es mi responsabilidad, y no voy a permitir que te pongas en riesgo innecesariamente.

Lottie sintió cómo una oleada de frustración la invadía. No era solo por las palabras de Alex, sino por el simple hecho de que él asumiera que ahora, por el mero hecho de ser su esposa, ella debía someterse a su control. Mantuvo su compostura, aunque su tono era más cortante de lo que pretendía.

— ¿Riesgo? ¿Acaso piensas que mis paseos por los jardines representan una amenaza tan grande? No soy una niña, Alex. No necesito que me protejas de la brisa matutina. Además estoy dentro de la propiedad.

Alex la observó en silencio por un momento, como si estuviera evaluando la mejor manera de continuar esa conversación sin escalar la tensión. Finalmente, dejó su taza en el plato y cruzó los brazos sobre la mesa, mostrando una leve sonrisa que no llegó a sus ojos.

—No se trata solo de la brisa, Lottie. El mundo en el que vivimos está lleno de gente que no siempre tiene las mejores intenciones. No todos estarán contentos con nuestra unión. Y hasta que pueda estar seguro de que no hay peligro, prefiero que no estés sola. No es una sugerencia, es una decisión.

La palabra decisión hizo que el aire pareciera volverse más denso. Lottie apretó los labios, luchando por contener la rabia que sentía ante la manera en que Alex intentaba imponer su autoridad sobre ella. Había esperado alguna resistencia, pero no tan pronto y no tan evidente. Sin embargo, ella no era una mujer dispuesta a ser moldeada según las expectativas de otros, ni siquiera de su marido.

—Puedo cuidarme sola, Alex —respondió finalmente, su tono firme y cortante—. Lo he hecho toda mi vida, y no veo por qué deba cambiar eso solo porque ahora soy una duquesa.

Alex dejó escapar un suspiro, visiblemente frustrado, pero se mantuvo en control.

—Esas caminatas serán acompañadas, Lottie. Esto no es negociable. Si tienes otras costumbres o deseos, podemos hablar de ellos. Pero en esto, no voy a ceder.

La tensión en la sala de desayunos era palpable. Ninguno de los dos parecía dispuesto a ceder terreno, y aunque las palabras entre ellos eran civilizadas, el subtexto era claro: estaban en una lucha por el control, cada uno intentando imponerse de maneras diferentes. Lottie sentía que, si cedía ahora, abriría la puerta para que Alex controlara cada aspecto de su vida, y eso era algo que no estaba dispuesta a permitir.

El silencio volvió a instalarse entre ellos, más incómodo que nunca. Lottie tomó una respiración profunda, tratando de calmar su irritación. Su mirada se dirigió al exterior, a los jardines que siempre había considerado su refugio, su escape. Ahora, parecían una prisión dorada bajo las reglas de Alex.

—Tomaré tus palabras en consideración, pero no he tomado una decisión aún —dijo finalmente, sin mirarlo directamente, cortando la conversación de manera fría.

Alex la observó durante unos segundos, sabiendo que esta batalla estaba lejos de terminar. Pero también sabía que tenía tiempo. El tiempo y el control jugaban a su favor.

—Muy bien, esposa —respondió con calma, aunque sus ojos seguían cargados de una intensidad que la perturbaba—. Tenemos mucho tiempo por delante para resolver esto.

Ambos volvieron a sus desayunos, pero el ambiente seguía cargado de una tensión inquebrantable. Era solo el primer día de su matrimonio, y ambos ya sabían que aquello sería más una batalla de voluntades que una convivencia pacífica.

LA BIBLIOTECA DEL DUQUE de Rutland era un santuario de orden y control. Cada libro, desde los volúmenes encuadernados en cuero hasta los antiguos tratados de derecho y economía, estaba meticulosamente alineado en los estantes que cubrían las paredes de piso a techo. El suave crepitar de la chimenea llenaba el aire, y la luz tenue del atardecer se filtraba a través de las cortinas de terciopelo, creando sombras que danzaban en el lujoso mobiliario. Lottie se paseaba por la sala, deslizando los dedos sobre los lomos de los libros con una mezcla de curiosidad y leve frustración. Desde que había llegado a la casa, no dejaba de sentir que todo a su alrededor estaba tan perfectamente organizado que resultaba asfixiante.

El despacho de Alex, adyacente a la biblioteca, no era muy diferente. La enorme mesa de caoba estaba impecable, con papeles cuidadosamente apilados y una pluma estilográfica dispuesta con precisión. Alex no dejaba nada al azar, y eso comenzaba a inquietarla. Mientras recorría la habitación, Lottie no podía evitar admirar su inteligencia y la dedicación que debía poner en cada aspecto de su vida. Sin embargo, esa misma meticulosidad que tanto respeto le inspiraba también la hacía sentirse controlada. Todo en esa casa tenía un lugar, una función, y parecía que ella también debía encajar perfectamente en ese esquema.

La señora Merton, el ama de llaves, entró en la biblioteca con su habitual andar tranquilo. Desde el primer día, había sido una figura amable para Lottie, explicándole con paciencia las obligaciones en la casa, que venían con el título de duquesa. A pesar de su juventud y nobleza, Lottie no había tenido mucha experiencia en las responsabilidades que ahora se esperaba de ella. Mrs. Merton, con su carácter afable y su conocimiento de la casa y de Alex, se había convertido en una guía invaluable. Le había explicado que debía supervisar la gestión de la casa, la organización de eventos y el bienestar de todos los miembros de su familia. Le puso al día con respecto a las personas que solían visitar la casa frecuentemente, como el clérigo del pueblo, el señor Hustle, un miembro influyente en el pueblo, que era además el tercer hijo de un vizconde, y se había casado hacía poco. Le dijo que sería bien visto que hiciera una pequeña reunión invitando a las personas importantes del pueblo y que se esperaba que apoyara las causas de la familia y que utilizara su influencia para ayudar a otros.

Lottie agradeció que ella estuviera al tanto de todo y que se lo hiciera saber, pues no era algo que podría hablar con Alex, mucho menos después de que su situación se había tornado algo tensa.

—Milady, veo que está explorando la biblioteca —comentó Mrs. Merton con una sonrisa cálida, acercándose a Lottie—. Es uno de los lugares favoritos del duque. Aquí pasa gran parte de su tiempo, trabajando y organizando los asuntos del ducado.

Lottie asintió, aunque sus pensamientos estaban en otro lugar.

—Es... impresionante. Pero me pregunto si todo tiene que ser tan... controlado —respondió, intentando que su tono no sonara demasiado crítico.

Mrs. Merton la miró con comprensión. Había servido en esa casa desde que Alex era solo un niño, y conocía bien su carácter. Se acercó a Lottie, bajando un poco la voz como si fuera a compartir un secreto.

—El duque siempre ha sido así, milady. Desde que era joven, sentía la necesidad de tener todo en su lugar, de tener control sobre cada aspecto de su vida. Es un hombre de grandes responsabilidades, y ha aprendido a lidiar con ellas a su manera. Sin embargo, esa misma naturaleza que le permite gestionar con tanta precisión el ducado también puede resultar... difícil en el hogar.

Lottie se giró hacia ella, interesada en las palabras de la ama de llaves.

— ¿Difícil? —preguntó, tratando de ocultar la inquietud en su voz.

La señora Merton asintió lentamente—El duque es un buen hombre, pero necesita mantener el control de todo, incluso de las personas que le rodean. No es algo que haga por malicia, sino por costumbre. Ha pasado mucho tiempo solo, y ha construido su vida bajo esa premisa. Ahora que usted está aquí, es importante encontrar el equilibrio. No permita que él controle cada aspecto de su vida, mi señora. Usted también tiene un papel importante en esta casa.

Lottie suspiró, dejando caer los hombros ligeramente. Sabía que la vida con Alex no sería fácil, pero esta era una nueva dimensión de su relación que no había anticipado. Se paseó nuevamente por la sala, observando el despacho con nuevos ojos, como si la meticulosa organización de cada cosa reflejara la forma en que Alex intentaba mantenerla bajo control también.

—Es un hombre fascinante, sin duda —murmuró Lottie—, pero a veces siento que todo está tan perfectamente planeado que no queda espacio para... respirar.

La señora Merton le dedicó una sonrisa comprensiva—Es natural que se sienta así, mi señora. Es joven y ha vivido con mucha más libertad de la que una duquesa suele tener. Pero recuerde que ahora tiene su propia voz en esta casa. El duque puede ser controlador, pero es un hombre que respeta la fuerza y la inteligencia. Si encuentra la manera de establecer su lugar, no dudo que él también lo entenderá.

Lottie agradeció las palabras de la ama de llaves, aunque no estaba segura de cómo equilibrar esa balanza entre el control de Alex y su propia libertad. Decidida a no dejarse ahogar por la opresiva perfección que la rodeaba, siguió explorando el despacho, observando los pequeños detalles que parecían hablar de la vida privada de su nuevo esposo.

Había un retrato de su madre en una esquina, una mujer de expresión severa pero elegante. También había un mapa del ducado, con marcas que indicaban las propiedades y tierras que Alex administraba. Lottie sintió una extraña mezcla de admiración y compasión por él. Sabía que detrás de ese exterior imperturbable había una mente en constante actividad, siempre pensando en cómo manejar todo lo que estaba bajo su control.

Sin embargo, eso no significaba que ella tuviera que someterse a su manera de hacer las cosas.

—Gracias por su consejo, señora Merton —dijo finalmente, girándose hacia ella con una sonrisa leve pero decidida—. Creo que has tocado un punto importante. El equilibrio será esencial si queremos que esto funcione.

La ama de llaves inclinó la cabeza en señal de aprobación.

—Estoy segura de que encontrará la manera, mi señora. Y recuerde, siempre puede contar conmigo para cualquier cosa que necesite.

Lottie la observó salir de la biblioteca, sus pensamientos enredados entre la admiración por la dedicación de Alex y la frustración por su constante necesidad de controlarlo todo. Ahora comprendía mejor a su esposo, pero también sabía que no sería fácil convivir con él si no lograba marcar su propio territorio.

La vida como duquesa sería todo un desafío, y Lottie estaba más decidida que nunca a enfrentarlo, pero a su manera.

Habian pasado dos semanas desde el matrimonio. El invernadero de la mansión Cavendish era un paraíso oculto entre paredes de cristal, estaba lleno de plantas exóticas y flores raras que perfumaban el aire con su fragancia embriagadora. Los rayos del sol se filtraban suavemente a través del techo de vidrio, bañando el espacio en una cálida luz dorada. Lottie había pasado horas ahí, organizando macetas, podando delicadamente los arbustos de jazmín e hibiscos. El invernadero se había convertido en su refugio, un lugar donde podía escapar del mundo rígido que ahora compartía con su esposo, Alex.

Desde su boda, Lottie había hecho todo lo posible por evitar el contacto constante con él. La relación era nueva y compleja, y ella necesitaba espacio para entender cómo moverse en esta nueva vida. No quería ser solo la esposa trofeo de un duque controlador. Pero Alex no compartía esa visión, y no tardaría en demostrarlo.

Justo cuando Lottie ajustaba una enredadera de buganvillas, la puerta del invernadero se abrió de golpe. Alex, imponente y visiblemente molesto, apareció en el umbral.

—¿Por qué te escondes aquí? —preguntó sin preámbulos, con el ceño fruncido.

Lottie se enderezó lentamente, limpiándose las manos en el delantal que había atado sobre su sencillo vestido de jardín. Su mirada tranquila no reflejaba la tormenta que sabía que estaba a punto de desatarse.

—No me escondo —respondió con calma—. Solo estoy ocupada, Alex. Este invernadero es parte de la casa, pensé que no te importaría que lo cuidara.

Alex avanzó hacia ella, sin apartar la mirada de su rostro. Estaba acostumbrado a que todo a su alrededor estuviera bajo su control, incluidas las personas, y no entendía por qué su esposa parecía necesitar alejarse de él constantemente.

—Parece que haces todo lo posible por evitarme —dijo, su voz contenida, pero llena de frustración—. Apenas te veo durante el día. Si no estás aquí, estás en alguna otra parte de la casa o fuera, haciendo quién sabe qué. ¿Acaso no sabes que si la gente nota esta actitud extraña de estar recién casada y pasar todo el tiempo sola, comenzarán a hablar?

—No pensé que eso pudiera pasar. El hecho de que estemos casados no implica estar juntos todas las horas del día.

— ¿Por qué no puedes quedarte conmigo? ¿Qué es lo que necesitas que no pueda darte?

Lottie lo miró a los ojos, su mandíbula se tensó ante la acusación implícita en sus palabras. Sabía que su esposo era un hombre acostumbrado a dominar su entorno, pero ella no era algo que él pudiera controlar.

—No se trata de lo que tú puedas o no darme —contestó, su tono igual de firme—. Se trata de lo que yo necesito para sentirme libre. No soy una prisionera en esta casa, Alex. No vine aquí a estar bajo vigilancia constante.

Alex dio un paso más cerca, hasta que quedaron a pocos centímetros uno del otro. El calor que emanaba de su cuerpo y la intensidad en su mirada amenazaban con consumirla, pero Lottie se mantuvo firme.

—Eres mi esposa —dijo él, con una mezcla de posesividad y desconcierto—. ¿Qué necesidad tienes de buscar esa "libertad" cuando estamos casados? No tienes nada de qué preocuparte.

—Eso no fue lo que acordamos. Dijiste que me darías mi libertad a cambio de que lleváramos un matrimonio de apariencia. Y que lo único que debía hacer era darte un heredero y podría llevar mi vida como quisiera.

— ¡Se muy bien lo que dije!—estalló con rabia. Pero lo que tú no entiendes, es que eres mujer y por más independencia que quieras, necesitas ser cuidada, protegida. Una mujer no puede andar sola por las calles o mostrar demasiada libertad, porque los hombres lo tomaran como una puerta abierta a faltarte el respeto. Yo puedo protegerte, darte todo lo que necesitas. No entiendo por qué sientes que debes escapar de mí.

Lottie soltó una risa amarga, apartando la mirada por un momento antes de volver a fijarla en él.

— ¿Protegerme de qué, Alex? —respondió—. No me hace falta protección. Lo único que necesito es mantener mi independencia, algo que siempre ha sido parte de mí. No estoy aquí para ser otra de tus posesiones.

Alex apretó los dientes, notando cómo la situación se le escapaba de las manos. La frialdad con la que Lottie hablaba, como si él no fuera más que una barrera entre ella y su libertad, lo exasperaba.

—No eres una posesión —gruñó—, pero eres mi esposa. Y como tal, hay ciertas cosas que... simplemente, deben ser. No puedes seguir distanciándote de mí. No lo permitiré.

Lottie sintió el peso de su control, su necesidad de dominar cada aspecto de la vida que compartían. Pero ella no estaba dispuesta a ceder. No sería una mujer sumisa, por mucho que le atrajera su marido y por mucho que él quisiera imponer su voluntad.

—Yo soy la que no te permitiré a ti, Alex —respondió con firmeza, clavando sus ojos en los de él—. Si quieres que esto funcione, vas a tener que entender que no estoy dispuesta a renunciar a lo que soy. Y eso incluye mi independencia. —negó con la cabeza—esto es exactamente lo que temía que sucediera cuando firme ese contrato, y tú me aseguraste que no pasaría.

La tensión entre ambos se palpaba en el aire, cargada de emociones contenidas y deseos no expresados. Alex no estaba acostumbrado a que alguien le desafiara de esa manera, y menos aún una mujer. Pero en el fondo, admiraba la fortaleza de Lottie, aunque eso no le facilitara las cosas.

En ese momento, la voz de Henry Lancaster rompió el ambiente cargado cuando apareció en la puerta del invernadero. Él, observando desde la distancia, había notado la creciente tensión entre su amigo y su esposa.

—Espero no estar interrumpiendo —dijo, con una sonrisa ligera que contrastaba con la seriedad del momento—. Pero pensé que tal vez sería el momento adecuado para una pequeña charla, Alex.

Alex se giró, con el rostro todavía endurecido por la confrontación con Lottie, pero no pudo ocultar la incomodidad que sentía ante la presencia de Henry en ese preciso instante.

— ¿Qué quieres, Henry? —preguntó, intentando ocultar su molestia.

Henry avanzó, con esa calma que siempre lo caracterizaba, y lanzó una mirada significativa tanto a Alex como a Lottie.

—Solo pensé que, tal vez, podríamos hablar de algo importante.

Alex se alejó a regañadientes unos metros, para ver qué diablos quería Henry.

— ¿Qué sucede? Este no es un buen momento.

—Lo sé, pero sería bueno darle a Lottie un poco de espacio. No es nada personal, amigo, pero las mujeres como ella necesitan respirar. No puedes sofocarla.

Alex apretó los labios, claramente irritado por el comentario de su amigo. Se volvió hacia Lottie, quien permanecía firme, y luego miró a Henry.

—No necesito que me digas cómo manejar mi matrimonio —dijo, con un tono cortante.

Henry alzó las manos en señal de paz.

—Solo es un consejo, Alex. Porque te conozco, y sé lo que pasa cuando intentas controlar todo lo que está a tu alrededor. Esto es diferente. Y te sugiero que lo tengas en cuenta antes de que sea demasiado tarde.

El silencio que siguió fue pesado. Alex no dijo nada más, pero la furia contenida en sus ojos mostraba que las palabras de su amigo le habían llegado más de lo que quería admitir. Sin decir una palabra, giró sobre sus talones y salió del invernadero, dejando a Henry y a Lottie solos.

Henry suspiró y miró a Lottie con una sonrisa amable.

—No lo tomes a mal —dijo—. Alex es un hombre complicado, pero... tiene buen corazón. Solo debes enseñarle a compartir el control, algo que no le será fácil.

Lottie asintió, agradecida por el apoyo de Henry, pero sabía que la batalla recién comenzaba.

Capítulo 8

Alex se encontraba sentado en su escritorio, revisando algunos papeles cuando Charlotte entró en la habitación. El sol de la tarde se filtraba a través de las cortinas, proyectando un cálido resplandor sobre los muebles de caoba oscura. Charlotte lo observó en silencio durante unos momentos, intentando comprender a ese hombre que ahora llamaba su esposo, aunque su relación estuviera lejos de lo que un matrimonio debía ser.

—Charlotte —la voz de Alex rompió el silencio mientras levantaba la vista de los documentos—. Necesito hablar contigo sobre algo.

Charlotte se acercó con cautela, sentándose frente a él. Algo en su tono le hizo tensarse.

— ¿De qué se trata? —preguntó, intentando mantener un tono neutral, aunque el nerviosismo ya empezaba a instalarse en su pecho.

Alex dejó los papeles a un lado y se inclinó hacia ella, apoyando los codos en la mesa.

—En unos días viajaremos a Londres. Hemos sido invitados a una fiesta importante.

Los ojos de Charlotte se abrieron ligeramente en señal de sorpresa. La sola idea de volver a la ajetreada sociedad londinense, con sus miradas inquisitivas y sus cuchicheos implacables, no le causaba ningún entusiasmo. Pero antes de que pudiera expresar su objeción, Alex continuó.

—Es una ocasión especial —añadió—. Los anfitriones son viejos amigos de mis padres, personas que siempre he considerado como mis tíos. No podemos faltar.

Charlotte lo miró, cruzando las manos en su regazo mientras luchaba por encontrar las palabras adecuadas.

—Alex, no creo que sea una buena idea. No me siento... preparada para enfrentar a la alta sociedad nuevamente, al menos no tan pronto —su tono era suave, pero firme.

Alex soltó un suspiro, inclinándose hacia atrás en su silla, con una mirada pensativa. Sabía que a Charlotte no le agradaba la idea, pero también sabía que esto no era negociable.

—Lo entiendo, Charlotte. —Su voz era calmada, pero había una firmeza inquebrantable en ella—. Pero tenemos un acuerdo, ¿recuerdas? Debemos actuar como una feliz pareja recién casada, y eso incluye asistir a eventos como este.

Charlotte apretó los labios, sintiendo cómo su estómago se revolvía ante la mención de ese maldito acuerdo. Sabía que no podía negarse, que estaban en esto juntos, aunque de manera superficial. Sin embargo, la sensación de estar atrapada en una jaula de expectativas sociales le resultaba sofocante.

—No quiero ir, Alex. Esas fiestas... esas personas... —su voz vaciló un poco—. No encajo en ese mundo.

Alex se levantó de su asiento, caminando hacia ella. Se detuvo a unos pasos, su expresión más suave, aunque no dejaba lugar a dudas sobre su decisión.

—Charlotte —dijo con seriedad—, entiendo que no quieras ir, pero esto no es solo una fiesta. Son personas que me han visto crecer, personas que respetan a mi familia. No asistir no es una opción. —Su tono se volvió más persuasivo—. No tienes que disfrutarlo, pero es importante que lo hagamos.

Ella lo miró, viendo la determinación en su rostro. Sabía que discutir con Alex sería inútil; una vez que tomaba una decisión, rara vez retrocedía. Y aunque todo dentro de ella gritaba que debía quedarse, también sabía que tenían un acuerdo que cumplir.

Finalmente, Charlotte asintió lentamente, con la mandíbula apretada.

—De acuerdo —dijo en voz baja—. Iremos.

Alex soltó un suspiro de alivio y dio un paso más cerca de ella, inclinándose ligeramente.

—Gracias —dijo suavemente—. Prometo que no será tan terrible como piensas.

Charlotte levantó la mirada, sabiendo que esas palabras estaban lejos de calmar su inquietud.

———— ⚭ ————

LLEGÓ EL DÍA DE LA fiesta. El salón de baile estaba deslumbrante. Candelabros de cristal colgaban del techo alto, reflejando la luz en las joyas brillantes y los trajes elegantes de los invitados. La aristocracia londinense se encontraba reunida, conversando animadamente mientras la orquesta tocaba una suave melodía de fondo. Lottie, ataviada con un vestido de seda color marfil, caminaba al lado de Alex, quien la había tomado del brazo desde el momento en que habían entrado en el salón. Aunque su postura era impecable, ella sentía un leve nudo en el estómago, aún no del todo cómoda en este nuevo mundo que ahora formaba parte de su vida.

— ¿Estás bien? —murmuró Alex, inclinándose hacia ella para que solo ella pudiera oírlo.

Lottie asintió con una pequeña sonrisa, aunque la magnitud de la ocasión la abrumaba un poco.

—Sí, solo que... es mucho para asimilar.

—No te preocupes, esta es una reunión de amigos cercanos de mis padres —le aseguró, guiándola más adentro del salón—. Crecí con muchos de ellos. Esta noche estarás entre personas que te respetarán, como deben hacerlo.

Su mirada sincera y reconfortante le dio algo de paz. Sin embargo, a medida que avanzaban por el salón, Lottie no pudo evitar sentir las miradas curiosas de algunas de las damas, susurros que no alcanzaba a escuchar pero que parecían dirigidos hacia ellos. Aunque intentó ignorarlo, la incomodidad persistió.

De repente, Alex se detuvo de golpe, tensando su brazo. Lottie siguió su mirada, y allí, al otro lado del salón, estaba una mujer alta y esbelta, con un vestido azul oscuro que resaltaba sus ojos afilados. Lady Beatrice Fairfax. Su porte era tan impecable como su belleza helada, y en cuanto sus ojos se encontraron con los de Alex, esbozó una sonrisa tan calculada como gélida.

—Alex... —susurró Lottie, sintiendo un súbito malestar en el estómago—. ¿Por qué no me dijiste que lady Beatrice estaría aquí??

Alex entrecerró los ojos por un breve instante, como si intentara evaluar la situación antes de responder.

—No tenía idea de que vendría, pero debí suponerlo. —dijo en un tono bajo—. Es... una vieja amiga de la familia, por lo tanto fue invitada.

Lottie sintió que el pulso le aumentaba ligeramente. La manera en que Beatrice miraba a Alex era desvergonzada. Y la forma en que Alex se había puesto rígido al verla tampoco ayudaba a calmar sus nervios.

— ¿Por qué ella habla siempre de ti como si tuviera derechos? —preguntó Lottie, su voz más fría de lo que había pretendido.

Alex respiró profundamente antes de continuar.

—Fuimos prometidos hace muchos años. Era un compromiso arreglado, nada más. Las cosas no funcionaron y... ambos seguimos con nuestras vidas.

—No fue eso, lo que ella insinuó la última vez que nos encontramos. Ella dejo entrever que ustedes eran amantes.

Aunque Alex intentó sonar despreocupado, Lottie captó una leve tensión en su tono. No había esperado encontrarse con la ex prometida de su marido en una ocasión como esta, y mucho menos en una fiesta en la que él la había presentado como una reunión familiar.

Antes de que Lottie pudiera procesar del todo la situación, Beatrice ya estaba acercándose a ellos, con una sonrisa que no alcanzaba sus ojos.

—Alex —saludó con una dulzura envenenada—. Qué sorpresa verte aquí. Hace tiempo que no nos vemos, creo desde que...te casaste.

Alex inclinó la cabeza educadamente, pero su mandíbula estaba tensa. —Lady Beatrice —respondió cortésmente. No esperaba verla esta noche.

—Oh, mi familia insistió en que viniera —dijo ella, con una risita suave—. Pero creo que la verdadera sorpresa es verte casado.

—Su mirada se deslizó hacia Lottie, examinándola de arriba abajo con una fría evaluación—. Así que ahora estoy frente a la nueva duquesa de Cavendish.

Lottie sintió la mirada perforante de Beatrice, pero mantuvo la compostura, sonriendo con una serenidad que en realidad no sentía.

—Lady Beatrice —dijo Alex, con un tono de advertencia que no pasó desapercibido para nadie—. Permíteme presentarte a mi esposa, la duquesa de Cavendish, Charlotte.

Beatrice sonrió, pero era una sonrisa que no ocultaba la hostilidad que bullía bajo la superficie.

—Ya nos conocimos. —le dijo a Alex. — ¿No es así, su Gracia? —dijo, con una reverencia perfecta—. Debo decir que me sorprende mucho ver a Alex casado tan repentinamente. Siempre fue tan... reacio al compromiso.

Lottie aceptó el saludo, pero sintió el veneno detrás de cada palabra de Beatrice. Por primera vez desde que había conocido a

Alex, una chispa de celos se encendió en su interior. No por la historia compartida de Alex y Beatrice, sino por la clara intención de la mujer de demostrar que aún tenía algún tipo de poder sobre él.

—Los tiempos cambian —respondió Lottie con una sonrisa educada—. Y algunas personas descubren que el compromiso es, después de todo, algo digno de valor.

Beatrice arqueó una ceja, sorprendida por la respuesta de Lottie, pero no dejó que eso la desanimara.

—Bueno, espero que Alex siga pensando eso dentro de unos meses. Después de todo, los hombres pueden ser tan... impredecibles.

Alex se tensó al lado de Lottie, sus dedos apretándose levemente en la mano de su esposa.

—No te preocupes por nosotros, Beatrice —dijo Alex en un tono bajo y firme—. Creo que hemos demostrado que podemos manejar las cosas por nuestra cuenta.

Beatrice lo miró durante unos largos segundos, su sonrisa aún intacta, pero con una mirada que Lottie no pudo descifrar del todo. Entonces, con una leve inclinación de cabeza, se despidió—Por supuesto, Gracia —dijo suavemente—. Espero que tengan una velada encantadora. Estoy segura de que nos volveremos a ver.

Y con eso, Beatrice se dio la vuelta, deslizándose de nuevo entre la multitud.

Cuando se fue, Lottie soltó el aire que no se había dado cuenta de que había estado conteniendo. Se sentía tensa, su mente dando vueltas sobre lo que acababa de pasar.

—No debí traerte aquí —murmuró Alex, mirando a Lottie con una mezcla de frustración y arrepentimiento—. No sabía que Beatrice estaría presente.

Lottie lo miró directamente, su voz controlada, pero no pudo evitar dejar que un leve tono de reproche se filtrara.

—Quizás no, pero es evidente que todavía hay cosas que no me has contado.

Alex la miró, sabiendo que el peso de su pasado había vuelto a caer sobre ellos. Pero ahora, con Lottie a su lado, las cosas debían cambiar.

❧

LA LUZ DE LA LUNA BAÑABA los jardines con un resplandor suave, reflejándose en las fuentes y esparciendo sombras por los setos perfectamente recortados. El aire nocturno tenía un frescor que contrastaba con el sofocante ambiente del salón principal, donde la fiesta continuaba sin pausa. Alex había salido en busca de un respiro, lejos de las miradas inquisitivas de los invitados, lejos del papel que se veía obligado a desempeñar. Su matrimonio con Lottie no era más que un acuerdo, un contrato que ambos habían aceptado por razones prácticas, no por amor.

Mientras paseaba por el sendero de grava, escuchó el crujido de unos pasos detrás de él. No necesitaba volverse para saber quién era.

—Sabía que te encontraría aquí, Alex —dijo Beatrice, su voz cargada con una mezcla de nostalgia y picardía.

Alex se detuvo, tensando la mandíbula antes de girarse lentamente. Beatrice, con su porte siempre impecable, avanzaba hacia él. Su vestido azul oscuro brillaba bajo la luz de la luna, y su sonrisa era una combinación de satisfacción y algo que él reconocía bien: manipulación.

— ¿Qué es lo que quieres, Beatrice? —preguntó Alex, con tono seco.

—Hablar —respondió ella, como si fuera lo más natural del mundo—. Estaba recordando cómo solían ser las cosas... entre nosotros. —Su mirada recorrió el rostro de Alex, buscando algún indicio de emoción.

Pero Alex la observaba con frialdad. No había espacio para el pasado en su vida actual, no con el contrato que lo mantenía unido a Lottie.

—Eso quedó atrás —respondió Alex con firmeza, pero sin levantar la voz—. No tenemos nada más que hablar.

Beatrice ladeó la cabeza, una sonrisa calculada asomando en sus labios.

— ¿De verdad lo crees? —susurró, dando un paso más cerca—. ¿No me has pensado ni una sola vez desde entonces? Sabes tan bien como yo que este matrimonio es un error. —Hizo una pausa, su mirada fija en él—. Charlotte no es para ti, Alex. No pertenece a tu mundo. ¿Qué harás cuando empiece a desmoronarse todo?

Alex sintió un repentino ardor en el pecho, pero no era por las palabras de Beatrice, sino por la alusión a Lottie. Aunque su matrimonio era fingido, una unión que ambos habían acordado por conveniencia, la idea de que alguien cuestionara la presencia de Lottie a su lado lo irritaba más de lo que estaba dispuesto a admitir.

—Lottie tiene más derecho a estar aquí que tú, Beatrice —contestó, su voz en calma, pero con un filo peligroso.

Beatrice rió suavemente, casi como si estuviera conmovida por sus palabras.

— ¿Es así? —dijo, alzando una ceja—. ¿De verdad crees que ella puede manejar este mundo? Alex, sé honesto contigo mismo. —Sus ojos brillaban con una mezcla de desafío y algo más profundo—. Tú y yo sabemos que este matrimonio es solo una fachada, una formalidad. No hay amor entre ustedes. Solo un contrato.

Alex permaneció en silencio, porque, en el fondo, sabía que tenía razón. Él y Lottie no se amaban... o al menos, no habían permitido que sus sentimientos se mostraran. Pero algo había empezado a cambiar en él, y el pensamiento de Lottie, su cercanía, comenzaba a provocar emociones que le resultaban difíciles de ignorar. Deseo, sí, pero también una especie de afecto naciente que no sabía cómo manejar. Era complicado, confuso. Y ahora Beatrice estaba intentando usar eso en su contra.

Antes de que pudiera responder, sintió una presencia detrás de él. Giró la cabeza ligeramente y vio a Lottie, de pie a la distancia, medio oculta entre los setos. Sus ojos brillaban bajo la luz de la luna, pero no había ninguna expresión en su rostro que dejara entrever lo que sentía. Alex sintió una punzada de incomodidad. No sabía cuánto había escuchado, pero lo suficiente para que las dudas comenzaran a aparecer.

Lottie había estado buscando una escapatoria del bullicio de la fiesta cuando vio a Alex y Beatrice. Observó cómo aquella mujer se acercaba a él, sus palabras casi inaudibles desde donde estaba, pero el lenguaje corporal de ambos le decía lo suficiente. Sabía que Beatrice era parte de su pasado, una sombra que siempre estaría cerca. Pero lo que más la inquietaba no era la conversación, sino lo que comenzaba a sentir hacia Alex. Algo que no había previsto al aceptar este matrimonio.

Era un acuerdo, solo eso, y sin embargo, cada vez que lo veía con otra mujer, su interior se agitaba de una manera que no podía explicar. La atracción física era innegable, pero lo que empezaba a gestarse en su interior la asustaba más.

Alex se movió hacia ella, dejando a Beatrice atrás. En su rostro había una mezcla de irritación y algo más, algo que Lottie no supo descifrar.

— ¿Has escuchado algo? —preguntó Alex, su voz más suave, sin rastro de la dureza que había mostrado con Beatrice.

Lottie sostuvo su mirada, intentando no dejar que sus emociones la dominaran. Sabía que debía mantenerse firme, que cualquier señal de debilidad solo complicaría las cosas.

—Lo suficiente —respondió, su tono neutral, casi distante—. No es nada que no supiera ya.

Alex frunció el ceño, queriendo decir algo, pero las palabras no llegaban. Ambos sabían la verdad. Su matrimonio no era real en el sentido tradicional, pero había una tensión palpable entre ellos, una atracción que ninguno de los dos estaba dispuesto a reconocer del todo. Por lo menos no en voz alta.

—No escuches a Beatrice —dijo finalmente Alex, sus ojos buscando los de Lottie, pero ella los evitaba—. Ella solo quiere causar problemas.

Lottie asintió, pero no pudo evitar que la duda la invadiera. Sabía que Beatrice intentaba manipular, pero también sabía que lo que ella y Alex compartían era frágil, una construcción que fácilmente podía desmoronarse si alguien empujaba en el lugar correcto.

—No estoy preocupada por ella —murmuró Lottie, cruzando los brazos, un gesto defensivo—. Pero quizás deberíamos ser realistas, Alex. Sabes tan bien como yo que esto... —hizo un gesto vago entre ambos— no es más que una fachada. Nadie nos cree, y Beatrice solo lo ha dejado claro.

Alex dio un paso hacia ella, su expresión dura, pero había algo vulnerable en sus ojos—Puede que esto haya comenzado como un acuerdo —dijo en voz baja—, pero eso no significa que todo lo que está pasando sea una mentira.

Lottie lo miró con sorpresa, sin estar segura de lo que quería decir con esas palabras. No pudo evitar que su corazón diera un vuelco.

— ¿Qué estás diciendo, Alex? —preguntó, su voz apenas un susurro.

Alex sostuvo su mirada por un momento más antes de dar un paso atrás, como si la gravedad de lo que estaba a punto de decir lo asustara tanto como a ella.

—Solo... no dejes que Beatrice siembre dudas en tu mente —dijo, retrocediendo hacia la entrada de la casa—. Ni en la mía.

Capítulo 9

Un salón lateral, apartado del bullicio principal. Las lámparas de aceite iluminaban suavemente las paredes decoradas con retratos de los ancestros de la familia anfitriona. El ambiente en el salón era silencioso, en contraste con la risa y la música que se oía a lo lejos desde el salón principal.

Lottie había entrado en el salón para escapar del ajetreo, deseando un momento de paz. Mientras observaba los objetos en la estancia, sus dedos rozaban con delicadeza los antiguos libros que descansaban en la estantería, sintiendo el peso de la historia que compartía el lugar con Alex, una historia que ella apenas comenzaba a conocer.

Sin embargo, su tranquilidad fue interrumpida cuando escuchó la puerta cerrarse suavemente detrás de ella. Giró sobre sus talones y se encontró cara a cara con Beatrice, cuyos ojos brillaban con una frialdad que Lottie reconoció al instante.

—Vaya, qué conveniente encontrarte aquí —comentó Beatrice, avanzando con gracia felina. Su vestido de seda ondeaba con cada paso, y la sonrisa que ofrecía no alcanzaba sus ojos—. Pensé que una mujer como tú preferiría estar entre la multitud.

Lottie sintió una punzada en el pecho, pero mantuvo su compostura. Sabía que Beatrice no había entrado al salón por casualidad. Este encuentro estaba calculado. No obstante, no iba a mostrar debilidad.

—El bullicio no siempre es lo más interesante en una fiesta —respondió Lottie con calma, manteniéndose erguida y serena, aunque por dentro su estómago se revolvía.

Beatrice la estudió por un momento antes de esbozar una sonrisa de superioridad.

—Supongo que ahora te sientes feliz y muy segura de que tienes a Alex en tus manos, ¿verdad? —dijo, acercándose más, como un depredador acechando a su presa—. Pero la verdad es que, por mucho que te esfuerces, Lottie, nunca serás suficiente para Alex. No perteneces a su mundo. Él es un noble, pero le encantan las mujeres demasiado y en cantidades, no puede vivir con una sola, mucho menos serle fiel. Le encanta la aventura, las fiestas...bastante fuertes para tu gusto.

Lottie sintió cómo esas palabras se clavaban en su corazón, pero no iba a dejar que Beatrice viera lo mucho que le afectaban. Inspiró profundamente y le sostuvo la mirada.

—Tal vez no pertenezca a este mundo, pero tampoco vine buscando pertenecer a él —respondió Lottie, su voz firme—. Alex y yo tenemos un matrimonio, uno que ambos aceptamos, y cuyos términos pactamos no quebrantar. Eso es más de lo que podría decirse de muchos matrimonios en este círculo, ¿no crees?

Beatrice soltó una pequeña carcajada, un sonido vacío que resonó en la habitación.

—Oh, querida. No se trata solo de un acuerdo en su matrimonio. Este mundo es cruel, y las personas como tú no sobreviven en él. Alex necesita una mujer que sepa cómo jugar este juego, alguien que pueda manejar las intrigas y los escándalos sin pestañear. Tú, en cambio... —Beatrice la miró de arriba abajo—. Pareces una niña perdida en un mundo que no comprende.

Lottie sintió el calor en su rostro, pero no se dejó intimidar. Sabía que Beatrice estaba intentando debilitarla, sacarla de equilibrio.

Aunque la inseguridad comenzaba a arraigarse en su interior, no le daría el gusto de verla caer.

—Quizás no comprenda todas las reglas de este juego —dijo Lottie lentamente—. Pero eso no significa que no pueda aprender. Y, aunque tal vez no sea la mujer que esperabas para Alex, eso no te da derecho a juzgar lo que él necesita o quiere.

Beatrice entrecerró los ojos, claramente molesta por la respuesta firme de Lottie.

—Alex no te ama, Charlotte. —Su voz era baja, casi susurrante, pero cargada de veneno—. Todo esto es una farsa, un contrato. Y cuando la fachada se desmorone, te quedarás sola, sin nada. —Sus ojos brillaban con crueldad—. Yo, en cambio, siempre estaré ahí.

Lottie sintió un nudo en la garganta, pero se mantuvo firme. Sabía que Beatrice tenía razón en un punto: su matrimonio con Alex no era real, al menos no en la forma en que otros lo veían. Pero había algo más entre ellos, algo que ambos estaban empezando a sentir, aunque no lo hubieran reconocido abiertamente. Aun así, las palabras de Beatrice plantaron la semilla de la duda.

—Eso es algo que deberá decidir Alex, no tú. —Fue todo lo que Lottie pudo decir, sintiendo que no había mucho más que agregar. Mantuvo la cabeza alta, incluso cuando Beatrice le dedicó una última mirada de desdén antes de girarse y salir del salón, dejando tras de sí un aire de satisfacción.

Cuando la puerta se cerró, Lottie sintió cómo la fuerza que había mantenido durante la conversación comenzaba a desvanecerse. Apoyó las manos sobre una mesa cercana, respirando hondo para calmarse. No podía evitar que las dudas se apoderaran de ella. *¿Realmente podría encajar en la vida de Alex? ¿O estaba destinada a ser una extraña en su mundo?*

El carruaje se deslizaba suavemente por las calles empedradas de Londres, envuelto en la penumbra y el sonido rítmico de los cascos de los caballos. La noche estaba quieta y el aire, cargado de una mezcla de tensión no expresada y silencio elocuente, llenaba el pequeño espacio donde Alex y Lottie se sentaban uno frente al otro. Aunque la fiesta había terminado, las emociones seguían vibrando en el aire, imposibles de ignorar.

Lottie, con la mirada fija en la ventana, no podía quitarse de la mente las palabras de Beatrice. "Nunca serás lo suficientemente buena para él". Esas palabras la habían herido más de lo que estaba dispuesta a admitir, avivando las inseguridades que había tratado de mantener bajo control desde el inicio de su matrimonio con Alex. Sabía que lo suyo era un contrato, un acuerdo sin amor, pero eso no impedía que su corazón comenzara a despertar sentimientos que no debería tener.

Alex, por su parte, estaba sentado en silencio, sus brazos cruzados con aire protector, aunque su mirada también estaba fija en la ventana. Parecía distante, perdido en sus propios pensamientos, pero sus ojos se deslizaban ocasionalmente hacia Lottie, notando la tensión en su postura. Quería preguntar si algo andaba mal, si la había afectado más de lo que dejaba ver, pero las palabras se atascaban en su garganta.

El carruaje pasó por una curva y el leve balanceo hizo que sus cuerpos se inclinaran ligeramente hacia el centro, casi rozando las rodillas. La proximidad entre ellos se volvió palpable, creando una tensión eléctrica en el aire. En la penumbra del interior, donde apenas podían distinguir los rasgos del otro, sus manos se rozaron, de manera accidental pero significativa. El toque fue fugaz, apenas un contacto, pero lo suficiente para encender una chispa que ambos intentaban ignorar desde hacía semanas.

Lottie sintió el calor en su mano y retiró los dedos con suavidad, como si el simple roce hubiese sido demasiado íntimo. Alex, aunque fingió no haber notado el contacto, sintió algo distinto. Había una barrera invisible entre ellos que parecía alzarse cada vez que se acercaban, una mezcla de orgullo, temor y deseos reprimidos.

El silencio continuó, pero la tensión en el aire era palpable. Ninguno de los dos parecía dispuesto a romperlo, aunque ambos lo deseaban desesperadamente. Lottie respiró hondo, sintiendo el peso de las palabras de Beatrice, la sombra de sus dudas. Se debatía entre abrirse a Alex y arriesgarse a que su desprecio la hiriera más, o seguir manteniendo las apariencias frías de un matrimonio de conveniencia. Pero ¿y si Beatrice tenía razón? ¿Y si Alex nunca la vería como algo más que una esposa por contrato?

Finalmente, fue Alex quien rompió el silencio, aunque lo hizo de forma indirecta.

—Beatrice siempre ha sido... provocadora —murmuró, como si leyera los pensamientos de Lottie, pero sin mirarla directamente.

Lottie tensó los labios, sorprendida de que él lo mencionara, pero al mismo tiempo agradecida. Sin embargo, no estaba segura de qué responder, así que optó por una afirmación evasiva.

—Sí, parece disfrutarlo.

El carruaje pasó por otra calle iluminada por faroles, proyectando sombras en el rostro de Alex. Sus ojos brillaron por un instante antes de volverse opacos nuevamente, pero esta vez, se giró hacia ella, su mirada buscando algo en la suya.

—No le prestes atención —dijo con voz más suave, casi como un susurro—. Lo que ella diga no importa.

Lottie asintió lentamente, pero las dudas seguían arraigadas en su interior. ¿Cómo podía no prestar atención cuando era obvio que Beatrice conocía a Alex mejor de lo que ella jamás lo haría? Y aunque sabía que su matrimonio no estaba basado en amor, una pequeña parte de ella, la que comenzaba a desarrollar esos sentimientos no deseados, quería creer que podría llegar a significar algo más.

—Lo intentaré —respondió finalmente, con una sonrisa forzada que no llegó a sus ojos.

Alex inclinó la cabeza, notando la reserva en su respuesta. No insistió, pero algo dentro de él se revolvía. Había algo en Lottie, algo que iba más allá del simple acuerdo que tenían. Sentía una atracción hacia ella, un deseo que crecía cada vez que estaban juntos. Pero al mismo tiempo, el contrato y los términos que lo ataban a ella como a una obligación nublaban sus pensamientos. No podía permitirse el lujo de ceder a lo que empezaba a sentir. No aún.

El carruaje se detuvo suavemente frente a la casa, y el silencio volvió a invadir el espacio. Ambos sabían que ese momento en la oscuridad del carruaje, envueltos en la intimidad que solo la noche ofrecía, había sido importante, pero ninguno estaba dispuesto a reconocerlo.

—Es tarde —murmuró Alex, rompiendo el momento—. Será mejor que entremos.

Lottie asintió, y sin otra palabra, ambos bajaron del carruaje, volviendo a su rutina de matrimonio fingido. Pero esa noche, en sus respectivas habitaciones, sus pensamientos estaban lejos de ser fríos y calculadores. Ambos sabían que algo había cambiado, aunque ninguno tenía el valor de admitirlo. Al menos, no todavía.

Días más tardes, y ya de vuelta en el campo, Lottie, aún sacudida por el encuentro con Beatrice, Lottie decidió explorar la casa desde donde lo había dejado la última vez que empezó a recorrerla. Sus pasos la llevaron a una habitación más pequeña, decorada con muebles antiguos y cuadros familiares. Había un aire acogedor en el espacio, y su mirada se posó en varios objetos que parecían pertenecer a la infancia de Alex: una vieja pelota de cuero, libros desgastados por el uso, e incluso un pequeño retrato de un niño que reconoció al instante.

—Ese fue su favorito —una voz anciana la sacó de su ensimismamiento.

Lottie se giró para encontrar a Mrs. Merton, el ama de llaves, una mujer de edad avanzada con un semblante amable pero atento. Lottie esbozó una pequeña sonrisa.

—No quería ser indiscreta —dijo Lottie suavemente, gesticulando hacia los objetos.

—No es indiscreción si está en su propia casa, señora —respondió Mrs. Merton con una sonrisa, caminando hacia ella—. Alex solía pasar horas aquí, especialmente cuando... bueno, cuando la vida en el exterior no era tan amable con él.

Lottie frunció el ceño, interesada.

— ¿A qué se refiere?

Mrs. Merton la miró con una mezcla de cariño y tristeza.

—Alex tuvo una infancia complicada. Su relación con su padre fue... difícil, por decirlo de manera suave. Este cuarto fue su refugio, donde podía ser solo un niño sin la presión de las expectativas. —La mujer se acercó a una estantería y acarició uno de los libros—. Siempre fue un muchacho brillante, pero también solitario, y sensible. Sin embargo, a su padre eso parecía enfurecerlo porque lo veía como signo de debilidad.

Lottie sintió una nueva ola de curiosidad por Alex, un deseo de entender al hombre con el que compartía su vida, aunque fuera en apariencia.

— ¿Y su madre? —preguntó.

La señora Merton suspiró.

—Ella intentó lo mejor que pudo, pero estaba atrapada entre las expectativas de la sociedad y el control de su marido. Alex heredó esa dureza, pero también la ternura que ella intentaba ofrecerle en los pequeños momentos, sin embargo su madre con el tiempo se fue llenando de amargura y cambió mucho, incluso con su propio hijo. Es un hombre complejo, señora, y no siempre es fácil comprenderlo. Pero si me permite decirlo... hay más en él de lo que la mayoría de la gente ve.

Lottie sintió un ligero nudo en el estómago. Sabía que había comenzado a sentir algo por Alex, aunque no supiera exactamente qué era. Pero la conversación con Mrs. Merton le mostró que, quizá, había mucho más por descubrir, tanto en él como en su relación.

—Gracias, señora Merton —dijo Lottie suavemente, con una nueva determinación creciendo en su interior.

Mientras dejaba la habitación, sus pensamientos sobre Alex eran más complicados que nunca. Pero también más claros. Quizás, solo quizás, había una oportunidad para algo más entre ellos.

———⚬———

LA LUZ DE LAS VELAS titilaba suavemente sobre la larga mesa de madera oscura, reflejándose en los finos detalles de la porcelana y el cristal. El gran comedor de la mansión Cavendish, majestuoso y solemne, estaba bañado en una atmósfera de lujo silencioso, solo interrumpido por el suave roce de los cubiertos y el murmullo del fuego en la chimenea cercana.

Lottie se sentaba al otro extremo de la mesa, con la espalda recta y los dedos entrelazados en su regazo. Aunque mantenía la compostura, su mente estaba a la deriva, atrapada entre las emociones que había intentado reprimir desde que había firmado aquel maldito contrato. La formalidad de la cena no hacía más que alimentar la tensión en el aire, una tensión que iba más allá de las palabras educadas que intercambiaban.

Alex estaba frente a ella, y aunque su expresión era la de un hombre aparentemente relajado, sus ojos oscuros la observaban con una intensidad que la hacía sentir expuesta. Cada mirada suya parecía traspasar las capas de control que Lottie había construido meticulosamente, haciendo que su piel se estremeciera bajo el delicado peso de su atención.

El silencio entre ellos no era incómodo, pero sí denso, cargado de significado. Ambos lo sentían, aunque ninguno lo admitía. Cada vez que sus manos se acercaban, ya fuera al tomar el vino o al pasar un plato, un sutil roce entre sus dedos hacía que el aire se electrificara.

Fue un gesto mínimo, un toque insignificante para cualquiera que lo observara, pero para ellos, era mucho más. Lottie retiraba la mano rápidamente cada vez que sucedía, como si ese contacto la quemara, pero sus dedos temblaban después, deseando un poco más.

Alex observaba cada uno de sus movimientos con fascinación creciente. Desde la forma en que sus dedos delgados rodeaban el tallo de la copa, hasta cómo su cuello se movía cuando tragaba con lentitud el vino. Había algo en su quietud, en su elegancia contenida, que lo intrigaba más de lo que estaba dispuesto a aceptar. Sabía que bajo esa fachada serena, Lottie escondía emociones y deseos que aún no le había revelado.

El sonido de los cubiertos rozando los platos parecía amplificado en el silencio, y el leve tintineo del cristal al brindar resonaba como un eco cargado de promesas no dichas. Cada pequeño gesto, cada mirada furtiva que intercambiaban, era un juego sensual de los sentidos, una danza que ambos estaban comenzando a disfrutar sin darse cuenta.

—La cena ha estado deliciosa —comentó Lottie en un tono formal, rompiendo el silencio.

Alex asintió, pero en lugar de responder inmediatamente, sus ojos se posaron en ella un poco más de lo necesario antes de hablar.

—Me alegra que lo pienses —murmuró, con un tono más bajo, casi íntimo, que hizo que un escalofrío recorriera la columna de Lottie.

El fuego de la chimenea chisporroteó de fondo, llenando el aire con un suave crepitar, pero ambos parecían ajenos al calor que irradiaba. No lo necesitaban. El calor que se generaba entre ellos, con cada mirada y gesto, era suficiente para incendiar la habitación.

Lottie desvió la mirada hacia su copa, intentando distraerse, pero el vino que bebió solo avivó el fuego que sentía dentro. No podía seguir ignorando lo que pasaba entre ellos, pero al mismo tiempo, no se atrevía a darle voz a sus pensamientos. Todo lo que había creído sobre su relación con Alex, sobre la frialdad de su matrimonio de conveniencia, comenzaba a tambalearse.

Alex, por su parte, se mantenía calmado en apariencia, pero cada minuto que pasaba junto a ella lo hacía sentir más inquieto. No podía ignorar cómo la tensión entre ellos crecía, como una cuerda que se tensaba cada vez más, a punto de romperse. La necesidad de tocarla, de cruzar esa línea que ambos fingían no ver, era casi insoportable.

Cuando la cena terminó, Alex se levantó primero y caminó hacia Lottie, extendiéndole la mano para ayudarla a levantarse. Ella aceptó su gesto, pero en el momento en que sus manos se encontraron, la electricidad entre ellos fue innegable. El toque duró un segundo más de lo necesario, y ambos lo sabían. Lottie levantó la mirada, y por primera vez, sus ojos se encontraron en una confrontación silenciosa. Ninguno de los dos dijo una palabra, pero el deseo que ardía entre ellos era evidente.

—Deberíamos retirarnos —murmuró Lottie, con la voz apenas controlada.

Alex asintió, pero mientras la acompañaba hacia la puerta, no pudo evitar inclinarse un poco más cerca de ella, lo suficiente como para que su aliento rozara su cuello.

—Lottie... —su voz era baja, casi un susurro cargado de algo más que simple cortesía.

Ella giró la cabeza levemente, lo suficiente para mirarlo de reojo, y aunque no respondió, sus labios temblaron ligeramente ante la proximidad de él. Sabía que si continuaban con este juego, pronto el control se rompería, y aunque una parte de ella lo deseaba, otra aún temía las consecuencias.

Finalmente, ambos se retiraron a sus respectivas habitaciones, pero esa noche, ninguno pudo escapar del recuerdo del otro. La cena había sido solo el comienzo de algo que ambos sabían que ya no podían seguir ignorando. Las formalidades estaban presentes, pero el deseo, latente e innegable, había comenzado a tejer su red en cada rincón de su relación.

———— ❧ ————

LA TENUE LUZ DE LAS velas parpadeaba suavemente, proyectando sombras danzantes sobre las paredes cubiertas de delicado papel pintado en tonos crema y oro. El aire estaba cargado con la fragancia de lavanda que provenía del ramo de flores frescas en el tocador, mezclándose con la brisa nocturna que entraba por la ventana abierta. Las cortinas de encaje ondeaban perezosamente, susurrando un suave eco de la fresca noche londinense.

Lottie se encontraba de pie frente al espejo, observando su propio reflejo. Los rizos de su cabello, sueltos ahora, caían sobre sus hombros en suaves ondas, como una metáfora de la vida que tanto intentaba controlar, pero que siempre parecía encontrar una forma de soltarse de su rígido agarre. Sus dedos recorrieron lentamente la línea de su cuello, sintiendo el eco del roce de Alex en la cena de esa noche. Había sido un simple toque, una breve conexión de piel con piel, pero aún sentía la chispa que había encendido en su interior.

Cerró los ojos y respiró profundamente, intentando calmar la tormenta de emociones que la abrumaba. En su mente, las palabras de Beatrice resonaban una y otra vez: *"Nunca serás suficiente para él"*. Lottie se mordió el labio inferior, tratando de desterrar esos pensamientos, pero sabía que no era solo Beatrice quien la hacía dudar. Era Alex. El contrato que los unía era claro: un matrimonio por conveniencia, un acuerdo que les beneficiaba a ambos. Pero, ¿y ahora? ¿Qué había cambiado?

Abrió los ojos y observó su reflejo una vez más, buscando respuestas en el brillo de sus propios ojos. *¿Cómo había llegado a este punto?* Ella, que había jurado no depender emocionalmente de ningún hombre, que había entrado en este matrimonio con la convicción de mantener su independencia. Y sin embargo, ahí estaba, sintiendo cómo la atracción por Alex crecía con cada día que pasaba. No solo era un deseo físico—eso lo reconocía fácilmente—sino algo más profundo, algo que la asustaba porque no lo podía controlar.

Las velas titilaron de nuevo, como si compartieran su inquietud. La brisa que entraba por la ventana movió suavemente los mechones sueltos de su cabello, y el suave aleteo de las cortinas era el único sonido que llenaba el silencio. Lottie se dejó caer en la silla frente al espejo, sus manos apretadas en su regazo. *¿Qué haría si se permitía sentir más por Alex?*

La lucha interna que enfrentaba era feroz. Por un lado, deseaba con una intensidad creciente romper las barreras que había levantado entre ellos, sentir sus manos sobre ella sin la cortina del deber, mirar a sus ojos sin la formalidad del contrato. Pero por otro lado, la idea de depender emocionalmente de él, de entregarse completamente, la aterrorizaba. Ya había visto lo que ocurría cuando las mujeres caían presa de sus emociones, cómo su independencia se desmoronaba bajo el peso del amor.

Suspiró, llevándose las manos al rostro. Estaba dividida, atrapada entre dos realidades: la de una mujer que ansiaba mantener su independencia y la de una mujer que empezaba a desear algo más profundo con Alex. *¿Podría realmente mantener sus barreras intactas?* Cada vez que él la miraba de esa forma, cada vez que su toque encendía algo en su piel, sentía que las paredes que había construido comenzaban a agrietarse.

Lottie dejó que su mirada vagara hacia la ventana, donde la luna llena iluminaba suavemente el cielo oscuro. Había algo en la quietud de la noche que la hacía sentir vulnerable. Aquí, en la soledad de su alcoba, no podía esconderse de sus propios pensamientos, ni de los deseos que Alex despertaba en ella. Era un sentimiento que no había anticipado cuando firmó aquel contrato, una vulnerabilidad que nunca pensó que tendría que enfrentar.

Se levantó de la silla y se acercó a la ventana, sintiendo el aire fresco en su rostro. Cerró los ojos de nuevo y respiró profundamente. *Debo ser fuerte,* se dijo a sí misma. Debía mantener sus barreras levantadas. Pero en el fondo, sabía que no era tan sencillo. Alex la hacía cuestionar todo lo que había creído sobre el matrimonio, sobre el deseo, y sobre sí misma.

Mientras la noche avanzaba y el silencio llenaba la habitación, Lottie permaneció junto a la ventana, preguntándose cuánto más podría resistir antes de que las emociones que intentaba reprimir la alcanzaran. *¿Qué ocurriría si se dejaba llevar por lo que sentía?* ¿Y si, después de todo, el contrato no era suficiente para mantenerlos separados?

Capítulo 10

La luz de una lámpara de aceite parpadeaba sobre el amplio escritorio de caoba, proyectando sombras en las estanterías llenas de libros antiguos y documentos apilados. El ambiente en el despacho era sobrio, cargado con un aire de autoridad masculina y la fragancia de cuero envejecido y tabaco. Alex estaba sumido en los papeles que revisaba, sus cejas fruncidas en concentración mientras pasaba las páginas con un leve suspiro.

El suave clic de la puerta abriéndose lo hizo levantar la vista. Allí, en el umbral, estaba Lottie, su figura iluminada tenuemente por la lámpara que dejaba entrever las delicadas líneas de su vestido. Su presencia era inesperada, y Alex, aunque sorprendido, mantuvo su expresión impasible.

—Lottie —dijo, con la voz baja y controlada—. ¿Qué te trae aquí a estas horas?

Lottie avanzó, con la excusa lista en sus labios. —Quería hablar sobre los términos del contrato —murmuró, acercándose a él, sus manos jugando nerviosamente con los pliegues de su falda.

Alex la observó con una mezcla de curiosidad y precaución. Había algo en su manera de caminar, en el brillo de sus ojos, que le decía que esto no se trataba solo de un asunto de negocios. Podía sentir la tensión en el aire, el calor que comenzaba a acumularse en la habitación, a pesar de que el tono de la conversación seguía siendo formal.

— ¿A estas horas? —replicó él, levantándose de su silla y rodeando el escritorio para acercarse a ella, cada paso cuidadoso y calculado.

Lottie tragó saliva, notando el cambio en su postura, en la forma en que la miraba. Su cuerpo parecía al borde de romper las cadenas que lo contenían, y ella, a pesar de su propia lucha interna, sintió cómo la distancia entre ellos disminuía. Cada centímetro más cerca de él hacía que el ritmo de su corazón se acelerara.

—Sí... —empezó a decir, su voz más suave—. Pensé que deberíamos revisar algunos puntos, aclarar ciertas expectativas...

Pero antes de que pudiera continuar, Alex cerró el espacio que los separaba, sus ojos clavados en los de ella, buscando una respuesta en su mirada. La verdad no estaba en sus palabras, sino en la manera en que su respiración se aceleraba, en el leve temblor de sus manos, en el deseo contenido que ambos intentaban ignorar desde hacía tanto tiempo.

— ¿Es realmente el contrato lo que quieres discutir? —preguntó él, su voz grave y cargada de una intensidad que Lottie no podía negar.

Antes de que pudiera responder, Alex alzó una mano y rozó su mejilla, un gesto suave pero cargado de significado. Lottie cerró los ojos por un instante, sintiendo la calidez de su piel, el fuego que se encendía con ese simple contacto. Cuando abrió los ojos, él estaba más cerca, tan cerca que podía sentir su aliento en su rostro.

Ella intentó decir algo, pero las palabras se quedaron atrapadas en su garganta. Sabía que estaban jugando con fuego, que cruzar esa línea cambiaría todo entre ellos. Pero también sabía que no podía detenerse, que había algo más fuerte que ambos, algo que había estado gestándose desde el momento en que sus caminos se cruzaron.

Alex, sin poder resistir más, la tomó por la cintura y la atrajo hacia él. Lottie no se apartó. Su cuerpo, en lugar de resistirse, se relajó ante su toque, como si hubiera estado esperando este momento. Sus miradas se encontraron de nuevo, y en ese instante, ambos supieron que ya no había marcha atrás.

El beso fue lento al principio, exploratorio, pero rápidamente se convirtió en algo más, algo cargado de la pasión contenida que habían reprimido durante tanto tiempo. Alex profundizó el beso, su mano deslizándose por la curva de su espalda mientras la otra se aferraba a su cintura, como si temiera que ella pudiera desvanecerse si la soltaba. Lottie, con los latidos de su corazón resonando en sus oídos, se dejó llevar, sus manos subiendo hasta los hombros de Alex, aferrándose a él con la misma intensidad.

El sonido de sus respiraciones entrecortadas llenaba el despacho, junto con el leve crujido de la tela de sus ropas al moverse. El deseo entre ellos era palpable, una corriente eléctrica que parecía envolver cada rincón de la habitación, cada parte de sus cuerpos. Pero no era solo el deseo lo que los empujaba; era también la lucha interna, el miedo de lo que este momento significaba. Porque, aunque ambos deseaban esto, también sabían que estaban rompiendo las reglas no escritas de su contrato.

Finalmente, Alex se separó, aunque sus manos seguían en su cintura, como si le costara dejarla ir. Sus ojos buscaban los de Lottie, intentando leer sus pensamientos, pero su propio deseo nublaba su juicio.

—Alex —murmuró, su voz ronca y llena de confusión—. ¿Sabes bien lo que haces?

—Yo estoy muy seguro. ¿Pero tú? ¿Si seguimos no te arrepentirás?

Pero Lottie, con los labios aún hinchados por el beso, negó suavemente con la cabeza. Sabía que él tenía razón, pero no podía ignorar lo que sentía. La lucha dentro de ella seguía viva, pero por primera vez, el deseo parecía estar ganando terreno.

—No lo haré... —susurró—, como tú, tampoco puedo seguir pretendiendo que no siento nada.

El silencio que siguió fue pesado, cargado de todo lo que no podían decirse en palabras. Ambos sabían que estaban en un punto de no retorno, y que lo que sucediera después cambiaría su relación para siempre. Pero en ese momento, bajo la luz tenue de la lámpara de aceite, con las estanterías repletas de libros como únicos testigos, ninguno de los dos podía resistirse a lo que realmente deseaban.

Estaban jugando con fuego, y ambos lo sabían. Pero en ese momento, el fuego era lo único que importaba.

El despacho parecía haberse vuelto más pequeño, más íntimo, mientras el silencio entre ellos se extendía, cargado de una tensión palpable. Lottie sentía aún el calor de los labios de Alex en los suyos, y cada centímetro de su cuerpo clamaba por más, por aquello que ambos se habían negado durante tanto tiempo. Pero algo dentro de ella también temía lo que podría desatarse si cruzaban esa línea por completo.

—Alex... —susurró, bajando la mirada por un instante, intentando recuperar algo de control sobre sí misma.

Alex la observaba con una intensidad que la hizo estremecerse. Su cuerpo, rígido y tenso, estaba atrapado en el mismo dilema que el de ella. Sabía que, con un simple movimiento, podría llevarla a su perdición... o a la suya propia.

— ¿Y el contrato? —preguntó él con voz ronca.

El contrato. Las palabras frías de su acuerdo resonaron en la mente de Lottie, recordándole la razón por la que habían llegado hasta aquí. Su matrimonio era una farsa, una simple transacción en la que las emociones no tenían lugar. Pero entonces, ¿por qué se sentía tan conectada a él? ¿Por qué cada vez que estaba cerca de Alex, su corazón se aceleraba de una manera que jamás había experimentado antes?

Lottie dio un paso hacia atrás, sus dedos deslizándose de los hombros de Alex. El aire entre ellos se enfrió por un momento, pero el deseo no desapareció; simplemente quedó suspendido, a la espera de que alguno de los dos tomara una decisión.

—Tienes razón —dijo ella finalmente, su voz más firme de lo que esperaba—. No es lo que acordamos. Y sé que no debemos...

Pero su mirada se encontró con la de Alex de nuevo, y todo lo que intentaba decir se desmoronó ante la intensidad de sus ojos. Había algo más en juego, algo más profundo que el simple deseo físico. Alex era una contradicción viviente: distante y protector, calculador y apasionado. Y aunque Lottie sabía que este juego era peligroso, no podía negar que estaba siendo arrastrada por la corriente.

—Entonces, ¿qué hacemos? —preguntó él, acercándose nuevamente, su mano rozando el antebrazo de Lottie, un toque tan ligero pero que parecía quemar su piel.

—No lo sé —admitió Lottie, su respiración acelerándose. Sabía lo que quería, pero no podía decirlo en voz alta. No sin destruir todo lo que habían construido, aunque fuese una fachada.

Alex la miró por un largo momento. Era como si estuviera evaluando todas las posibilidades, todos los riesgos. Podía sentir su propio deseo devorándolo por dentro, pero había algo más que lo detenía. El peso del compromiso, la obligación que ambos habían aceptado cuando firmaron ese contrato frío y calculador. Pero ahora, las reglas parecían difuminarse.

Con un suspiro profundo, Alex soltó su agarre en su brazo y se apartó ligeramente, girándose hacia el escritorio, como si necesitara un respiro de la intensidad que los rodeaba.

—No sé cómo llegamos aquí —dijo él, frotándose el rostro con las manos—. Pero si seguimos por este camino, no habrá vuelta atrás, Lottie. Yo te deseo demasiado y soy humano, cada vez que te veo quiero hacerte mía, quiero que seas mi esposa en todos los sentidos. No sé qué es lo que me pasa contigo que despiertas cosas en mí, que jamás había sentido...o tal vez no me permitía sentir.

El tono de su voz era más suave, casi vulnerable, una faceta de Alex que ella no había visto antes. Lottie dio un paso adelante, sus labios entreabiertos mientras intentaba encontrar las palabras adecuadas. ¿Qué significaba "no habrá vuelta atrás"? ¿Sería tan terrible dejarse llevar por lo que sentían?

—Quizá no deberíamos volver atrás —murmuró ella, su corazón latiendo desbocado en su pecho.

Alex se giró hacia ella, sus ojos oscuros buscando los de Lottie, y por un momento, la habitación pareció quedarse en silencio. No había más ruido de hojas de papel o del crepitar de la lámpara de aceite. Solo estaban ellos, y el deseo no dicho que llenaba cada espacio entre ellos.

—Lottie... —empezó a decir él, pero sus palabras quedaron atrapadas en su garganta.

Ella no esperó más. Había algo en el modo en que él la miraba que la empujó a ser valiente, a dejar de lado el miedo que había sentido desde el principio. Si esto iba a ser un error, entonces sería uno que cometerían juntos.

Con decisión, Lottie cerró la distancia que los separaba y lo besó, esta vez siendo ella la que tomaba la iniciativa. Fue un beso cargado de toda la frustración, el deseo y la confusión que ambos habían sentido durante semanas. Sus labios se encontraron con urgencia, y Alex, sorprendido al principio, respondió casi de inmediato. Sus manos, grandes y fuertes, rodearon su cintura, atrayéndola hacia él con un deseo que ya no podía negar.

El mundo exterior desapareció. Ya no existían contratos, obligaciones ni reglas. Solo estaban ellos, sumidos en una pasión que los había estado consumiendo desde hacía demasiado tiempo.

Cuando el beso terminó, ambos quedaron sin aliento, sus frentes tocándose mientras intentaban recuperar el control.

—Esto... —comenzó Alex, su voz un susurro tembloroso—. Esto cambia todo.

Lottie, aún con los ojos cerrados, asintió ligeramente, sus manos apoyadas en el pecho de él, sintiendo los latidos fuertes y rápidos de su corazón.

—Sí —murmuró ella—. Pero quizás sea lo que ambos necesitábamos.

El peso de esa confesión quedó en el aire. la calidez de sus cuerpos tan cercanos, la fragancia de la madera y el cuero que los envolvía... todo parecía conspirar para hacer que se rindieran ante lo inevitable. Pero también había incertidumbre. Ambos sabían que este momento no era el final, sino solo el principio de algo más grande, algo que desafiaría todo lo que creían sobre su relación.

Alex la levantó en brazos y subió con ella las escaleras llevándola a su habitación.

Cuando cruzaron el umbral de la habitación, Alex cerró la puerta con suavidad, sellando el espacio para ellos dos, para ese instante que parecía existir fuera del tiempo. El fuego en la chimenea iluminaba la habitación con una luz cálida y acogedora, proyectando sombras danzantes sobre las paredes, y el silencio se llenó de una expectación dulce y contenida. Charlotte lo miró, su respiración acompasada pero cargada de emoción, y él le devolvió una sonrisa suave, una que reflejaba tanto deseo como ternura.

Con una delicadeza inusual, Alex deslizó una mano por su mejilla, acariciando su piel y capturando cada expresión que surgía en su rostro. Llevó ambas manos a su cintura, desabrochando uno a uno los pequeños botones de la espalda de su vestido, dejando que el tejido cayera lentamente sobre sus hombros y deslizándose hasta dejarla en su ropa interior. Charlotte, vulnerable y segura a la vez, lo miraba a los ojos, sintiendo cómo cada movimiento de él era una declaración silenciosa de afecto y devoción.

Alex la tomó de la mano, acercándola aún más, y luego deslizó la prenda con reverencia, como si se tratara de algo sagrado. Cuando finalmente la dejó libre de cada capa, él mismo comenzó a despojarse de su ropa, sin apartar la vista de ella en ningún momento. Primero la chaqueta, luego la camisa, cada prenda desapareciendo entre el sonido casi imperceptible de la tela deslizándose. Con cada gesto, él parecía abrirse tanto como ella, dejándose ver sin reservas.

Ya sin barreras entre ellos, Alex la observó extasiado. Ella era una preciosidad con su piel perfecta sin una marca, sus pechos llenos, y caderas amplias. La levantó en sus brazos con facilidad. La llevó hacia la cama, donde la depositó con suavidad sobre las sábanas, enredándose a su lado. Charlotte extendió una mano, acariciando su rostro, sus hombros, como si quisiera memorizar cada rincón de él.

Alex se inclinó sobre Charlotte, sus labios rozando apenas los suyos mientras una mano comenzaba su recorrido, lenta y deliberadamente. Sus dedos deslizaban un rastro cálido desde su cuello, bajando por la línea de sus clavículas y luego acariciando su hombro, como si su único objetivo fuera sentir cada pulso de vida en su piel. Charlotte se estremeció ante su toque, su respiración acelerándose, sus ojos encontrándose en un intercambio cargado de deseo y vulnerabilidad.

Sin apresurarse, sus labios descendieron sobre su cuello, depositando besos suaves que se volvieron más profundos, cada uno dejando un rastro de calor sobre su piel. Su mano bajó hasta el delicado contorno de su pecho, trazando círculos suaves mientras Charlotte sentía una oleada de electricidad bajo cada toque. Él era meticuloso, explorando cada centímetro como si fuera un territorio que deseaba conocer a fondo, sus caricias lentas y exigentes.

La forma en que sus labios se deslizaron hacia su hombro y luego más abajo, dibujando el contorno de su figura, hizo que Charlotte se arqueara contra él, su cuerpo deseando más a pesar de la paciencia de Alex. Con cada movimiento, él parecía anticipar sus necesidades, manteniendo el ritmo justo para hacerla anhelar más, para mantenerla en esa línea entre la expectación y el placer.

Finalmente, se apartó apenas un instante, sus ojos buscando los de ella, como si quisiera confirmar que ambos estaban en la misma sintonía, que la conexión entre ellos era tan real y profunda como lo que sus cuerpos estaban experimentando. Alex retomó sus caricias, llevándola al borde del deseo, dándole la promesa de lo que estaba por venir, entregándose a ella y dejándola perderse por completo en el momento que compartían.

Lottie sintió que la sangre corría lentamente. Necesitando aire, respiró hondo por la nariz sintiendo el olor de él, a piel limpia. Ella pudo sentir su miembro contra su vientre, mientras su boca conectaba dulcemente con la de ella, su lengua saboreando y lamiendo, haciendo que ella se derritiera bajo el calor de su ardor. Sus labios eran tan hermosos, tan suaves contra los suyos.

La boca de Alex viajó a lo largo de su pómulo hasta que acarició su oreja. —te deseo demasiado.

Insegura de qué hacer, qué decir, ella solo podía tocar sus hombros, su hermoso cabello, y su musculosa espalda. Ese hombre era una obra de arte su cuerpo era capaz de despertarla solo con verlo. —me dirás cada cosa que te guste para saber que te complace—murmuró antes de tomar su boca y deslizar la mano desde la parte posterior de la rodilla hasta la cadera. Antes de que ella pudiera protestar, sus dedos estaban separando los labios de su sexo. Y Lottie gimió mientras su toque se deslizaba con astucia —estás tan mojada—le dijo al tiempo que seguía acariciando su sexo.

—Yo...lo siento. — Se sentía ruborizada hasta las raíces de su cabello.

—No lo sientas, mi amor. Alex se acercó a ella, empujando sus muslos —Es perfecto. Eres perfecta. Charlotte pensó que no era perfecta. Pero la forma reverente en que la tocaba le dijo que por el momento al menos, él realmente pensaba que lo era. Tomó sus labios en otro beso apasionado cuando empujó en ella su virilidad. Su ansia la hizo levantar las caderas, obligándolo a llenarla por completo. Una punzada de dolor la dejó helada, un gemido sumiso irradió de sus labios.

—Hacer el amor duele, pero solo será la primera vez. —Su voz ronca resonó dentro de ella cuando empezó a moverse lentamente dentro de su pasaje. Ella luchó, y Alex sujetó sus caderas, la mantuvo en su lugar.

—Duele...—dijo en voz alta.

—Lo sé, cariño. . . un poco más. . . Sé que duele . ." Y entonces algo dentro de ella cedió dándole a paso a él. Las palmas de él, ahuecaron sus mejillas, y sus pulgares limpiaron sus lágrimas.

—Mi amor, Perdóname el dolor que te causé —la abrazó, la calmó con elogios. Ella dudaba que un esposo pudiera haberla apreciado más. Cuando se calmó, Alex comenzó a moverse, de una forma tortuosa, y lenta deslizando su miembro duro en su sexo hinchado. El dolor se había desvanecido y llegó el placer que la hizo arquearse para encontrarse con sus empujes.

—Muévete conmigo— le dijo, y ella siguió aquella orden, solo para sentir lo más profundo.

Ahora cada golpe dentro de ella hizo que se retorciera y arañara su espalda. Charlotte sintió que su cuerpo se tensaba y que se rompía en mil pedazos pero era una sensación tan maravillosa. Luego sintió que Alex se estremecía brutalmente y la inundó de calor líquido agarrándola tan fuerte que era difícil respirar— Lottie—jadeó fuerte. Ella lo sostuvo en su corazón y sonrió. Esto no era en absoluto como había soñado perder su virginidad. Esto fue mucho mejor.

Alex cayó rodando a su lado, llevándosela consigo para apoyarla en el hueco de su brazo y tener su cabeza acunada contra el pecho. Los dos corazones latían al unísono cuando ella se durmió, deseando que estuvieran juntos para siempre.

LA LUZ DEL AMANECER se filtraba suavemente a través de las cortinas de la habitación, iluminando el rostro de Charlotte mientras aún dormía. Alex, ya despierto, la observaba con una mezcla de ternura y asombro, sus pensamientos atrapados entre la paz de ese momento y el recuerdo de la intensidad de la noche anterior. Sabía que lo que habían compartido había sido especial, más de lo que podría expresar con palabras, pero una pequeña duda rondaba su mente. *¿Habría logrado derribar todos los muros entre ellos? ¿Cambiarían las cosas, al menos un poco entre ellos para mejorar?*

Charlotte, lentamente, abrió los ojos y lo encontró mirándola. Sonrió, un rubor leve coloreando sus mejillas mientras tomaba conciencia de su cercanía, de los brazos de Alex rodeándola. Acarició suavemente el pecho de su esposo, sintiendo la calidez de su piel y el latido de su corazón. Aunque había una serenidad en ese despertar, también sentía un nudo de inseguridad en el fondo de su ser, una parte de ella que temía que esa conexión pudiera desvanecerse cuando regresaran a sus rutinas diarias.

— ¿Dormiste bien? —preguntó él, acariciando un mechón de su cabello y apartándolo de su rostro.

—Creo que nunca había dormido tan profundamente —murmuró ella, sonrojándose al recordar la intensidad de sus momentos juntos. Alex era un hombre muy apasionado y despues de hacerle el amor la primera vez, volvió a buscarla un par de veces más durante la noche, hasta que ambos finalmente se durmieron.

Alex sonrió, pero algo de preocupación pasó fugazmente por sus ojos. Acarició su mejilla, con una suavidad que le hizo temblar.

— ¿Te sientes... bien? —preguntó, con una ligera pausa—. Quiero decir, después de anoche, ¿no estás demasiado... adolorida?

Charlotte sintió cómo el calor se extendía por su rostro al escuchar esas palabras. Un rubor intenso tiñó sus mejillas, y aunque su primer impulso fue desviar la mirada, terminó por sonreírle con un toque de timidez.

—Bueno, quizás un poco —admitió, mirándolo a través de sus pestañas—. Pero... no fue nada que no valiera la pena.

Alex soltó una suave risa, y tomó su mano, llevándola a sus labios para besarla con una ternura que le hizo olvidar cualquier incomodidad. La observó, sus ojos cargados de algo muy distinto a la forma en la que antes lo hacía y que la hizo sentir, apreciada.

—No tienes idea de lo mucho que has empezado a significar para mí, Charlotte —susurró, sin apartar la mirada de ella—. No sabes cuánto deseaba que este momento llegara... para tenerte aquí, a mi lado.

Ella, aún sonrojada, se acercó un poco más a él, buscando sus labios en un beso suave, lleno de cariño.

—Yo también me siento igual, Alex. Aunque confieso que, anoche, me dejaste sin palabras —dijo, su sonrisa tornándose juguetona.

Alex rió, y la abrazó más fuerte, sus manos recorriendo su espalda con un toque delicado.

—Pues entonces tendremos que repetirlo hasta que sepas exactamente qué decir, ¿no? —respondió él, en un susurro, haciendo que Charlotte soltara una risa suave mientras se acurrucaba nuevamente en su pecho.

Un rato después, en el ala opuesta de la mansión, la doncella de Charlotte, Nelly, abrió la puerta de la habitación de Charlotte y, al no encontrar a su señora, sus ojos se abrieron con sorpresa. Sin embargo, una sonrisa traviesa se dibujó en sus labios al deducir lo que había sucedido. Aún sin decir una palabra, se retiró silenciosamente, sintiendo una pequeña satisfacción por su señora y esperando que esa cercanía entre la pareja perdurara.

Capítulo 11

En la elegante y sobria casa de campo de los Cavendish, el estudio de Alex estaba iluminado por la tenue luz de la mañana que entraba por los ventanales, acariciando el escritorio lleno de papeles y documentos financieros que él revisaba con concentración. Las paredes estaban forradas con estanterías repletas de libros, y una pequeña lámpara de aceite titilaba sobre el escritorio de caoba, emitiendo un brillo suave y cálido que apenas alcanzaba a cubrir toda la habitación.

El silencio fue interrumpido por el toque suave en la puerta. El mayordomo apareció, con una leve inclinación de cabeza.

—Milord, Sir George Ashford ha llegado —anunció con su voz tranquila.

Alex levantó la vista de sus papeles, esbozando una sonrisa sincera.

— ¡George! ¡Qué sorpresa! Hazlo pasar de inmediato—le dijo al mayordomo.

Momentos después, George Ashford cruzaba la puerta con una sonrisa forzada que intentaba imitar el entusiasmo de Alex, pero en su interior, cada paso que daba hacia el hombre al que llamaba primo no hacía más que alimentar su profundo resentimiento. Alex se levantó para saludarlo, estrechando su mano con afecto y palmoteando su hombro, sin darse cuenta de los oscuros pensamientos que pasaban por la mente de George.

— ¡George! —dijo Alex con una sonrisa amplia—. Me alegra mucho verte, aunque todavía tengo algo que reclamarte. ¿Cómo es que no te presentaste en mi matrimonio? ¡Eso dolió!

George soltó una risa tensa, una máscara de cordialidad cubriendo el desprecio que sentía en lo más profundo de su ser.

— ¡Dios! Me disculpo profundamente, primo. Pero ya sabes, asuntos que atender. El trabajo no me permitió escaparme, pero veo que te ha ido de maravilla, como siempre —respondió George con una sonrisa que no alcanzaba sus ojos, desviando la mirada hacia el estudio impecable y las paredes que irradiaban poder y éxito.

Internamente, la envidia ardía como una llama imposible de extinguir. Alex tenía todo lo que él siempre había anhelado. Un título, una fortuna considerable, y ahora una esposa que, según los rumores, era tan hermosa como encantadora. Mientras tanto, George sentía que la vida le había dado las migajas. Apenas un título de cortesía, sus finanzas en declive, y una leve cojera que no solo afectaba su andar, sino que también le restaba encanto a sus intentos de cortejo con las mujeres.

Pero George había aprendido a esconder bien su resentimiento, alimentándolo en silencio mientras tejía lentamente sus propios planes.

—Bueno, aquí estás ahora, y eso es lo que importa —dijo Alex, completamente ajeno al odio que emanaba de su primo—. Lottie y yo estamos encantados de tenerte por aquí unos días. ¿Cómo te ha ido?

George asintió, ajustándose los guantes de cuero que llevaba puestos como si fuera una simple charla casual, cuando en realidad estaba ideando cada palabra, cada gesto.

—Las cosas siguen su curso. Siempre ocupado, ya sabes. Sin embargo, ahora que estoy aquí, quería hablarte de un negocio interesante que he estado investigando. Pensé que podrías estar interesado. Claro, si puedes apartarte un poco de tus deberes conyugales —añadió con una sonrisa torcida, dejando caer la alusión al matrimonio de Alex como si fuera un mero asunto trivial.

Alex no notó el veneno detrás de esas palabras y solo rió.

—Seguro, George. Hablemos de negocios después. Pero por ahora, ordenaré una cena especial por tu llegada, estoy seguro de que Lottie estará encantada de conocerte —sugirió Alex, sin sospechar la tensión oculta que había entre ellos —Si quieres puedes ir a la habitación de siempre cuando vienes, para que te refresques, descanses un rato del viaje, y nos vemos en unas horas para la cena.

George asintió, aunque por dentro una punzada de envidia lo atravesaba. La mención de la esposa de Alex sólo hacía que el resentimiento que albergaba se intensificara aún más. La idea de que su primo, un hombre que aparentemente lo tenía todo, también fuera bendecido con una esposa hermosa e inteligente era insoportable.

—No te preocupes, Alex. No quisiera ser una molestia, pero si insistes... —respondió George con una sonrisa que no alcanzaba a reflejar sus verdaderos sentimientos.

—No es molestia, querido primo —insistió Alex, tocando el brazo de George con camaradería—. Esta es tu casa también. Además, Lottie ha estado ansiosa por conocer más a la familia.

Mientras George subía las escaleras, ya empezaba a tejer los hilos de su plan. Su mente calculadora estaba decidida a aprovechar cada oportunidad para infiltrarse en la fortuna de Alex, utilizando su astucia y conexiones con ciertos financieros corruptos para desviar pequeñas cantidades a través de inversiones fraudulentas, fingiendo que lo hacía por el bien de su primo. Sabía que Alex confiaba en él, y esa confianza sería su perdición.

Lo que no sabía era que la señora Merton, el ama de llaves de la casa, había notado algo extraño en su llegada. Años de trabajar en esa familia le habían dado un instinto agudo para detectar problemas, y aunque todavía no lo sabía con certeza, pronto descubriría que George Ashford no era quien aparentaba ser.

———— ⌦ ————

HORAS MÁS TARDE, ALEX, con su habitual amabilidad, sonrió a su primo mientras ambos se dirigían al salón, pasando por las elegantes salas de la mansión. La luz suave de la tarde se filtraba por los amplios ventanales, iluminando los cuadros que adornaban las paredes, mientras una sensación de familiaridad rodeaba a George, quien, a pesar de su creciente odio, no podía dejar de admirar la riqueza y el poder que su primo ostentaba con tanta facilidad.

Al llegar al salón, Charlotte ya esperaba elegantemente sentada en uno de los sillones, con un vestido de color crema que resaltaba su delicada figura. Cuando levantó la mirada, sus ojos se encontraron con los de George, y él sintió que el aire en la sala cambiaba. Era impactante. No solo por su belleza, sino por la gracia y la inteligencia que irradiaba con cada pequeño gesto.

Alex avanzó hacia su esposa, tomándole la mano con una sonrisa de adoración.

—Lottie, te presento a mi primo, Sir George Ashford. Finalmente se ha dignado a visitarnos —dijo con un tono juguetón.

Charlotte, siempre cortés, se levantó y le tendió la mano a George, quien la tomó con suavidad pero sintiendo la piel cálida de ella como si lo hubiera quemado. La diferencia entre la frialdad de su propia vida y la calidez que parecía rodear a Alex y Charlotte lo hizo estremecer internamente.

—Es un placer conocerlo, Sir George. Alex me ha hablado mucho de usted —dijo Charlotte con una sonrisa encantadora.

George inclinó la cabeza, su rostro neutral, pero por dentro no podía evitar compararse con Alex. ¿Cómo era posible que este hombre hubiera logrado tanto? Fortuna, títulos y ahora esta increíble mujer. Una sensación amarga se instaló en su pecho.

—El placer es mío, Excelencia. —George hizo una pausa, buscando la forma correcta de halagarla sin que sonara forzado—. Debo decir que mi primo ha sido un hombre muy afortunado.

—Oh por favor, llamame,Charlotte.

Gerorge asintió—Charlotte.

Alex rió, sin detectar la nota de resentimiento en las palabras de George.

—Bueno, es cierto que he tenido mi buena dosis de suerte. Pero también ha sido un reto —dijo Alex, siempre modesto—. Ven, George, acompáñanos al comedor. Estoy seguro de que la cena será excelente.

La cena transcurrió con una formalidad amistosa, pero cada palabra de Charlotte, cada mirada entre ella y Alex, sólo aumentaba el malestar de George. Sentía como si lo estuvieran humillando con su perfección. Pero no lo mostraría. No ahora. Tenía que mantener la fachada.

—Charlotte, cuéntale a George sobre los proyectos benéficos en los que has estado trabajando últimamente —sugirió Alex, mirándola con orgullo.

Charlotte sonrió suavemente y comenzó a hablar sobre las obras de caridad en el pueblo, su dedicación al jardín y las actividades que realizaba para mejorar la comunidad. George la escuchaba con atención, pero cada palabra sólo añadía leña al fuego de la envidia que ardía en su pecho.

Cuando la cena llegó a su fin, Alex se levantó y Charlotte se disculpó con ellos, diciendo que los dejaría solos para que se pusieran al día después de tanto tiempo de no verse. Cuando ella subió las escaleras. Alex le habló a su primo

—Voy a revisar algunos documentos en el estudio, primo. ¿Te gustaría acompañarme? Podríamos discutir ese asunto de negocios que mencionaste antes.

George asintió, pero sus pensamientos ya estaban a mil kilómetros de distancia, urdiendo su plan. Sabía que no podía destruir a Alex directamente, pero había formas más sutiles y eficaces para arruinarlo. Y esta noche, bajo el mismo techo, mientras su primo confiaba plenamente en él, sería el momento perfecto para comenzar.

Horas más tarde, mientras Alex revisaba papeles financieros y hablaba sobre nuevas inversiones, George prestaba atención, pero no por las razones que Alex pensaba. Sabía que, para lograr su objetivo, tendría que manipular las inversiones de Alex, desviar fondos cuidadosamente hacia cuentas fraudulentas, todo sin que su primo se diera cuenta.

—He estado investigando una nueva oportunidad en el extranjero, Alex. Algo con mucho potencial, pero que requiere una inversión inicial considerable. Pensé en ti porque sé que tienes los recursos y la visión para aprovecharla. Si estás interesado, podríamos revisar los detalles —sugirió George con suavidad.

Alex frunció el ceño, interesado pero cauteloso.

— ¿En qué tipo de inversión estás pensando? Sabes que prefiero tomar decisiones calculadas.

George sonrió, ya previendo cómo manipularía la situación.

—Es precisamente por eso que pensé en ti. Es un proyecto minero en el continente, bastante prometedor. Podemos empezar poco a poco, y si todo va bien, podrías decidir si deseas ampliar la inversión. Puedo gestionarlo personalmente para que no tengas que preocuparte por los detalles.

Alex asintió lentamente, considerando la propuesta.

—Suena interesante. Envía los documentos mañana y lo revisaré con más calma.

George ocultó su sonrisa triunfante. Esa era la primera pieza de su plan. Poco a poco, mientras Alex confiara en él para manejar algunas inversiones menores, podría desviar pequeñas cantidades, apenas perceptibles, hacia sus propias cuentas. Y, eventualmente, cuando todo colapsara, Alex descubriría que su fortuna se había desvanecido, pero para entonces sería demasiado tarde.

George se despidió de Alex esa noche, regresando a su habitación con una sensación de satisfacción oscura. Esa cena no solo había alimentado su resentimiento, sino también su determinación. Si no podía tener la vida que Alex disfrutaba, entonces se aseguraría de que su primo tampoco pudiera disfrutarla por mucho más tiempo.

En los días siguientes, la fachada de cortesía y amistad entre Alex y George se mantuvo, pero la señora Merton, siempre observadora, comenzó a notar pequeños detalles: la forma en que George evitaba el contacto visual prolongado, su insistencia en reuniones a solas con Alex, y la aparición de documentos de inversión de los que le había hablado un día en que ella casualmente pasaba por el estudio y los escuchó. Sabía que el duque confiaba en su primo, pero siempre había pensado que le daba demasiado crédito y que en realidad el afecto que le daba el duque, no era algo reciproco por parte de su primo.

Mientras George avanzaba lentamente en su plan para arruinar a su primo, la señora Merton estaba a punto de convertirse en una pieza crucial en la revelación de la verdad.

———— ⬦❦⬦ ————

DÍAS MÁS TARDE, EN un oscuro salón privado, alejado del bullicio de la sociedad londinense, George Ashford se encontraba sentado con un grupo selecto de hombres que compartían algo más que una simple ambición. Eran inversores corruptos, hombres de negocios sin escrúpulos que conocían muy bien las artimañas de los mercados y las lagunas legales. La luz tenue de las lámparas apenas iluminaba sus rostros, pero la avaricia que brillaba en sus ojos era evidente.

George carraspeó, listo para exponer su plan.

—Caballeros —comenzó, mirando a cada uno de ellos con calma—, hoy les presento una oportunidad sin precedentes. Como bien saben, mi primo, Alex Cavendish, es un hombre con una fortuna considerable y una reputación intachable en los negocios. Lo que no sabe es que, gracias a la confianza que ha depositado en mí, ha estado contribuyendo a nuestras futuras ganancias sin siquiera darse cuenta.

Un murmullo de aprobación corrió por la sala. Los hombres sabían que George hablaba en serio y que, si lograba lo que proponía, todos saldrían beneficiados.

—Hace unos años —continuó George, con un toque de satisfacción en su voz—, Alex tuvo que atender asuntos personales. Fue una excelente oportunidad para mí, pues me delegó la gestión temporal de sus inversiones. Al principio, hice lo que cualquier primo confiable haría: aumenté sus ganancias, invertí en proyectos sólidos y le gané su total confianza. Pero, una vez que me aseguré de que no dudaba de mí, empecé a mover las piezas a nuestro favor.

Uno de los hombres, Lord Graham, un astuto financiero conocido por sus turbios tratos, se inclinó hacia adelante.

— ¿Cómo lo hiciste sin que se diera cuenta? —preguntó con interés.

George sonrió, su mirada calculadora.

—Fue sencillo. Él siente un profundo aprecio por mí, y eso me sirvió para llevar a cabo mi plan en el que inicié con pequeñas sumas, montos insignificantes que Alex jamás notaría entre sus muchas inversiones. Moví ese dinero hacia nuestras cuentas en proyectos ficticios, canalizando todo a través de negocios fantasmas que, para el ojo no entrenado, parecían inversiones legítimas. Documentos perfectamente falsificados, auditorías que siempre salían a nuestro favor, y sobre todo, la confianza de mi primo hicieron el resto.

Lord Graham asintió. Él mismo había visto estos métodos funcionar antes, pero nunca a tal escala.

— ¿Y ahora? ¿Cómo piensas continuar sin levantar sospechas? —preguntó otro de los hombres, Sir Frederick, mientras tamborileaba los dedos sobre la mesa.

George se inclinó hacia adelante, sus ojos brillando con una malicia controlada.

—Alex sigue sin cuestionar nada. Si mantenemos las cosas en este curso durante unos meses más, podremos desviar sumas más grandes sin que se percate. Ya hemos construido una red de negocios que no existen más que en papel, y esos fondos irán directamente a nuestras cuentas. Cuando Alex finalmente se dé cuenta, será demasiado tarde para él. Sus recursos habrán desaparecido, y lo único que le quedará será una montaña de deudas e inversiones fallidas.

—¿Y su abogado de confianza? Ese del que dicen es honorable e incorruptible.—preguntó uno de los allí presentes.

—Ya me he encargado de ese imbécil viejo tonto. Al principio no quiso hacer lo que le dije, pero su hija que es demasiado inocente, ha caído en mis redes y se dejó seducir por mí. Él sabe que si no desea, que enlode su reputación, debe quedarse callado a todo lo que vea, de lo contrario será la pobre chica la que sufra las consecuencias.

Una carcajada baja resonó en la sala, y los hombres intercambiaron miradas llenas de avaricia. El plan de George era peligroso, pero les prometía grandes riquezas a cambio de poca exposición.

— ¿Y qué pasa si lo descubre antes de lo esperado? —preguntó uno de los más cautelosos del grupo, Lord Byron, un abogado con una larga historia de escapar de escándalos financieros.

George se enderezó, completamente seguro de sí mismo.

—Para cuando eso suceda, ya habremos movido todos los fondos a negocios que él no podría saber. Y si las cosas se ponen complicadas, siempre podremos culpar a alguno de los intermediarios. Después de todo, Alex confía ciegamente en mí. No sospecha nada... aún.

El grupo asintió, satisfecho con las garantías de George. Sabían que el plan tenía riesgos, pero también sabían que las recompensas valdrían la pena.

Sin embargo, lo que George no sabía era que su arrogancia lo cegaba ante ciertos detalles. Aunque había sido cuidadoso, la señora Merton, el ama de llaves de la casa de Alex, había comenzado a notar patrones extraños en los libros de cuentas de la familia. Había sido ama de llaves durante décadas y, a menudo, su rol la colocaba en posiciones donde escuchaba más de lo que los nobles suponían. Sin que George lo supiera, la señora Merton había notado pequeños cambios en los números, documentos que no cuadraban del todo y retiros bancarios que parecían fuera de lugar. Ella conocía bien el tema de los números pues toda la vida, no fue un ama de llaves, y gracias a eso, ahora podía ayudar al joven duque.

Una tarde, mientras organizaba las cuentas, la señora Merton encontró un documento sospechoso. Algo relacionado con una de las inversiones recientes que George había gestionado. No sabía mucho de finanzas, pero lo suficiente para notar que algo estaba mal. Decidió llevarlo a Lord Cavendish, pero antes de hacerlo, quería asegurarse de que no estaba sacando conclusiones precipitadas.

— ¿Puedo ayudarlo con algo más, señor Ashford? —preguntó con una reverencia cuando George salió del estudio de Alex aquella noche. Su mirada penetrante lo observaba con la cortesía propia de su posición, pero con una astucia que él no percibió.

—No, señora Merton, por esta noche será suficiente —respondió George sin prestarle atención, mientras ya pensaba en su próximo movimiento.

Lo que George no imaginaba era que la señora Merton ya sabía que él no era el primo leal del duque sino su peor enemigo.

Capítulo 12

Alex se encontraba en un exclusivo club de caballeros en Londres, lleno de una atmósfera espesa por el humo de los puros, murmullos bajos y el tintineo ocasional de copas. Los paneles de madera oscura, los retratos de nobles antiguos en las paredes y las lámparas de gas le daban al lugar, un aire de intimidad y de masculinidad. Hombres bien vestidos conversaban en pequeños grupos, mientras el duque de Cavendish, estaba entado en uno de los sofás de cuero, con una copa de brandy en la mano, esperando a un amigo.

Alex levantó la copa de brandy, observando cómo la luz de la lámpara se reflejaba en el líquido ámbar. A su alrededor, las conversaciones en el club de caballeros fluían como un río constante de murmullos y susurros. Era el lugar perfecto para enterarse de las noticias antes de que llegaran a los oídos de todos. Sin embargo, en esa ocasión, había algo en el aire que lo mantenía inquieto. Había escuchado su nombre mencionado más de una vez.

Justo cuando estaba a punto de levantarse, Sir Edward Brathwaite, uno de los miembros más veteranos del club, se le acercó. Se inclinó hacia él con una expresión grave.

—Cavendish —dijo en voz baja, casi conspiratoria—, me he enterado de ciertos rumores que deberías conocer.

Alex alzó la vista, sorprendido por el tono serio de Brathwaite. El hombre no era conocido por ser alarmista.

— ¿De qué se trata, Brathwaite?

El veterano miembro se sentó frente a él, su copa de vino tinto sostenida delicadamente en su mano.

—Hay... —miró alrededor, asegurándose de que nadie los escuchara—, hay rumores en los círculos financieros. Se dice que tú has estado haciendo negocios sucios, y que las autoridades están investigando el asunto. Dicen que has invertido demasiado en una compañía que al parecer se fue a la ruina, y que si es así, muy seguramente tu fortuna está en riesgo o ya la has perdido.

Alex frunció el ceño. La mera insinuación de que algo pudiera estar mal con sus finanzas lo perturbaba profundamente. Él era meticuloso, siempre había sido cuidadoso con sus negocios. —¿Cómo diablos sería eso posible? —preguntó, intentando mantener la calma—. Mis inversiones están controladas. No he tenido pérdidas significativas.

Brathwaite suspiró. —No lo sé amigo, pero si es como dices, deberías averiguar entre las personas de confianza que te rodean—le dijo como si supiera algo que no se atrevía a confesar.

— ¿sabes algo, de lo que debería enterarme?

El hombre soltó un profundo suspiro —Cavendish, te estimo a ti, y a tu familia, por eso te diré lo que ha llegado a mis oídos, aunque no me consta; se dice que alguien de tu círculo cercano está involucrado. Se habla de un complot... —su mirada era penetrante—. Un escándalo financiero que podría arruinarte si no tomas precauciones. No sé mucho más, pero la palabra en los clubes es que alguien de tu familia... está metido en esto y como el único al que siempre he visto al frente de tus asuntos, es a tu primo, yo te aconsejaría que lo observes muy bien.

Alex sintió un nudo en el estómago. El aire a su alrededor parecía volverse más pesado.

— ¿Estás seguro de que escuchaste eso? —repitió lentamente—. Eso es imposible.

—No lo es, Cavendish. Sabes tan bien como yo que la avaricia y la envidia pueden estar más cerca de lo que pensamos —respondió Brathwaite, observándolo con una expresión preocupada—. Solo te lo digo para que tomes precauciones. He oído el nombre de los Cavendish más de una vez.

Alex dejó su copa en la mesa, el líquido ya olvidado—Gracias por la advertencia, Edward. Lo investigaré de inmediato.

Brathwaite se levantó, palmeando el hombro de Alex. —Hazlo, Alex. Y ten cuidado en quién confías. En estos tiempos, la traición suele venir disfrazada de familiaridad.

Cuando Brathwaite se alejó, Alex se quedó solo en el sofá, sumido en sus pensamientos. Su mente trabajaba a toda velocidad. ¿Quién en su familia podría traicionarlo de esa manera? George, su primo, había estado a su lado en el pasado, ayudándolo con algunas inversiones. Pero, ¿sería posible que él...?

Sacudió la cabeza, intentando despejar las sospechas. No había pruebas aún. No podía dejarse llevar por rumores. Sin embargo, algo en el tono de Brathwaite lo había dejado intranquilo. Se levantó, decidido a volver a casa y analizar todos sus movimientos financieros de los últimos años.

Esa misma noche en la mansión, cuando Alex llegó a casa, el ambiente tranquilo y silencioso de la mansión contrastaba con el torbellino de emociones que lo embargaba. Subió directamente a su despacho, sin decir palabra a nadie. Allí, en la oscuridad de la sala, encendió una lámpara de escritorio y comenzó a sacar los documentos financieros de los últimos meses.

Mientras revisaba las cifras y los balances, el rostro de Charlotte, su esposa, cruzaba su mente. Últimamente, había estado más distante con ella. El peso de los rumores, de la posible traición, comenzaba a agobiarlo y lo alejaba de la tranquilidad que su relación con Lottie le había dado.

Una suave llamada a la puerta interrumpió sus pensamientos.

—Adelante —dijo, sin apartar la vista de los documentos.

Lottie entró, vestida con su bata de noche, su rostro preocupado.

—Alex, ¿todo está bien? Has llegado tarde y ni siquiera me has saludado —dijo, su tono cargado de preocupación.

Alex la miró, dándose cuenta de que su frialdad estaba comenzando a afectarla. Quiso decir algo, tranquilizarla, pero las palabras no le salieron.

—Solo... solo tengo algunas preocupaciones con los negocios —respondió, volviendo su atención a los papeles.

Lottie frunció el ceño, acercándose— ¿Puedo ayudarte?

Alex negó con la cabeza rápidamente.

—No, es algo que debo resolver por mi cuenta.

Lottie se detuvo, herida por la distancia que él colocaba entre ellos.

— ¿Es que no confías en mí, Alex? Yo jamás te haría daño —dijo, su voz más suave.

Alex suspiró, consciente de que ella tenía razón. Pero los rumores, el miedo a una traición dentro de su propia familia, lo paralizaban. No quería preocuparla más de lo necesario, además ellos estaban tratando con sus propios problemas dentro de la relación.

—Lottie, esto no es algo que debas cargar. Quiero que estés tranquila. Lo manejaré.

El silencio que siguió a sus palabras fue más elocuente que cualquier discusión. Lottie se quedó de pie, observándolo, antes de girarse y salir del despacho sin decir nada más.

Cuando la puerta se cerró detrás de ella, Alex sintió un peso en el pecho. Mientras revisaba las cifras, las palabras de Brathwaite y la expresión dolida de Lottie resonaban en su mente. El complot para arruinar su fortuna podía ser más que solo un rumor, y lo último que quería era que eso destruyera todo lo que amaba.

DÍAS DESPUÉS, EL AMPLIO despacho de Alex decorado con muebles de caoba oscura y paredes cubiertas de estanterías llenas de libros, era testigo de una reunión importante con su amigo Henry Cavendish. La luz de una lámpara sobre su escritorio bañaba el cuarto en una cálida penumbra, mientras documentos financieros se amontonan sobre la superficie. En un rincón, Henry amigo cercano del duque, examinaba algunos papeles, con el ceño fruncido.

Alex estaba inclinado sobre su escritorio, con la mandíbula apretada mientras revisaba una serie de documentos financieros. Cada cifra, cada línea le parecía sospechosa ahora, aunque solo unas semanas atrás todo parecía estar en orden. Henry a su lado, en silencio, revisaba otros papeles con la misma seriedad. El peso de la conversación en el club de caballeros seguía colgando sobre él como una sombra.

—Esto no tiene sentido, Henry —murmuró Alex, soltando un suspiro frustrado—. He revisado estas cuentas cien veces, y no encuentro nada evidente. Si hay algo turbio aquí, lo han escondido muy bien.

Henry asintió, sin apartar la vista de los papeles—Podría estar oculto en inversiones o transacciones pequeñas, algo que no llame la atención de inmediato. Sabes cómo funcionan estas cosas, Alex. Alguien con acceso podría estar desviando fondos en cantidades lo suficientemente pequeñas para no levantar sospechas, pero con el tiempo, el daño es enorme.

Alex frunció el ceño, tensando los hombros—Maldita sea, George —susurró para sí mismo—. No puedo creer que alguien de mi propia familia esté detrás de esto.

Justo en ese momento, la puerta del despacho se abrió con suavidad. Lottie, envuelta en un delicado vestido de noche, entró con paso firme, su rostro mostrando una mezcla de preocupación y determinación.

—Alex, quería hablar contigo —dijo, acercándose—. He notado que llevas días preocupado y... quiero ayudarte. Sé que puedo ser de utilidad.

Alex levantó la vista de los documentos, sorprendido por su aparición. Sabía que Lottie solo quería lo mejor para él, pero no podía involucrarla en esto. Era un asunto peligroso, y cuanto menos supiera ella, mejor.

—Lottie, no es el momento —dijo, intentando mantener la calma, aunque su tono ya mostraba su creciente frustración—. Esto es complicado, algo que no deberías... —vaciló—No deberías preocuparte por esto.

Lottie frunció el ceño, visiblemente molesta por su reacción.

— ¿Por qué siempre me apartas, Alex? ¿Es que no confías en mí? —Su voz era suave pero firme—. Sé que algo grave está ocurriendo, y si puedo ayudarte, quiero hacerlo. No soy una niña a la que debas proteger a toda costa.

Alex soltó los papeles con brusquedad, sintiendo cómo la presión lo consumía. Se levantó de golpe, pasando una mano por su cabello en un gesto exasperado. —No entiendes, Lottie —replicó, su tono mucho más duro de lo que pretendía. Esto no es un simple problema doméstico. Estamos hablando de posibles fraudes, de una conspiración que podría arruinarme. No puedo distraerme explicándote cada detalle.

El golpe de sus palabras fue inmediato. Lottie dio un pequeño paso atrás, sorprendida y herida. Sus ojos se llenaron de una mezcla de indignación y tristeza.

—Solo intentaba ayudarte —susurró, la voz apenas audible, pero cargada de dolor—. No tienes que hablarme así. Y además no soy una idiota cabeza hueca a la que tengas que explicarle con peras y manzanas cualquier situación.

Henry, que había estado en silencio hasta entonces, alzó la vista de los papeles, observando la tensión entre ambos. Era evidente que la distancia entre Alex y Lottie había crecido en los últimos días, y esta discusión solo la estaba profundizando más.

Alex cerró los ojos, sintiendo de inmediato el peso de su error. Sabía que había sido injusto con ella, pero no podía evitar sentirse atrapado por la situación. El miedo a la traición y la presión de proteger su nombre lo estaban llevando al límite.

—Lottie... —comenzó, suavizando su tono, pero ella ya había dado media vuelta, su expresión endurecida.

—No te preocupes, Alex —respondió, su voz más fría ahora—. No volveré a ofrecerte mi ayuda. Buenas noches.

Sin esperar una respuesta, Lottie salió del despacho, cerrando la puerta detrás de ella con más fuerza de la necesaria.

Alex se quedó allí, mirando la puerta cerrada, sintiendo cómo el silencio se hacía más pesado. La distancia que se había creado entre ellos no era algo que pudiera arreglar con una simple disculpa. Lottie había querido estar a su lado, apoyarlo, y él, en su desesperación por protegerla, solo había logrado empujarla más lejos.

Henry lo observaba en silencio, antes de romper la tensión.

—Sabes que está en lo correcto, Alex —dijo en voz baja—. Deberías confiar más en ella. No tienes que llevar todo este peso solo. Es tui esposa.

—Esposa de contrato. Sabes bien que no es un matrimonio por amor. ¿Qué diablos le puede interesar mi situación o lo mucho que me duela la traición de mi primo?

—si no te has dado cuenta que esa mujer no te mira como alguien atada a un contrato sino como alguien a quien verdaderamente le importas, estás malditamente ciego. Fuiste demasiado duro, amigo mío.

Alex asintió lentamente, pero no respondió. El daño ya estaba hecho, y lo único que le quedaba ahora era centrarse en resolver el misterio antes de que todo lo que valoraba se desmoronara por completo. Mientras Henry volvía a revisar los documentos, Alex se sentó nuevamente en su escritorio, intentando sofocar el malestar que crecía en su pecho.

La búsqueda de pruebas continuaría, pero el precio que estaba pagando en su vida personal comenzaba a sentirse cada vez más alto.

―――― ◌⚭◌ ――――

LA DISTANCIA ENTRE Alex y Lottie siguió creciendo debido al rechazo de él hacia su ayuda. El estrés y la preocupación por la conspiración financiera estaban haciendo que Alex se volviera más irritable y distante, mientras Lottie se sentía cada vez más excluida y dolida.

El área de servicio de la mansión Cavendish, era un lugar donde el lujo de las habitaciones principales se desvanecía, dejando un ambiente más sombrío y sencillo. La luz tenue de las lámparas de aceite proyectaba sombras alargadas sobre las paredes de piedra, mientras el personal se movía en silencio, ajeno a la tensión que estaba a punto de desatarse. Lottie caminó con pasos firmes hacia la habitación de la ama de llaves, la Sra. Merton, quien la había llamado discretamente para una conversación urgente.

El eco de los pasos de Lottie resonaba en el corredor, mientras descendía hacia la zona de servicio. Desde su discusión con Alex, ella había estado buscando alguna forma de ser útil, de demostrarle que su apoyo no era una carga, sino una fortaleza.

Cuando la Sra. Merton, el ama de llaves, le pidió que la viera en privado, Lottie sintió una mezcla de curiosidad y esperanza. Sabía que la Sra. Merton llevaba muchos años al servicio de los Cavendish, y si había algo que no cuadraba en los negocios de Alex, tal vez ella tenía alguna clave.

Al llegar a la pequeña oficina del ama de llaves, Lottie tocó suavemente la puerta antes de entrar.

—Lady Charlotte, gracias por venir —dijo la Sra. Merton con una voz baja, cerrando la puerta detrás de ella con cuidado. El ambiente en la pequeña habitación era tenso, como si algo importante estuviera a punto de ser revelado.

Lottie tomó asiento en una de las sillas simples frente a la mesa de la Sra. Merton, observando el rostro envejecido de la mujer, que mostraba un rastro de preocupación y seriedad.

— ¿De qué se trata, Sra. Merton? —preguntó Lottie, con una mezcla de cautela y ansiedad—. Dijiste que tenías algo importante que decirme.

La Sra. Merton asintió, entrelazando las manos con nerviosismo.

—Es sobre los asuntos financieros de su esposo, milady —comenzó, su voz temblando ligeramente—. Hace algunos meses, noté algunos documentos inusuales en el despacho del duque. Al principio no les di importancia, pero luego... comencé a observar ciertos patrones que me parecieron extraños. Y ahora temo que algo mucho más grave está ocurriendo.

Lottie inclinó la cabeza, alerta. Sabía que Alex había estado investigando posibles fraudes, pero no esperaba que la Sra. Merton estuviera involucrada en esa línea de descubrimientos.

— ¿Patrones? —preguntó Lottie, frunciendo el ceño—. ¿Qué clase de patrones?

La Sra. Merton respiró profundamente, como si reunir valor para hablar fuera una tarea titánica.

—Transacciones de dinero que parecían legales al principio, pero que, al revisar los detalles más a fondo, se conectaban con nombres de empresas que no existen o están vinculadas a personas de dudosa reputación. Sé que no es mi lugar revisar esos documentos, pero lo hice por lealtad a la familia. Y creo... que alguien cercano al duque está involucrado en algo oscuro.

Lottie sintió un escalofrío recorrerle la espalda. El peso de las palabras de la Sra. Merton confirmaba lo que Alex había temido desde hacía semanas: un complot en su contra. Pero lo que era más perturbador aún, era que se trataba de alguien cercano.

— ¿Estás diciendo que alguien de la familia está detrás de esto? —Lottie no pudo evitar que su voz temblara ligeramente.

—No puedo confirmarlo, milady, pero los documentos que he visto... fueron firmados en momentos en que el duque estuvo ausente de la mansión. Alguien ha estado utilizando su nombre, y tengo mis sospechas de quién podría ser. —La Sra. Merton bajó la mirada, como si revelar el nombre en voz alta fuera una traición demasiado grande.

Lottie sintió un nudo formarse en su estómago. La intriga, la traición... todo parecía demasiado real, demasiado cercano.

— ¿Quién? —insistió Lottie—. Necesitamos saber quién está haciendo esto.

La Sra. Merton levantó lentamente la vista, sus ojos llenos de temor y lealtad.

—Creo que es Lord George Ashford, el primo del duque.

— ¿Cómo sabe de estos temas financieros, señora Merton? —preguntó Lottie, realmente curiosa al ver que una mujer que era simplemente un ama de llaves, supiera siquiera como lucían documentos financieros.

—He trabajado para la familia durante muchos años, milady. Antes de mi servicio como ama de llaves, manejé las cuentas de una familia noble, y aprendí a reconocer cuando algo no cuadra en los números, que fue algo que mi propio padre me enseñó en su momento. Los documentos que he visto recientemente muestran movimientos que, aunque al principio parecen legítimos, me recordaron a ciertas irregularidades que vi en el pasado... y eso me hizo sospechar. Pero me da miedo que el señor me regañe o hasta me despida por mirar documentos privados.

El aire pareció salir de la habitación de golpe. Lottie se quedó sin palabras por un momento. George, quien había estado recientemente en la casa, siempre tan cordial, tan amable... ¿Podría ser realmente el traidor?

Antes de que Lottie pudiera procesar lo que acababa de escuchar, la puerta del despacho se abrió bruscamente, y Alex entró, su expresión endurecida.

— ¿Qué está pasando aquí? —preguntó, su voz grave llenando el pequeño espacio.

Lottie se levantó rápidamente, aún conmocionada por la revelación de la Sra. Merton.

—Alex, la Sra. Merton ha descubierto algo importante... algo que puede salvarte. —Le lanzó una mirada suplicante, intentando hacerle entender la magnitud de lo que acababan de oír.

Alex dirigió una mirada penetrante hacia la ama de llaves, quien asintió con la cabeza, confirmando que había más en juego de lo que Alex podría haber imaginado.

—Mi señor, he encontrado pruebas de que Lord George Ashford ha estado manejando sus fondos de manera fraudulenta —dijo la Sra. Merton, su voz baja pero firme—. Temía que esto pudiera salir a la luz demasiado tarde, pero pensé que debía decírselo antes de que suceda algo peor.

Alex apretó los dientes, su rostro una máscara de ira contenida. George, su propio primo, el hombre en quien había confiado. La traición era un golpe demasiado fuerte para asimilar de inmediato.

— ¿Cómo has sabido todo esto? —preguntó Alex, con una mezcla de incredulidad y rabia.

—He estado revisando documentos que encontraba en su despacho, señor. Tal vez fue un atrevimiento, pero lo hice porque noté que algo no estaba bien. Y ahora sé que Sir George está involucrado en estos negocios turbios. Hay pruebas, estoy segura de ello —respondió la Sra. Merton.

El silencio que siguió fue pesado. Alex miró a Lottie un momento, sus ojos reflejando el conflicto interno que lo atormentaba. Ella había estado en lo cierto todo el tiempo, y su esfuerzo por ayudarlo no había sido en vano.

—Debemos actuar rápido —dijo Lottie, decidida—. No podemos dejar que George se salga con la suya.

Alex asintió lentamente, su expresión oscurecida por la traición que acababa de descubrir. Aunque el descubrimiento los unía momentáneamente, la desconfianza y la distancia emocional entre ellos seguían presentes, un recordatorio de las heridas que aún no cicatrizaban.

—Lo haremos, Lottie. Pero no puedo permitir que te involucres más en esto. Es demasiado peligroso.

Lottie lo miró con incredulidad, sintiendo cómo esa misma barrera volvía a levantarse entre ellos.

—Alex, no me puedes seguir apartando de esta manera. Ya no se trata solo de ti, se trata de nuestra familia; tu y yo, Amelia y hasta mis padres.

Pero Alex, cargado de preocupación y temor, solo pudo asentir brevemente antes de girarse hacia la Sra. Merton para discutir los siguientes pasos, dejando nuevamente a Lottie a un lado, aunque esta vez con el peso de la traición de George entre ellos.

Esta información crea una tregua momentánea entre Alex y Lottie, pero la persistente desconfianza y la necesidad de contralarlo todo por el mismo y sin ayuda, aún mantienen una barrera entre ambos.

Capítulo 13

Lottie estaba sentada frente a su padre, Lord Andrew Brant, en el pequeño pero elegante salón de su casa de Londres. Las luces de la tarde se filtraban suavemente a través de las cortinas, mientras el tintineo de las tazas de té resonaba en la habitación.

—Padre, Alex... —Lottie dudó, mirando a su padre con una mezcla de preocupación y determinación—. Alex está enfrentando dificultades que no me cuenta, pero sé que algo está mal con sus finanzas. Intenté ayudarlo, pero me rechaza. ¿Qué debería hacer?

Lord Andrew, un hombre de semblante serio pero gentil con su hija, dejó la taza sobre la mesa y la miró con una expresión pensativa.

—Lottie, los hombres a veces sienten que sus problemas financieros son un reflejo de su capacidad para ser protectores. Especialmente Alex, siendo el duque, querrá resolverlo solo para mantener el control. Pero eso no significa que no puedas involucrarte, sólo debes hacerlo con sutileza.

Lottie frunció el ceño. — ¿Sutileza? ¿Cómo podría ayudar sin que lo vea como una intromisión?

—No necesitas confrontarlo directamente —respondió Lord Andrew, entrelazando los dedos—. Hazle saber que estás disponible, pero no lo presiones. Encuentra áreas en las que puedas apoyarlo sin que él lo perciba como un desafío a su autoridad. A veces, el mejor apoyo que puedes ofrecer es hacerle ver que no está solo, pero que sigue teniendo el control. Incluso podrías empezar por revisar los aspectos financieros más domésticos y familiares, algo que lo aligere sin que lo sienta como una amenaza a su posición.

Lottie asintió lentamente, absorbiendo los consejos de su padre, pero todavía había una preocupación en su mirada.

—No quiero que esto nos distancie más, padre. Sé que Alex es un hombre fuerte y orgulloso, pero... quiero estar a su lado, no en las sombras.

—Estar a su lado no siempre significa confrontarlo. Debes encontrar el equilibrio —concluyó su padre—. Además, tienes más habilidad de lo que piensas. Si logras ganarte su confianza en asuntos más pequeños, poco a poco te permitirá participar en los más grandes.

Más tarde, Lottie visitó a su tía, Lady Margaret, en su mansión en Mayfair. El entorno era opulento, con grandes ventanales que dejaban entrar la luz de la tarde, reflejándose en los espejos dorados que adornaban las paredes. Mientras tomaban un té más formal, su tía la miraba con una sonrisa astuta.

—Querida Lottie, los hombres como Alex no son tan complicados como parecen —dijo Lady Margaret, sus labios curvándose en una sonrisa astuta—. Siempre piensan que están al mando, pero la verdadera habilidad está en dejar que lo crean.

— ¿Dejar que lo crea? —Lottie repitió, arqueando una ceja.

—Exactamente. —Lady Margaret asintió, moviendo su abanico delicadamente—. Si quieres ayudar a Alex sin que lo vea como una amenaza, necesitas ser más sutil. Mi querido esposo nunca se dio cuenta de que, aunque él tomaba todas las decisiones importantes, yo siempre estaba un paso adelante.

Lottie rió suavemente. — ¿Y cómo lo lograste?

Lady Margaret la miró con una chispa de complicidad en sus ojos. —Debes aprender a dirigir en las sombras. Sé la roca en la que él se apoye, pero no le digas qué hacer directamente. Usa tu inteligencia y tu gracia para sugerir ideas que él luego crea que son suyas. Recuerda, un hombre que cree tener el control es más fácil de manejar.

Lottie escuchó con atención. Aunque su tía era conocida por ser manipuladora en algunos círculos de la sociedad, había una verdad incómoda en sus palabras. Si Lottie quería estar al lado de Alex, tendría que encontrar una forma de involucrarse sin desafiarlo abiertamente.

—Es una cuestión de paciencia, querida —continuó Lady Margaret, con un tono más suave—. No puedes forzar estas cosas. Si manejas esto con cuidado, Alex verá que eres indispensable, y antes de que te des cuenta, estarás tomando decisiones junto a él, sin que siquiera se dé cuenta.

—Bueno...no sé si eso sería correcto. Mi madre trató de decirme algo por el estilo y no me pareció correcto. Ella dice que debo tener el control porque al final todo lo que es de Alex debe ser mío y de mis hijos, en caso de que él se le ocurra ser infiel o tener un hijo por fuera del matrimonio si es que ya no lo tiene.

— ¡Por Dios! ¿Pero es que Emilia no tiene control en esa boca?—dijo su tía alarmada. —eso jamàs ha sido lo que yo quería decirte, hija. Nadie entra a un matrimonio pensando desde ya que va a asegurar lo que le corresponda, porque cree que su esposo le va a ser infiel. Eso es ser un ave de mal agüero. Sé que las circunstancias de tu matrimonio fueron...peculiares. Sé que no fue por amor, mi querida, pero no has hecho nada distinto de lo que muchas hacemos al casarnos en un matrimonio arreglado. La diferencia es que aquí fuiste tú misma quien hizo el arreglo.

—Lo sé, y creo que me estoy arrepintiendo.

—No lo hagas cariño. Desde el momento en que te vi casarte con el duque, supe que si habías aceptado aquello, tuvo que haber sido porque había algo más que solo un interés en tu libertad. No te veo haciendo eso con cualquier otro hombre. Él te gusta ¿verdad? —la observó detenidamente — ¿y te gustaba desde antes de casarte?

Lotti no fue capaz de negarlo. —Sí, el me intrigaba y también me parecía muy guapo. Sin embargo, por alguna razón que no entiendo, no dejaba de pensar en él.

Su tía sonrió de forma conocedora—oh querida niña. No tienes más remedio que luchar por tu matrimonio porque tu destino ya está escrito. Lo que yo veo ahora cuando me hablas de él, es que eres una esposa preocupada por el hombre que ama.

Lotti la observó con ojos muy abiertos-Oh no, no, tía. Yo no estoy...

— ¿Enamorada?—se rio—por supuesto que sí. Pero lo que debes hacer ahora, es averiguar si él siente lo mismo.

— ¿Y cómo voy a hacer eso?

—Una mujer siempre sabe eso querida. Si él siente lo mismo, no podrá disimularlo por mucho tiempo.

EL AMBIENTE EN EL SALÓN privado de Alex era sombrío. Las gruesas cortinas de terciopelo granate mantenían fuera la luz del día, y solo el crepitar de la chimenea iluminaba tenuemente el espacio. Alex, sentado en un sillón de cuero junto al fuego, observaba fijamente un conjunto de papeles. Sus cejas estaban fruncidas, y el ceño severo en su rostro dejaba clara la tensión que lo envolvía desde hacía semanas.

Lottie, que había entrado silenciosamente, lo miró desde la distancia. Había algo en la postura rígida de su esposo que la incomodaba. Desde el momento en que los rumores sobre los problemas financieros comenzaron a circular, Alex había cambiado. Se había vuelto más distante, más reservado, y más protector... o quizás, pensó Lottie, más controlador.

— ¿Alex? —su voz suave rompió el silencio pesado—. ¿Estás bien?

Él levantó la vista de los documentos, pero la mirada que le dirigió fue fría, casi calculadora. Durante un instante, no respondió. Luego, suspiró profundamente y dejó los papeles sobre la mesa.

—Estoy ocupado, Lottie. Hay cosas que debo resolver —su tono era seco, como si cada palabra fuera un esfuerzo.

Lottie avanzó unos pasos hacia él, pero el aire entre ambos parecía cargado de una tensión invisible. Podía sentir el muro que Alex estaba levantando entre ellos, un muro que se hacía más alto con cada día que pasaba.

—Sé que estás preocupado por los problemas con las finanzas... pero no puedes cargar con todo tú solo. Déjame ayudarte. Podemos resolver esto juntos —insistió ella, su voz llena de preocupación genuina.

Alex se puso de pie bruscamente, su altura imponiéndose en el pequeño espacio junto al fuego. Sus ojos se clavaron en los de Lottie, pero no había ternura en su mirada, solo preocupación mezclada con algo más oscuro.

—No es tu responsabilidad, Lottie. Estas no son cosas con las que debas lidiar —dijo, con una dureza que sorprendió a ambos. Dio un paso hacia ella, su voz bajando en un tono que intentaba ser calmado—. Lo último que quiero es que te preocupes por esto. Solo... ocúpate de los asuntos del hogar y deja esto en mis manos.

Lottie lo miró, incrédula. ¿Cómo podía decirle eso, después de todo lo que habían compartido? Sentía como si su esposo la estuviera relegando a un rincón, como si sus opiniones y capacidades no tuvieran valor en ese momento crucial.

— ¿Asuntos del hogar? —repitió ella, con un tono de herida incredulidad—. ¿Eso es todo lo que soy para ti ahora, Alex? ¿Una esposa para dirigir cenas y visitas mientras tú lidias con el verdadero peso de todo?

Alex frunció el ceño, notando la intensidad en sus palabras, pero su instinto de protección, que se había vuelto sofocante, no lo dejó ceder.

—No es así, Lottie, no es eso... —comenzó a decir, pero ella lo interrumpió.

—Claro que lo es. Me estás alejando de todo, como si no pudiera entender lo que estás enfrentando. Te he ofrecido mi ayuda y solo me rechazas. ¿Es que no confías en mí? —sus ojos destellaron con una mezcla de dolor y desafío.

Alex se acercó aún más, pero su postura seguía siendo la de un hombre intentando mantener el control de una situación que sentía que se le escapaba entre los dedos.

—No es una cuestión de confianza —dijo, con los dientes apretados—. Es una cuestión de protegerte, Lottie. Si algo sale mal, no quiero que seas parte de este desastre. La situación es más grave de lo que imaginas, y lo último que necesito es que estés involucrada en algo que podría arruinarlo todo.

El fuego de la chimenea parecía reflejar la tensión creciente entre ambos. Lottie lo miraba fijamente, sus manos temblando levemente mientras intentaba contener sus emociones.

— ¿Arruinarlo todo? —murmuró, con un nudo en la garganta—. ¿No te das cuenta, Alex? Ya estás arruinándolo... pero no es solo tu fortuna lo que está en juego. Estás arruinando lo que tenemos. Me estás alejando, y no sé cuánto tiempo más podré soportarlo.

Alex dio un paso atrás, como si sus palabras lo hubieran herido más de lo que quería admitir. Durante unos segundos, el silencio entre ellos fue absoluto. Lottie, con el pecho agitado, lo miró con una mezcla de desafío y dolor.

—No quise ser rudo —dijo finalmente, su tono más suave—. Pero necesito que entiendas que esto no es algo que puedas manejar. Confía en mí. Haré lo que sea necesario para protegernos.

Pero Lottie no estaba segura de que pudiera seguir esperando a que Alex abriera los ojos y la viera como una aliada, no solo como alguien que debía ser protegida.

—Tal vez deberías empezar por dejar de protegerme tanto, Alex —dijo ella en un susurro amargo—. Porque en tu intento de mantenerme a salvo, lo único que estás logrando es distanciarme de ti.

Sin esperar una respuesta, Lottie se dio la vuelta y salió del salón, dejando a Alex solo, con el eco de sus palabras resonando en el aire pesado. Él se quedó en silencio, mirando el espacio vacío que ella había dejado, y sintiendo, quizás por primera vez, el verdadero peligro de perder algo mucho más importante que su fortuna.

⁕⁓⦾⁓⁕

LOTTIE SUBIÓ A SU HABITACIÓN con lágrimas en los ojos. Estaba molesta y decepcionada de Alex. ¿cómo es posible que no quiera hablarme de nada? ¿Por qué quiere dejarme a mí, que soy su esposa, al margen de todo?, se preguntó.

Mientras se tomaba un té de manzanilla que había llevado su doncella a la habitación, no dejaba de pensar en las palabras de tía y en las de su madre. Lottie siempre había sido una mujer de ideas firmes y claros valores, una que valoraba su independencia y libertad por encima de todo. No podía comprender cómo su madre, Lady Emilia, podía insinuar que debía manipular a su esposo, Alex, para mantenerlo bajo control. Esa conversación reciente con su madre la había dejado inquieta, casi enojada. Recordaba con claridad la escena:

—Querida, los hombres como Alex necesitan pensar que están a cargo, pero nosotras sabemos manejar la situación desde las sombras —había dicho Lady Emilia con ese tono de superioridad que tanto irritaba a Lottie.

Lady Emilia, siempre tan segura de sí misma, nunca había tenido reparos en interferir en la vida de su hija. A veces, parecía creer que Lottie necesitaba su constante consejo para navegar en las complejidades del matrimonio. Y esta vez no había sido diferente.

—No necesitas ser directa, Lottie. Solo debes guiarlo sin que se dé cuenta. Es por tu propio bien —continuó su madre, como si estuviera compartiendo una verdad indiscutible.

Lottie había intentado contener su irritación, pero sus manos habían empezado a temblar ligeramente mientras apretaba los puños. ¿Cómo podía siquiera sugerir algo así?

—Madre, con todo respeto, no quiero manipular a Alex. No me casé con él para controlarlo —respondió Lottie, tratando de mantener la calma en su voz. La idea de manejar a su esposo como si fuera una marioneta le resultaba completamente despreciable.

Lady Emilia suspiró, como si su hija no entendiera lo evidente.

—Oh, Lottie, aún no comprendes cómo funcionan las cosas. Los matrimonios no son simples acuerdos de amor; son contratos. Es tu deber como esposa asegurarte de que Alex se mantenga a flote.

Lottie había escuchado a su madre decir muchas cosas a lo largo de su vida, pero las palabras que ahora salían de la boca de Lady Emilia la dejaron helada.

—Hija, no puedes ser tan ingenua —dijo su madre con un suspiro, como si su paciencia se estuviera agotando—. Todo lo que es de Alex, todo lo que posee, debe ser tuyo, y eventualmente de tu descendencia. ¿Has considerado lo que pasaría si él te fuera infiel? ¿Si tuviera un hijo fuera del matrimonio? —Lady Emilia la miraba fijamente, esperando una respuesta que Lottie no estaba preparada para dar.

—Madre, por favor, Alex no me ha dado ninguna razón para pensar eso —respondió Lottie, asombrada de que su madre insinuara algo así, justo en un momento en que estaba comenzando a sentir emociones profundas por su esposo, emociones que nunca había esperado tener.

— ¿Estás segura? —insistió Lady Emilia, inclinándose hacia su hija como si estuviera compartiendo un secreto importante—. Los hombres como él son poderosos, atractivos y ricos. No sería el primer hombre en sucumbir a la tentación, querida. Si eso sucede, o si ya ha sucedido, no quiero que te veas desamparada. Debes asegurarte de tener el control, por ti y por tus futuros hijos.

Lottie se quedó inmóvil, sintiendo cómo una ola de incredulidad la invadía. ¿Acaso su madre creía que Alex era capaz de algo así? Y aún más impactante, ¿realmente pensaba que su respuesta debía ser manipularlo en lugar de confiar en él?

—Estás hablando como si fuera inevitable que Alex me traicione —dijo Lottie, alzando la voz sin poder contener la frustración que sentía—. ¿Cómo puedes decir algo así? No quiero vivir mi matrimonio basándome en el miedo o la desconfianza.

Lady Emilia esbozó una sonrisa fría, como si estuviera acostumbrada a las objeciones de su hija, pero supiera que al final, la experiencia le daría la razón.

—Lottie, el matrimonio es más que amor, es poder. Y tú, como su esposa, debes asegurarte de que ese poder esté en tus manos. Si algún día quedas viuda, como tanto valoras tu libertad, no quiero que seas solo una mujer independiente... quiero que seas una mujer rica. Para eso, debes proteger lo que es tuyo desde ahora —respondió su madre, como si le estuviera dando el consejo más práctico del mundo.

Lottie no podía creer lo que estaba escuchando. La frialdad de esas palabras, la calculadora visión de su madre sobre el matrimonio, le resultaba completamente ajena. ¿Acaso su madre siempre había pensado así? ¿Que un matrimonio solo valía en términos de control y riqueza, no de amor y confianza?

—No puedo creer que me estés diciendo esto ahora, cuando lo único que quiero es ayudar a Alex, no pelear por su fortuna

—respondió Lottie, con la voz temblorosa. Nunca había imaginado que su madre pudiera ser tan cínica, tan fría.

—El amor no es suficiente, querida. Si no tienes control, si no aseguras tu posición, todo lo que Alex tiene podría ir a parar a otra mujer... o a un hijo ilegítimo que aparezca de la nada —añadió Lady Emilia, sin mostrar ningún rastro de duda en sus palabras—. No quiero verte en la miseria si eso sucede. Debes pensar en ti y en tu futuro.

Lottie sintió un nudo en el estómago. Nunca había querido controlar la vida de Alex ni gobernar sobre su matrimonio desde las sombras, como sugería su madre. Además, había empezado a sentir cosas por su esposo, emociones que nunca había anticipado, pero que ahora estaban ahí, creciendo cada día. ¿Cómo podía siquiera considerar traicionarlo de esa manera, manipulándolo por miedo a una infidelidad que ni siquiera había sucedido?

—Madre, no puedo hacer lo que me pides. No puedo vivir con la idea de manipular a Alex, o de prepararme para un engaño que ni siquiera sé si ocurrirá. No es la vida que quiero —dijo, sintiendo la tensión en cada palabra.

Lady Emilia la miró como si no entendiera.

—Lottie, si no lo haces, te arrepentirás. El mundo no es amable con las mujeres que no saben protegerse. No seas una de ellas —respondió su madre con una frialdad que hizo que Lottie retrocediera.

Pero Lottie sabía que no podía ser esa mujer. No podía traicionar sus propios principios ni su creciente cariño por Alex. Lo que más valoraba era la libertad, la independencia, y no podía obtenerlas controlando a su esposo o construyendo su matrimonio sobre la desconfianza.

Pero Lottie se estremeció ante esas palabras. No compartía esa visión de su madre sobre el matrimonio. Para ella, un matrimonio no era un contrato donde una de las partes debía controlar a la otra, sino una asociación de dos personas que se apoyaban mutuamente en igualdad. Y aunque al inicio habría sido efectivamente un acuerdo por intereses mutuos, ahora ya no quería pensar de esa manera.

—No quiero ese tipo de poder, madre. Y, si lo tuviera, tampoco querría usarlo. No puedo esperar que Alex me trate como una igual si lo estoy manipulando a sus espaldas. Además, tampoco quiero que él piense que puede hacer lo mismo conmigo —respondió, con un tono más firme esta vez.

Lady Emilia la miró con incredulidad, como si no pudiera entender por qué Lottie rechazaría tal consejo.

—Te preocupas demasiado por ideales, querida. En la vida real, es necesario hacer sacrificios para asegurar la estabilidad.

Pero Lottie sabía que no era un sacrificio lo que se le pedía; era una traición a sus propios principios. Manipular a Alex solo porque las circunstancias financieras lo hacían vulnerable no era una solución. De hecho, eso solo aumentaría la desconfianza que ya estaba comenzando a crecer entre ellos. Alex estaba lidiando con problemas graves, con traiciones dentro de su propia familia, y lo último que necesitaba era más engaños, especialmente de su esposa.

—Madre, por favor, no vuelvas a sugerir algo así —pidió finalmente, mirándola con seriedad—. Amo a Alex, pero no quiero gobernar su vida ni que él gobierne la mía. Si no podemos ser iguales en esto, entonces algo está muy mal.

Lady Emilia la miró en silencio, claramente decepcionada por la firmeza de su hija. Pero Lottie no cedió. Ella no iba a sacrificar su propia integridad, y mucho menos la confianza entre ella y Alex, por mantener una posición de poder que ni siquiera deseaba. Sabía que la situación con su esposo era complicada y que su relación estaba bajo tensión, pero manipularlo no era la solución.

La confianza era lo único que podía salvarlos, y eso era precisamente lo que debían restaurar.

Capítulo 14

Lottie entró al invernadero, su refugio personal, y respiró hondo. El aire allí era distinto, lleno de fragancias de plantas exóticas y flores que traían un momento de calma en medio de la tormenta emocional que vivía en casa. Las paredes de cristal dejaban entrar la luz del sol, iluminando las hojas verdes y los delicados pétalos que ella misma había cuidado con tanto esmero. Este espacio representaba algo que anhelaba profundamente: su libertad.

Había pasado semanas sintiendo cómo la relación con Alex se volvía cada vez más tensa, con él protegiéndola de una manera que se sentía más como una prisión que como un gesto de amor. Su comportamiento posesivo era sofocante. No era el hombre con quien había hecho un acuerdo; ahora se había transformado en alguien consumido por la preocupación por su fortuna, su reputación y lo que pudiera perder.

Mientras caminaba entre las plantas, acariciando suavemente algunas de las hojas, pensaba en todo lo que estaba pasando. Su madre le había sugerido manipular a Alex, que lo controlara desde las sombras, pero esa no era ella. No quería tener poder sobre él ni sobre su vida; de hecho, lo único que deseaba era encontrar un equilibrio en su propio ser, en su independencia.

Lottie se detuvo frente a una de las orquídeas que había plantado semanas atrás, recordando lo emocionada que había estado por este proyecto, por el invernadero que había ayudado a diseñar y que era, en muchos sentidos, su espacio de libertad en una vida que sentía cada vez más controlada por otros. El invernadero se había convertido en su refugio no solo para alejarse del caos de su relación, sino también como una manera de volver a sí misma, de recordarse que aún tenía proyectos y sueños más allá del matrimonio.

—Si no puedo encontrar mi propio camino en esto, me perderé —murmuró para sí misma, absorta en sus pensamientos.

Sabía que necesitaba hacer algo. La frustración con Alex era innegable, pero no quería que esa frustración la consumiera. Decidió centrarse más en sus proyectos personales, en el invernadero y en las obras de caridad que siempre había querido realizar. Tal vez así, encontraría algo de paz. Si no podía controlar lo que estaba sucediendo en su matrimonio, al menos podía controlar cómo reaccionaba y en qué decidía invertir su tiempo.

Los días que siguieron fueron muy confusos, Alex así no estaba y cuando iba se mantenía alejado. Ella comenzó a interesarse más en los proyectos de beneficencia y justo cuando estaba entregada en ello, una sombra del pasado apareció nuevamente en su vida. Charles Wentworth, un antiguo pretendiente, se había mostrado en los últimos días demasiado cercano a ella en eventos sociales. En su matrimonio con Alex, Lottie había creído dejar atrás todo lo relacionado con Charles, pero ahora él parecía dispuesto a aprovechar la distancia emocional entre ella y su esposo.

—Lottie —Charles había susurrado en la última recepción—, siempre supe que merecías algo mejor. Que merecías más libertad, más poder sobre tu propia vida.

Recordar esas palabras la hizo estremecerse. No confiaba en Charles, y sabía que sus motivaciones no eran del todo desinteresadas. Él había quedado despechado cuando ella eligió a Alex, y aunque había guardado las apariencias por un tiempo, estaba claro que ahora quería aprovechar la situación.

Lottie se mordió el labio, sabía que Charles veía la tensión entre ella y Alex, y que planeaba usarla a su favor. Pero no se dejaría manipular, ni por su madre ni por Charles. Aunque había decidido centrarse en sus propios proyectos, algo dentro de ella aún luchaba por encontrar una manera de salvar su matrimonio sin sacrificar su independencia.

—No puedo dejar que él me enrede en sus planes.

Charles Wentworth no podía tener más poder sobre ella de lo que Alex ya tenía. Si quería verdaderamente ser libre, tendría que serlo por sí misma, sin depender ni manipular a los hombres a su alrededor, como le había sugerido su madre.

El invernadero sería solo el comienzo. Las obras de caridad, su propio sentido de propósito, todo aquello que había relegado por las tensiones en su vida personal, volverían a ser prioritarios. No permitiría que la frustración ni las viejas sombras definieran quién era ni quién quería ser.

Con el paso de las semanas, la distancia entre Alex y Lottie se hizo cada vez más abismal. Alex estaba consumido por su investigación en contra de su primo George, dedicando cada segundo a proteger lo que quedaba de su fortuna. Las acusaciones en su contra habían llegado hasta la Cámara de los Lores, una situación extremadamente seria que lo ponía en una constante tensión. La presión de ser investigado a ese nivel lo mantenía en un estado de alerta permanente, y aunque Lottie temía por él, se sentía impotente.

—No quiero que te involucres en esto —le había dicho Alex en más de una ocasión, con una frialdad que la hería profundamente—. Es mejor que te mantengas alejada, Lottie. Estos no son problemas para ti.

Cada vez que él la alejaba de sus preocupaciones, Lottie se hundía más en la soledad. Ya no había lugar para ella en la vida de Alex, al menos no en esa tormenta de problemas que lo envolvía. Ni siquiera la visitaba en su habitación, algo que antes había sido una señal de la cercanía entre ambos, de la conexión que compartían. Ahora, ella se sentía como una extraña en su propio hogar.

Para Lottie, esto era una tortura emocional. La única persona con quien realmente podía desahogarse, su amiga Victoria, estaba de viaje por seis meses, muy lejos del país. Sin su amiga, no tenía a nadie a quien confiarle su creciente frustración y desconsuelo. La sensación de soledad se volvió sofocante, como una sombra constante que no podía apartar de su mente.

En un intento de no sucumbir por completo al aislamiento emocional, Lottie se volcó por completo aún más en sus actividades de beneficencia. Comenzó a organizar reuniones para recaudar fondos, y soirée llenos de grandes tertulias intelectuales. Sin embargo, esas reuniones, que al principio le daban cierta sensación de propósito, pronto se volvieron más una distracción que una verdadera solución. Porque, en todas ellas, siempre estaba Charles Wentworth.

Siempre parecía estar allí, ya fuera en un rincón de la sala o acercándose para saludar con una sonrisa cálida. Charles era amable y considerado, con palabras de aliento y gestos que, en su vulnerabilidad, empezaban a parecerle más reconfortantes de lo que debían. Su presencia constante le ofrecía un tipo de compañía que Lottie no encontraba en su esposo.

—Lady Ashford —le había dicho una tarde mientras la veía cruzar el salón después de una de sus reuniones—. Parece que lleva todo el peso del mundo sobre sus hombros. ¿Cómo está realmente?

Lottie, que había estado luchando por mantener una fachada fuerte, sintió cómo su corazón se encogía ante esa pregunta. No recordaba la última vez que alguien le había preguntado sinceramente cómo se sentía. Ni siquiera Alex, con todos sus problemas y preocupaciones, se había detenido a pensar en cómo la afectaba todo esto.

—Estoy bien, Charles —respondió con una sonrisa forzada, mientras evitaba su mirada—. Solo un poco cansada, nada que no pueda manejar.

Charles inclinó la cabeza, sin dejarse engañar por sus palabras. Sus ojos la observaban con una mezcla de compasión y algo más, algo que Lottie prefería no identificar.

—Si alguna vez necesita hablar, estoy aquí —añadió él con suavidad, acercándose solo un poco más—. Sé que no es fácil cuando uno siente que no tiene a nadie a su lado.

Esa frase resonó en ella más de lo que le hubiera gustado. Porque era cierto. Se sentía sola. Alex estaba tan distante que, a veces, sentía que vivían en mundos completamente separados. Mientras él se ocupaba de salvar su reputación y fortuna, Lottie luchaba por no perderse en la soledad que la rodeaba. Charles, en cambio, estaba allí, siempre dispuesto a escuchar, a ofrecerle consuelo, aunque fuese momentáneo.

Los gestos amables de Charles comenzaron a volverse un pequeño refugio emocional. Una sonrisa, un toque ligero en su mano mientras hablaban, un cumplido sutil pero bien colocado. Todo lo que Alex ya no le ofrecía. A pesar de sus intentos de mantenerse distante, de no dejar que sus palabras la afectaran, Lottie no podía evitar sentir una chispa de gratitud por su presencia constante. Pero también había algo más. Algo peligroso que latía bajo la superficie, un riesgo que ella no quería enfrentar, pero que sabía que se estaba formando.

Su esposo ya ni siquiera la veía como antes. Ni como compañera, ni como mujer. En cambio, Charles lo hacía, y cada vez le resultaba más difícil ignorar esa realidad.

LA LLEGADA INESPERADA de Lady Amelia, hermana de Alex, trajo consigo un aire de tranquilidad a la casa de campo, algo que tanto Alex como Charlotte necesitaban, aunque de formas diferentes. Alex no esperaba ver a su hermana, pero al verla descender del carruaje con su característica sonrisa, su pecho se alivió momentáneamente. Lady Amelia, siempre radiante y amable, parecía ser exactamente lo que hacía falta para romper la tensión que impregnaba la casa.

— ¡Amelia! —exclamó Alex al verla, caminando a grandes zancadas hacia ella para abrazarla—. No sabía que vendrías.

— ¿Qué clase de sorpresa sería si te avisara? —respondió ella con una risa ligera, abrazándolo con fuerza—. Pensé que te vendría bien un poco de compañía, además de que he estado extrañando a Charlotte.

Alex sonrió, agradecido por su presencia. Tal vez Amelia podría ser la compañía que Lottie necesitaba. Sabía que su esposa había estado más reservada últimamente, pero no tenía idea de cómo abordar esa creciente distancia.

—Me alegra que estés aquí. Charlotte también te ha extrañado —dijo él, aunque en su interior, una pequeña duda se formó. ¿Había Charlotte realmente extrañado a alguien, o simplemente estaba atrapada en su propia soledad?

En los días siguientes, Lady Amelia intentó varias veces acercarse a Charlotte, buscando esa conexión fraternal que siempre habían compartido. Sin embargo, algo era distinto. Lottie estaba más distante, más fría, como si una barrera invisible se hubiese levantado entre ellas.

—Charlotte, querida, ¿todo va bien? —preguntó Amelia un día, durante el té de la tarde, observando con cuidado el rostro inexpresivo de su cuñada.

Lottie levantó la vista de su taza, con una sonrisa que no llegó a sus ojos.

—Sí, Amelia, todo está bien. Solo estoy un poco cansada, nada más.

Amelia no estaba convencida. Conociendo a Lottie, podía ver que algo estaba profundamente mal, aunque su cuñada se negaba a admitirlo. Durante días intentó sonsacarle información de manera sutil, pero Charlotte se mantenía firme en sus respuestas evasivas. Finalmente, Amelia, frustrada por no obtener respuestas, decidió que la única persona que podría iluminarla era su propio hermano.

Una tarde, aprovechando que Alex estaba en su despacho, Amelia fue a verlo. Lo encontró rodeado de documentos y mapas, claramente sumido en sus pensamientos.

— ¿Alex? —dijo ella con suavidad, tocando la puerta ligeramente antes de entrar.

Alex levantó la vista, sorprendido por su presencia.

—Amelia, ¿qué ocurre?

—Quiero hablar contigo —dijo ella, tomando asiento frente a él—. Se trata de Charlotte.

Alex se tensó al instante, dejando a un lado los documentos.

— ¿Qué pasa con Charlotte? —preguntó con el ceño fruncido.

Amelia lo observó por un momento, evaluando sus palabras antes de continuar.

—La veo... diferente. Está distante, desanimada. Algo le está afectando, Alex, y no puedo sacarle qué es. ¿Tiene algo que ver contigo?

Alex desvió la mirada, claramente incómodo. No quería hablar de esos asuntos, no con Amelia, y mucho menos en relación con Charlotte. Durante un momento, intentó esquivar la conversación.

—Está bien, Amelia. Solo hemos tenido algunos roces... nada de qué preocuparse.

Pero su hermana no se dejó engañar. Conociendo el temperamento de Alex, sabía que había más detrás de su aparente indiferencia.

—Alex —dijo firmemente—, ¿de qué se trata realmente? ¿Qué ha pasado?

Alex suspiró pesadamente, dejando caer los hombros. Después de un largo silencio, comenzó a contarle lo que había estado sucediendo con su primo George. Le explicó cómo lo había estado engañando todo este tiempo, robándole dinero y metiéndose en negocios turbios bajo su nombre. El estrés, la traición, y la creciente presión por salvar su fortuna lo estaban devorando por dentro, y Charlotte había sido una víctima colateral en ese proceso.

Su hermana lo escuchó y entendió como se sentía Alex, y porque actuaba de esa manera y al tiempo sintió una rabia infinita hacia su primo George que jamás le cayó bien y le parecía demasiado zalamero. Al final no se equivocó con su intuición.

—No quise involucrarla —dijo Alex finalmente, con la voz baja y llena de pesar—. No quería que se preocupara por esto. Tal vez fui un poco... brusco al decírselo.

Amelia lo miró fijamente, notando que había más en su confesión de lo que él estaba dispuesto a admitir.

—Brusco —repitió con un ligero tono de incredulidad—. Alex, la conozco, y algo me dice que fuiste mucho más que eso. ¿Qué le dijiste exactamente?

Alex se removió incómodo en su silla, sin querer revivir la conversación exacta. Sabía que su tono había sido cortante, casi cruel, cuando le pidió a Charlotte que no se involucrara.

—Quizás fui demasiado duro. Le dije que debía mantenerse al margen, que no era un asunto para ella. No quería que se viera envuelto en todo esto. Pero ahora... ahora está molesta conmigo.

Amelia lo miró con desaprobación, cruzándose de brazos.

— ¿De verdad piensas que alejarla es la solución? Charlotte es tu esposa, Alex. Es tu compañera. Si hay alguien en este mundo que puede apoyarte, es ella. Pero si la sigues apartando, la vas a perder. Debes dejar de pensar que nadie más puede darte una mano.

Alex se quedó en silencio, las palabras de Amelia resonando en su mente. Sabía que su hermana tenía razón, pero su miedo a perderlo todo lo había cegado.

—Tienes que arreglar las cosas con Charlotte, Alex. Ella te necesita, y tú a ella. No puedes seguir enfrentando esto solo.

Las palabras de Amelia lo dejaron pensativo. Quizás había estado demasiado absorto en su propio dolor y miedo como para ver cuánto estaba afectando a Charlotte. Si no hacía algo pronto, la distancia entre ellos solo seguiría creciendo.

————— ✦ —————

AL DÍA SIGUIENTE, EL clima era perfecto para tomar el té en el jardín de la casa de campo, un espacio exquisito que parecía haber sido diseñado para la calma y el disfrute de los sentidos. Las flores otoñales daban un aroma delicado al aire, y el suave zumbido de las abejas era apenas audible entre las rosas y madreselvas. Charlotte, siempre tan cuidadosa con los detalles, había dispuesto una mesa pequeña de hierro forjado bajo un seto de arbustos, donde la sombra caía suavemente sobre las sillas.

Sobre la mesa se encontraba una delicada bandeja de plata con el servicio de té más fino de la casa. El juego de porcelana con detalles dorados, herencia de la abuela de Alex, se destacaba junto a un plato de pequeñas pastas de almendra y bizcochitos de limón glaseados. Había también pequeños sándwiches de pepino y salmón, cortados con precisión. Charlotte sirvió el té con gracia, vertiendo la infusión de hojas frescas de Earl Grey, cuyo aroma a bergamota llenaba el aire.

—Gracias, Charlotte —dijo Lady Amelia con una sonrisa cálida, recibiendo la taza con elegancia—. Siempre sabes cómo hacer que una tarde sea perfecta.

Charlotte sonrió ligeramente, aunque su mirada se mantenía distante. El peso de la conversación que intuía iba a tener la hacía sentir inquieta, pero decidió no dejarse llevar por sus temores. Al fin y al cabo, Amelia siempre había sido alguien con quien podía sentirse cómoda, aunque últimamente todo en su vida se sentía demasiado complicado.

Amelia dio un pequeño sorbo a su té, disfrutando de su sabor mientras observaba el jardín.

—Es un lugar precioso este. Siempre he pensado que Alex tiene buen gusto en algunas cosas, aunque no lo demuestre demasiado —comentó, buscando romper el hielo—. Pero no vine hasta aquí para hablar de jardines.

Charlotte bajó la vista, dándose cuenta de que Amelia quería hablar de temas más profundos. No sabía cómo abordar lo que había estado ocurriendo, y temía lo que Amelia pudiera saber.

—Charlotte —comenzó Amelia con suavidad, dejando su taza de té en el platillo con un suave tintineo—, sé que algo te está molestando, y no voy a insistir si prefieres no hablar de ello. Pero quiero que sepas que estoy aquí para ti, siempre.

Ella suspiró, intentando mantener su compostura mientras cortaba con el cuchillo un pequeño trozo de bizcocho de limón. Agradecía la amabilidad de Amelia, pero no sabía cómo empezar.

Amelia, notando la incomodidad de su cuñada, decidió dar un paso más adelante.

—También sé sobre el contrato —dijo en un tono bajo, pero claro, observando con delicadeza la reacción de Charlotte.

Charlotte se sonrojó intensamente, dejando caer el cuchillo sobre el plato con un pequeño sonido metálico. Nunca había imaginado que Amelia lo supiera, y mucho menos que lo mencionara de manera tan directa. La vergüenza la inundó, y sintió cómo el calor le subía por el cuello hasta las mejillas.

—Yo... no sabía que tú... —intentó decir, pero las palabras se le atoraron en la garganta.

Amelia sonrió con suavidad, tomando una de las pastas de almendra de la bandeja y rompiendo el silencio con una risa ligera.

—No te preocupes por eso, querida. No es algo que me preocupe en absoluto, te lo aseguro. Cuando lo supe, me sorprendí un poco al principio, claro. Alex nunca ha sido alguien fácil de entender, pero imaginé que cada uno tendría sus razones —dijo, mirando fijamente a su cuñada con esa tranquilidad que solo alguien con buen juicio puede tener.

Charlotte se mordió el labio, tratando de asimilar lo que estaba oyendo. Era difícil aceptar que Amelia supiera lo más íntimo de su matrimonio, pero al mismo tiempo, la forma en que lo decía la hacía sentir menos juzgada.

—Yo... no sé qué decir —admitió finalmente, tomando su taza de té en un intento de ganar tiempo para recomponerse.

—No tienes que decir nada —respondió Amelia suavemente—. Solo quería que supieras que no estoy aquí para juzgar. Entiendo que las cosas no siempre son como parecen desde fuera, pero también, Charlotte, quiero decirte algo desde mi corazón.

Charlotte levantó la vista, con las cejas ligeramente fruncidas. No sabía a dónde iba esa conversación, pero había algo en la voz de Amelia que sugería un tono serio.

—Siempre he deseado que tú y Alex se enamoraran —confesó Amelia, con una mirada dulce pero firme—. Desde la primera vez que los vi juntos, pensé que hacían una pareja hermosa. Pero sé que mi hermano no tiene el mejor concepto del amor o del matrimonio. Después de todo, no tuvo un buen ejemplo con nuestros padres. Mi madre era una mujer fría, y mi padre... bueno, mejor no hablar de él.

Charlotte escuchaba en silencio, sorprendida por la franqueza de Amelia.

—Sé que Alex parece duro, incluso insensible a veces, pero es un buen hombre, Charlotte —continuó Amelia—. Y aunque no lo parezca, necesita a alguien que lo ponga en su lugar de vez en cuando. Pero más que eso, necesita alguien que lo haga feliz. Y tengo la firme esperanza de que esa persona seas tú.

Charlotte dejó escapar un suspiro profundo. Nunca había pensado en su matrimonio desde esa perspectiva. Sabía que había algo en Alex que la atraía, pero también había una muralla entre ellos que parecía imposible de romper.

—No sé si soy la persona indicada para él —murmuró finalmente—. No somos iguales, Amelia. Y a veces siento que nunca podré llegar a él.

Amelia tomó la mano de Charlotte con suavidad, apretándola en un gesto reconfortante.

—Nadie dijo que el amor fuera fácil —dijo con una sonrisa comprensiva—. Pero te aseguro que si alguien puede llegar a Alex, eres tú. Solo necesitas confiar en ti misma, y en él.

Charlotte, por primera vez en mucho tiempo, sintió un atisbo de esperanza. Amelia le había dado una perspectiva diferente, y aunque las dudas seguían presentes, tal vez había algo más profundo entre ella y Alex que aún no había descubierto.

Capítulo 15

Días después y por cuestiones de negocios, y también por temas del problema con George Ashford, Alex tuvo que ir por un par de días a Londres y Amelia y Charlotte lo acompañaron. Para olvidar un poco tantas preocupaciones, Amelia sugirió visitar la galería de arte a la que habian llegado nuevas obras que al parecer eran toda una novedad. Todos decidieron ir y tratar de pasar un buen rato.

Al llegar a La prestigiosa galería de arte de Londres, ubicada en un majestuoso edificio, se podía observar los techos altos y ventanales que permitían la entrada de luz natural, y la cantidad de personas pertenecientes a la élite de la sociedad. Los cuadros, de un valor incalculable, adornaban las paredes de mármol, y esculturas exquisitas llenaban el espacio, creando un ambiente de refinamiento y belleza que dejaba sin aliento a todos los presentes. Lottie se movía con gracia, aunque por dentro sentía una mezcla de tensión y nerviosismo. Había acudido a la exposición para apoyar a un antiguo conocido, un pintor famoso que ahora exhibía su más reciente obra.

Mientras recorría la galería junto a Amelia, admirando las piezas, escuchó una voz familiar detrás de ella.

—Lady Charlotte, es un honor verla aquí —dijo una voz masculina suave, pero segura.

Charlotte giró lentamente para encontrarse con Henry Milford, un artista de renombre, conocido por sus provocativas y emotivas pinturas. Habían coincidido en varios eventos artísticos cuando ella aún no estaba casada, y aunque nunca hubo nada romántico entre ellos, siempre había disfrutado de las conversaciones que compartían.

—Señor Milford, qué agradable sorpresa —respondió Charlotte, esbozando una sonrisa educada mientras extendía su mano para un saludo—. Sus nuevas obras son impresionantes.

Henry, con un aire de encantadora modestia, tomó su mano con respeto.

—Siempre tan amable, milady. Me alegra ver que mi arte sigue siendo de su agrado —dijo, con una sonrisa que irradiaba confianza.

La conversación entre ellos fluyó fácilmente. Hablaban sobre arte, los recientes cambios en las tendencias y las piezas exhibidas en la galería. Mientras tanto, Amelia observaba desde un poco más atrás, sonriendo ligeramente, aunque sus ojos permanecían atentos.

No muy lejos, Alex entraba en la sala, su postura rígida y su mirada penetrante, buscando a Charlotte. Había decidido acompañarla de último minuto, aunque no le había dicho a nadie. Sus ojos pronto la localizaron al otro lado de la sala, conversando con Henry Milford. El leve gesto amistoso y la sonrisa de Charlotte hacia el artista encendieron una chispa de celos que Alex no pudo contener. Apretó los puños por un instante, y una sensación de traición se apoderó de él. ¿Acaso su esposa estaba buscando atención en otro lugar? La idea lo carcomía por dentro, aunque sabía que era irracional.

Decidido a intervenir, Alex se acercó con pasos firmes. Charlotte levantó la vista y lo vio venir, notando inmediatamente la dureza en su expresión. Supo al instante que Alex había malinterpretado la situación.

—Henry, me disculpo, pero creo que mi esposo ya ha llegado —dijo Charlotte con una sonrisa tensa, inclinándose ligeramente hacia el pintor.

Henry, percibiendo la tensión, hizo una reverencia educada.

—Siempre es un placer hablar con usted, milady. Espero que disfrute el resto de la exhibición —dijera con elegancia antes de retirarse discretamente.

Alex llegó justo en ese momento, sus ojos oscuros y llenos de reproche. Lottie sintió el aire cambiar, pesado con la carga de las emociones.

—Parece que estabas bastante entretenida —comentó Alex, con una frialdad contenida en cada palabra.

Charlotte, sorprendida por el tono de su voz, levantó una ceja.

—Estaba simplemente hablando con un viejo conocido, Alex —respondió ella, intentando mantener la calma mientras sentía cómo los celos de su esposo se volvían palpables—. No es lo que estás pensando.

— ¿Y qué es exactamente lo que estoy pensando, Charlotte? —replicó Alex, su voz más baja pero más peligrosa—. Porque desde aquí parece que estás disfrutando la atención de otros hombres.

Lottie sintió una ola de indignación, pero también de impotencia. No era solo la escena pública lo que la hacía sentirse atrapada, sino la absurda sospecha que veía en los ojos de Alex.

—Esto es ridículo —susurró, esforzándose por no elevar la voz—. No tiene sentido que pienses algo así, y no puedo creer que lo digas aquí, en medio de la galería.

— ¿Ridículo? —repitió Alex, su tono cargado de ira contenida—. Ridículo sería que pensara que todo va bien cuando mi esposa parece más interesada en la compañía de otros que en la mía.

Charlotte lo miró fijamente, sintiendo que algo se rompía entre ellos. Las emociones eran demasiadas. Él no entendía todo lo que ella estaba enfrentando, el peso de su soledad, de su miedo por lo que ocurría en su matrimonio. Y ahora, Alex la acusaba de algo tan bajo como buscar atención fuera.

Por un instante, pensó en Charles Wentworth, en todas las veces que él había estado cerca, ofreciéndole una sonrisa, una palabra amable, algo que la hacía sentir menos sola. Si Alex supiera... si él supiera que Charles, sí que había intentado tener algo con ella, y se había esforzado en sus atenciones hacia ella para hacerla caer, pero al final Charlotte le dijo que se alejara y le pidió que si la respetaba no volvería a hacerle insinuaciones y se apartaría. Si Alex se enterara de eso, probablemente no podría manejarlo.

—No sabes lo que dices —murmuró Charlotte, sin poder contener el dolor en su voz.

Antes de que la confrontación pudiera escalar aún más, Amelia apareció al lado de ellos, percibiendo claramente la tensión. Su rostro mostró preocupación, pero también resolución.

—Alex, ¿puedo robarte un momento? —dijo con firmeza, sin esperar una respuesta mientras lo tomaba suavemente del brazo—. Hay algo que quiero mostrarte.

Alex vaciló, mirando a su hermana con una mezcla de irritación y confusión. Sabía que Amelia estaba intentando intervenir, pero finalmente accedió a acompañarla, aunque claramente molesto.

Mientras se alejaban, Charlotte respiró hondo. Sabía que la conversación con Alex no había terminado, pero agradecía a Amelia por evitar una escena mayor. Las emociones aún estaban a flor de piel, y sabía que debía prepararse para cuando él quisiera retomar la discusión. El problema no era solo el malentendido en la galería, sino todas las inseguridades, celos y frustraciones que estaban aflorando en su matrimonio.

Amelia llevó a Alex a una de las salas más tranquilas de la galería, un espacio reservado para exposiciones privadas. El ambiente era mucho más silencioso allí, lo que permitía una conversación sin interrupciones. Los retratos de antiguos nobles colgaban de las paredes, pero ninguno de ellos importaba en ese momento.

—Alex, ¿qué demonios fue eso? —le espetó Amelia con una mezcla de reproche y preocupación, sin rodeos, como solía ser con él cuando sentía que estaba equivocado—. Estabas a punto de hacer una escena frente a todo el mundo.

Alex, con los puños todavía apretados y las emociones a flor de piel, se giró hacia su hermana, frunciendo el ceño.

—No puedes pedir que me quede tranquilo cuando veo cómo ese hombre se acercaba a ella, sonriéndole como si tuvieran una especie de conexión especial —respondió, sin ocultar su disgusto.

Amelia suspiró, sacudiendo la cabeza con incredulidad.

—Alex, ¿realmente crees que Charlotte está buscando atención de otro hombre? —dijo, mirándolo directamente a los ojos—. Te escuché. Escuché lo que le dijiste, y aunque no la conozco tanto como me gustaría, puedo decirte con toda certeza que ella no tiene ningún interés en Milford, ni en ningún otro hombre. ¿Por qué no lo ves?

Alex desvió la mirada, molesto consigo mismo, pero aún demasiado obstinado para admitirlo. Su mandíbula se tensó mientras las palabras de su hermana comenzaban a calar hondo.

—No es que no lo vea... —murmuró—. Simplemente no puedo soportar la idea de que tal vez...

Amelia lo interrumpió, alzando una mano.

—No soportas la idea de que tal vez estés equivocado —lo corrigió suavemente—. Lo que me sorprende es que eres el único que no se da cuenta de lo que está sucediendo. Te lo digo con toda sinceridad, Alex, Charlotte está enamorada de ti, y lo único que la detiene de demostrarlo abiertamente es que tú mismo sigues actuando como si ella no te importara más que para cumplir un contrato ridículo.

Alex levantó la cabeza, sorprendido por lo directo del comentario de su hermana. El ceño fruncido en su rostro comenzó a suavizarse, pero aún había escepticismo en sus ojos.

—Amelia, no puedo pedirle que me ame... no cuando todo entre nosotros comenzó de una manera tan... transaccional —dijo con frustración—. Ella aceptó casarse por conveniencia, y yo...

—Y tú has estado comportándote como si esa fuera la única verdad en su relación desde entonces —interrumpió Amelia con firmeza, aunque sin perder la ternura en su tono—. ¿Te has dado cuenta de cuánto le duele que la trates con esa distancia? Te esfuerzas tanto por protegerla de tus problemas que no ves que lo que ella realmente necesita es que le permitas estar a tu lado. No solo como tú esposa por contrato, sino como alguien que te ama.

Alex se quedó en silencio, procesando lo que su hermana le estaba diciendo. La verdad golpeaba fuerte, pero no estaba listo para admitirlo del todo.

— ¿Y qué si no está enamorada de mí? —dijo, aunque su voz sonaba más como una pregunta dirigida a sí mismo—. ¿Qué si ella realmente busca consuelo en otra parte?

Amelia lo miró con lástima, pero también con cierta dureza.

—Alex, estás viendo cosas donde no las hay. Charlotte no te ha dado ninguna razón para que dudes de ella, pero si sigues tratándola como lo has hecho, te aseguro que eventualmente podría cambiar de opinión —dijo, manteniendo su mirada fija en él—. Después de todo, ¿qué motivo tiene para quedarse si la haces sentir que solo es una pieza más de un trato que ni siquiera tú respetas del todo?

El silencio entre ambos se hizo pesado, y Alex finalmente soltó un suspiro, pasando una mano por su cabello en un gesto de frustración.

—No es tan fácil —dijo finalmente, pero la rigidez en su voz había desaparecido.

—Claro que no es fácil —admitió Amelia—. Pero lo que te digo, Alex, es que no puedes seguir así. Sabes perfectamente que Charlotte te importa mucho más de lo que estás dispuesto a admitir. Y si no dejas de comportarte como si ella solo fuera un objeto en tu vida, ¿qué esperas que pase? Porque te lo aseguro, no necesita un contrato para buscar lo que tú no le das: cariño, afecto, ser valorada como algo más que una obligación.

Alex apretó los labios, incómodo con la verdad de las palabras de su hermana. Sabía que tenía razón, aunque no quería admitirlo.

—Yo... —intentó empezar, pero las palabras no salieron.

—Sabes que te importa —dijo Amelia suavemente, dándole un pequeño empujón—. Entonces, demuéstraselo antes de que sea demasiado tarde. El amor no es una transacción, Alex, y te aseguro que si dejas de esconderte detrás de ese maldito contrato y empiezas a mostrarle lo que realmente sientes, todo podría cambiar.

Alex se quedó quieto por un momento, con los pensamientos corriendo por su mente. Sabía que debía hacer algo, que Amelia tenía razón, pero el temor a fallar o a mostrarse vulnerable lo mantenía congelado.

Amelia le dio un suave golpe en el hombro, sonriendo.

—Ve, hermano. Habla con ella, antes de que la pierdas —le dijo, sabiendo que ese era el único consejo que realmente podía darle.

Alex asintió lentamente, todavía reflexionando, pero sabiendo que su hermana lo había despertado a una verdad que no podía ignorar más tiempo.

———— ⚜ ————

UNA MAÑANA, ALEX LE propuso a Lottie, que fueran a cabalgar, ya que era una actividad que ambos disfrutaban. Pero la intención principal, era buscar un momento propicio para hablar de forma tranquila y con total privacidad, lejos de los oídos de sirvientes, para poder arreglar las cosas. Ambos salieron temprano y pasaron el día juntos hablando de cosas triviales porque ninguno de los dos se atrevía a hablar seriamente de lo que pasaba. Habian llevado una cesta con comida llena de delicias que devoraron a eso del mediodía. Siguieron paseando con los caballos y luego caminaron un rato hasta que vieron que el cielo rápidamente empezaba a oscurecer. Las nubes oscuras se agruparon rápidamente en el horizonte, y los relámpagos no tardaron en surcar el cielo mientras Alex y Lottie inspeccionaban una de las propiedades más alejadas. La lluvia comenzó a caer con furia, obligándolos a buscar refugio en una pequeña cabaña rústica cercana. Era una construcción sencilla, destinada más a los empleados que a los dueños de las tierras, pero en ese momento, era su único resguardo.

El viento soplaba con fuerza, haciendo temblar las paredes de la cabaña, y el sonido de la lluvia era ensordecedor sobre el techo de madera. Alex cerró la puerta de golpe, asegurándola con una barra de metal mientras Lottie se sacudía el agua de su abrigo y sus botas. Ambos estaban empapados, con el cabello pegado a sus rostros y la ropa húmeda, pero no había nada que pudieran hacer al respecto. Estaban atrapados.

—Parece que tendremos que quedarnos aquí hasta que pase lo peor —comentó Alex, su tono neutral, aunque su mirada se desviaba constantemente hacia Lottie, notando su incomodidad.

Lottie asintió, frotándose los brazos para generar calor. El aire entre ellos estaba cargado, y no solo por la tormenta exterior. Había una tensión palpable, una mezcla de emociones sin resolver y el espacio cerrado no hacía más que intensificarla.

—No hay mucho que podamos hacer más que esperar —respondió ella, su voz suave, pero distante. Lottie mantenía la vista fija en el fuego que Alex había encendido en la chimenea, evitando mirarlo directamente.

El silencio entre ambos se alargó, roto solo por el crujido de la leña y el ruido ensordecedor de la tormenta. La cercanía forzada los hacía más conscientes de todo lo que había quedado sin decir, de todo lo que habían estado evitando. La cabaña, aunque pequeña, parecía gigantesca por la brecha emocional que había crecido entre ellos en los últimos meses.

Alex observaba a Lottie de reojo, sintiendo el peso de la distancia que él mismo había creado, pero sin saber cómo derribar las barreras que se habían levantado. La veía frotarse los brazos, incómoda y distante, y algo dentro de él se removía. Había una mezcla de deseo y frustración acumulada que luchaba por salir.

— ¿Estás bien? —preguntó de repente, rompiendo el silencio de forma abrupta.

Lottie lo miró, sorprendida, como si no esperara que él hablara. La preocupación en su rostro era clara, pero ella solo asintió, apartando la vista nuevamente.

—Estoy bien —respondió brevemente, su tono cerrando cualquier intento de acercamiento.

Alex frunció el ceño, no satisfecho con esa respuesta.

—No, no lo estás —insistió, dando un paso hacia ella—. Lottie, sé que he estado distante. Sé que te he dejado sola en todo esto, pero...

— ¿Ahora lo notas? —interrumpió ella, su voz más firme de lo que esperaba. Finalmente lo miró, sus ojos mostrando un atisbo de la frustración que había estado guardando. El dolor y el resentimiento que había acumulado durante semanas estaban empezando a escapar.

Alex se detuvo, sorprendido por su reacción. No estaba acostumbrado a verla tan directa, tan dispuesta a expresar lo que realmente sentía. Pero, al mismo tiempo, no pudo evitar sentir un toque de alivio. Finalmente, estaban hablando.

—Lottie... —comenzó a decir, pero ella lo interrumpió de nuevo.

—No, Alex. No me digas ahora que te importa, cuando llevas meses comportándote como si no lo hiciera. Me dejaste fuera de todo, y me trataste como si fuera una extraña en tu vida —sus palabras eran duras, pero detrás de ellas había un dolor profundo.

Alex cerró los ojos por un momento, luchando por encontrar las palabras adecuadas. Sabía que tenía razón, que había sido injusto con ella, pero no sabía cómo expresar lo que realmente sentía sin mostrar su propia vulnerabilidad.

—No quería arrastrarte a mis problemas —dijo finalmente, su voz más suave—. Pensé que era lo mejor, mantenerte al margen de todo lo que estaba sucediendo con mi primo, con la familia...

— ¿Y acaso alguna vez te importó lo que yo quería? —respondió ella, su voz temblando ligeramente, pero manteniendo su postura firme—. Quería estar contigo, apoyarte, pero tú... tú nunca me dejaste hacerlo. Me hiciste sentir como una intrusa.

El silencio volvió a llenar la cabaña, pero esta vez era distinto. Las palabras de Lottie resonaban en la mente de Alex, y no podía ignorar la verdad que había en ellas.

—No quería que te preocuparas por algo que pensé que podía resolver yo solo. —dijo en voz baja, sus ojos encontrando los de ella—. No quería que sufrieras por mis problemas.

Lottie lo miró, y por primera vez en mucho tiempo, vio algo más detrás de su fachada de hombre duro e imperturbable. Había miedo, no solo a fallar, sino a perderla.

—Y sin embargo... —dijo ella suavemente—. Me alejaste. Me lastimaste de todas formas.

La tensión entre ambos era palpable. El calor del fuego contrastaba con la frialdad emocional que había entre ellos, pero algo estaba empezando a cambiar. La tormenta seguía rugiendo afuera, pero dentro de la cabaña, el aire se estaba llenando de una tensión diferente. Había una atracción entre ellos que ninguno de los dos podía negar, una energía que había estado latente durante tanto tiempo.

Alex dio un paso hacia ella, su mirada intensa.

—No puedo seguir así, Lottie —murmuró, su voz baja, casi un susurro—. No puedo seguir fingiendo que no me importas.

Lottie sintió su corazón latir con fuerza ante la intensidad de sus palabras, pero algo dentro de ella todavía se resistía. Había dolor, y aunque lo deseaba, su cuerpo y mente estaban en conflicto.

—Alex, yo... —comenzó a decir, pero él la interrumpió, acercándose aún más, acortando la distancia entre ellos.

—Dime que ya no sientes lo mismo, y me alejaré —le dijo, sus ojos fijos en los de ella—. Dime que no hay nada aquí, y lo dejaré.

El silencio entre ellos era ensordecedor. Afuera, la tormenta rugía, pero dentro, el mundo parecía haberse detenido. Lottie lo miró a los ojos, viendo toda la pasión, la frustración y el deseo reprimido, y por un momento, sintió que podía rendirse a ello. Pero no lo hizo. No todavía.

—No puedo, Alex —murmuró finalmente, apartando la mirada, aunque su cuerpo traicionaba sus palabras—. No después de todo. Alex la miró con frustración, pero también con una comprensión que comenzaba a aflorar. Sabía que la había lastimado, que había cometido errores, pero no estaba dispuesto a rendirse.

—Entonces lucharé por ti, Lottie —dijo con determinación—. Haré lo que sea necesario.

La tormenta afuera continuaba, pero dentro de la cabaña, algo había comenzado a cambiar entre ellos. Un fuego diferente estaba empezando a arder, uno que ni siquiera la tormenta más fuerte podría apagar. La tormenta rugía con una ferocidad inusitada, haciendo vibrar las ventanas de la pequeña cabaña como si fueran a estallar en cualquier momento. El viento aullaba, y las gotas de lluvia golpeaban el techo con tanta fuerza que parecía que el mundo entero estaba desmoronándose afuera. Sin embargo, dentro de la cabaña, había otra tormenta en curso, una mucho más silenciosa pero igual de destructiva.

Alex y Lottie se mantenían a una distancia incómoda, sus cuerpos tensos, reflejando la intensidad del momento. Habían estado discutiendo, y aunque las palabras habían cesado, el eco de lo no dicho seguía llenando el aire. La tensión entre ambos era insoportable, como una cuerda a punto de romperse.

— ¿Por qué sigues huyendo de mí? —preguntó Alex, su voz ronca de frustración, su mirada clavada en Lottie. Había dolor en sus ojos, mezclado con el deseo y la desesperación de un hombre que estaba al borde de perder lo que más quería.

Lottie apretó los labios, luchando por mantener la compostura. No quería mostrarse vulnerable frente a él, no después de todo lo que había sucedido. Su corazón latía con fuerza, y aunque su cuerpo respondía al deseo palpable en el aire, su mente seguía rechazando lo que sentía por Alex.

—No estoy huyendo —respondió finalmente, su voz contenida pero temblorosa—. Solo... no puedo entregarme a algo que no estoy segura de que sea real.

Alex dio un paso hacia ella, sus ojos encendidos por una emoción que Lottie no pudo identificar del todo. La proximidad entre ellos hizo que su respiración se volviera más rápida, más pesada, pero ella se obligó a mantenerse firme.

— ¿No es real? —repitió Alex, su tono incrédulo y cargado de dolor—. ¿Después de todo lo que hemos pasado, sigues creyendo que no siento nada por ti?

Lottie apartó la vista, incapaz de enfrentarse a la intensidad de sus palabras.

—Alex, esto... —empezó a decir, pero antes de que pudiera terminar la frase, él la interrumpió.

—No más palabras —gruñó, dando otro paso hacia ella. Y sin previo aviso, la tomó del rostro con ambas manos y la besó.

El beso fue un arrebato de pasión contenida, desbordante de todo lo que Alex había estado reprimiendo durante semanas. Sus labios se movieron con urgencia sobre los de Lottie, tratando de transmitir lo que las palabras no habían podido. Había deseo, sí, pero también había dolor, necesidad, y una vulnerabilidad que Alex rara vez dejaba ver.

Por un momento, Lottie sintió que el mundo se detenía. Su cuerpo respondió al instante, su corazón acelerándose mientras la cercanía de Alex la envolvía por completo. El calor de su piel, el sabor de sus labios... todo la arrastraba hacia él como una marea imparable.

Pero entonces, algo en su interior se resistió. La realidad de su relación, de los muros que ambos habían levantado, la golpeó con fuerza.

Con un esfuerzo casi sobrehumano, Lottie se apartó de él, rompiendo el beso abruptamente. Dio un paso hacia atrás, respirando con dificultad, mientras la tormenta seguía rugiendo a su alrededor, como si reflejara el caos de sus emociones.

Alex la miró, desconcertado, su pecho subiendo y bajando con rapidez. El rechazo lo golpeó como un balde de agua fría, y por un momento, no supo qué decir ni qué hacer.

—Lottie... —murmuró, su voz rota por la confusión y el dolor.

Ella lo miró con los ojos brillantes, luchando por mantener el control.

—No puedes simplemente besarme y esperar que todo se arregle —dijo ella, su voz temblorosa pero firme. El dolor en sus palabras era palpable—. Esto no soluciona nada, Alex.

Alex frunció el ceño, sintiéndose herido y expuesto de una manera que nunca antes había experimentado. Estaba acostumbrado a controlar sus emociones, a no mostrar debilidad, pero frente a Lottie, todo eso se desmoronaba.

— ¿No lo sientes? —preguntó, con una mezcla de desesperación y frustración—. No puedes negar lo que hay entre nosotros.

Lottie respiró hondo, tratando de calmarse.

—Lo que siento no es el problema —admitió finalmente, su voz suave pero cargada de tristeza—. El problema es que... no confío en ti. No confío en que esto sea más que un acuerdo, algo que tú simplemente... puedes dejar atrás cuando te convenga.

Las palabras cayeron como un golpe, y Alex sintió como si le hubieran arrancado el aire del pecho. La verdad cruda de lo que Lottie sentía lo atravesó como una daga, y no supo cómo responder. Había intentado protegerse manteniendo distancia, pero ahora veía el precio que había pagado por ello.

El silencio se instaló entre ambos, cargado de emociones no resueltas. La tormenta seguía golpeando las ventanas, como si quisiera entrar y llevarse todo a su paso, pero dentro de la cabaña, las heridas que ambos llevaban eran mucho más profundas.

Finalmente, Lottie habló, su voz apenas un susurro.

—No puedo seguir así, Alex. Si seguimos haciendo esto, ambos saldremos heridos.

Alex la miró, sintiendo la desesperación crecer dentro de él. No quería perderla, pero no sabía cómo derribar las barreras que él mismo había construido.

—Lottie... —comenzó, pero su voz se quebró. Por primera vez, el miedo de perderla era real, y no sabía cómo enfrentarlo.

Lottie apartó la mirada, sintiendo que las lágrimas amenazaban con caer, pero no las dejó salir. Se dio la vuelta y caminó hacia la ventana, mirando la tormenta afuera, sabiendo que algo había cambiado para siempre entre ellos.

—Tal vez... tal vez sea mejor que todo termine aquí —murmuró, sin atreverse a mirarlo de nuevo.

Alex sintió que su mundo se desmoronaba con esas palabras, pero no dijo nada. Porque, en el fondo, sabía que si seguían como estaban, todo se rompería de una forma aún más dolorosa.

El beso robado había sido un último intento desesperado, pero ahora ambos sabían que haría falta mucho más para reparar lo que estaba roto.

La tormenta afuera comenzaba a amainar, pero en el interior de la cabaña, la atmósfera seguía cargada de tensión. El fuego en la chimenea chisporroteaba suavemente, proyectando sombras cálidas en las paredes de piedra. Alex y Lottie se encontraban sentados alrededor del fuego, separados por un espacio que parecía demasiado grande para ser salvado en ese momento, pero el calor que desprendía la chimenea les ofrecía una tregua silenciosa en medio de la tormenta de emociones que acababan de desatar.

Lottie mantenía la mirada fija en el fuego, sus manos entrelazadas en su regazo mientras trataba de organizar sus pensamientos. El beso de Alex la había dejado desarmada, no solo por el deseo que había despertado en ella, sino también por lo que implicaba emocionalmente. Sin embargo, sabía que no podía ceder sin obtener algo más profundo de él. Algo que le asegurara que su relación no estaba cimentada solo en un acuerdo frío.

Alex, por su parte, había permanecido en silencio, su mente revolviéndose en torno a lo que acababa de suceder. Las palabras de Lottie, la firmeza con la que había rechazado el beso a pesar de haberlo sentido igual que él, lo hacían cuestionarse todo. En ese instante, no era el duque altivo y seguro que acostumbraba ser, sino un hombre enfrentando sus propias vulnerabilidades.

—Nunca planeé que esto llegara a este punto —comenzó a decir Alex, su voz grave pero suave, rompiendo finalmente el silencio entre ellos—. Este matrimonio, nuestro trato... nunca pensé que importaría tanto.

Lottie alzó la vista lentamente, sorprendida de escuchar aquella confesión de Alex, un hombre que rara vez mostraba alguna grieta en su fachada.

— ¿Importar? —repitió ella en un susurro—. A veces me pregunto si alguna vez ha significado algo para ti más allá de lo que acordamos.

Alex soltó un suspiro, llevándose una mano al rostro como si estuviera cansado de mantener las apariencias.

—Lottie, no soy un hombre fácil —admitió—. Controlarlo todo, en mi vida, en mis negocios, en mis relaciones... siempre ha sido mi manera de sentirme seguro. De no perder el control. Pero contigo... —hizo una pausa, buscando las palabras adecuadas—. Contigo es diferente. Me haces cuestionar ese control que siempre creí necesario. Y eso... eso me asusta.

Lottie frunció ligeramente el ceño, observándolo con atención. Nunca había visto a Alex tan vulnerable, tan dispuesto a admitir que incluso él, con todo su poder y autoridad, también tenía miedos.

— ¿Por qué te asusta? —preguntó, su tono más suave de lo que pretendía. Había algo en la manera en que él se estaba abriendo que tocaba una parte de ella que había tratado de mantener protegida.

Alex dejó escapar una risa amarga, inclinándose hacia adelante y fijando su mirada en el fuego.

—Porque perder el control es perder todo. Perderte a ti... —su voz se suavizó aún más—. Perder lo único que parece tener sentido ahora.

Lottie sintió un nudo en la garganta. Las palabras de Alex le revelaban algo que nunca había esperado escuchar de él. Él no era solo el hombre impenetrable y orgulloso que había conocido al principio. Había más en su interior, pero eso no cambiaba el hecho de que ella seguía sintiendo la necesidad de protegerse.

—No puedes controlar lo que siento —dijo ella con calma—. No puedes esperar que me quede solo porque has decidido que es lo que te conviene. Si quieres que esto funcione, tienes que confiar en mí, en lo que puedo ofrecerte. Pero también necesito espacio para ser yo misma, Alex. No puedo estar con alguien que me vea como una extensión de su vida controlada.

Alex cerró los ojos por un momento, como si procesar esas palabras le costara más de lo que estaba dispuesto a admitir.

—Lo sé —murmuró—. Sé que he cometido errores, que te he tratado como si solo fueras parte de un acuerdo. Pero créeme cuando te digo que tú... tú has sido lo único real en todo esto.

Lottie sintió que su corazón se aceleraba ante aquella declaración. Había deseado escuchar algo así de él, pero no estaba segura de sí era suficiente.

— ¿Y qué vas a hacer con eso, Alex? —preguntó, su voz temblando ligeramente—. ¿Qué significa para ti que yo sea real?

Porque si no puedes abrirte y confiar en lo que podamos construir juntos, no importa lo que sientas. Esto no funcionará.

Alex la miró, sus ojos intensos reflejando la luz del fuego.

—Estoy aprendiendo, Lottie —admitió, su tono casi vulnerable—. Estoy aprendiendo a no ser el hombre que siempre he sido. Pero necesito que me des una oportunidad para demostrarlo. No quiero perderte... incluso si aún no sé cómo mantenerte a mi lado.

Lottie lo miró, y por primera vez desde que habían comenzado a discutir, sintió que algo en ella se suavizaba. Alex no era perfecto, pero tampoco lo era ella. Ambos estaban aprendiendo, ambos cargaban con sus propios miedos e inseguridades.

El silencio se instaló de nuevo, pero esta vez, no era tan tenso. La tormenta exterior había disminuido, y el crepitar del fuego les proporcionaba una sensación de paz, aunque temporal.

—Yo también estoy aprendiendo —susurró Lottie finalmente, sus palabras flotando en el aire como una tregua—. Pero si vamos a seguir adelante, necesito que entiendas que no voy a dejar de ser quien soy. No soy una pieza más en tu vida, Alex.

Alex asintió lentamente, comprendiendo más de lo que había comprendido en semanas. Sabía que el camino que tenían por delante no sería fácil, pero en ese momento, alrededor de la chimenea, con la tormenta apaciguándose afuera, sintió que al menos, habían dado el primer paso hacia una comprensión más profunda.

La tensión no había desaparecido por completo, pero algo entre ellos había cambiado. La vulnerabilidad que ambos habían mostrado los acercaba de una manera distinta, más auténtica. Sin embargo Alex y Lottie estaban ajenos a lo que estaba por pasar en pocos días y que seguramente haría que su matrimonio tambaleara.

Capítulo 16

La noche había caído sobre la casa de campo, envolviéndola en un silencio profundo que contrastaba con la tormenta interna que azotaba a Alex. Estaba sentado en la biblioteca, un espacio acogedor pero imponente, rodeado de estanterías repletas de volúmenes encuadernados en cuero. Sostenía una copa de brandy en la mano, sus dedos jugando con el cristal mientras miraba fijamente las llamas danzantes en la chimenea. Su mandíbula estaba tensa, y su mente, nublada por las palabras de Lady Beatrice Fairfax, se debatía entre la duda y el enojo.

El encuentro de esa tarde con Beatrice, que había llegado hacia unos días de visita en casa de sus vecinos los condes Lockwood, había comenzado como una casualidad, pero pronto se había tornado en algo mucho más insidioso. Ella había sonreído con esa falsedad característica suya, acercándose a él como si fueran viejos amigos, cuando en realidad su relación no era más que un recuerdo amargo del pasado.

—Querido Alex, ¿has escuchado los rumores? —había comenzado Beatrice, con su tono casi burlón mientras agitaba su abanico—. Londres está lleno de chismes últimamente, y me temo que tu matrimonio no es inmune a ellos.

Alex, molesto por su presencia, había tratado de ignorar sus insinuaciones, pero ella había continuado, incansable.

—Dicen que la duquesa... tu encantadora esposa —remarcó con una sonrisa venenosa—, parece tener un interés muy particular en

Charles Wentworth. Ah, ese joven tan apuesto. Se rumorea que se ven más de lo que sería apropiado, especialmente durante sus reuniones de caridad.

Alex sintió el impacto de esas palabras como una bofetada. Sabía que Beatrice no era de fiar, pero las dudas comenzaron a arraigarse en su mente. Beatrice le había lanzado una mirada socarrona, disfrutando de su reacción antes de agregar:

—Nunca pensé que te convertirías en ese tipo de hombre, Alex. Ya sabes, en alguien a quien... —su sonrisa se ensanchó, maliciosa— le ponen los cuernos.

Ahora, en la soledad de la biblioteca, esas palabras seguían resonando en su mente. Alex tomó un trago largo de su copa, el brandy quemándole la garganta, pero no lo suficiente como para disipar el nudo de incertidumbre que se había formado en su estómago. Quería confiar en Lottie, quería creer que todo lo que habían compartido recientemente era real, pero la sombra de la duda se cernía sobre él. ¿Y si había algo de verdad en esos rumores? ¿Y si Lottie estaba buscando fuera lo que él no había podido darle?

La puerta de la biblioteca se abrió suavemente, y Amelia entró en la habitación, notando de inmediato la tensión en su hermano.

—Alex, ¿todo está bien? —preguntó, acercándose cautelosamente.

Alex no respondió de inmediato. Se quedó mirando el fuego durante unos segundos más antes de finalmente hablar, su tono cargado de frustración.

—Beatrice Fairfax me ha dicho algo esta tarde... —murmuró, sus palabras arrastrándose con esfuerzo—. Algo sobre Lottie y Charles Wentworth.

Amelia arqueó una ceja, claramente escéptica. Conocía el carácter intrigante de Beatrice, y aunque no era cercana a Lottie, había observado la forma en que su cuñada miraba a Alex, y eso era suficiente para desconfiar de cualquier rumor malintencionado.

— ¿Qué exactamente te ha dicho esa víbora? —preguntó Amelia, manteniendo la calma.

Alex apretó la mandíbula, cerrando la mano en un puño alrededor de su copa.

—Insinuó que Lottie busca la atención de Wentworth cada vez que sale para sus reuniones de caridad. Dijo que... la gente está empezando a hablar, que... nuestro matrimonio está... fallando.

Amelia suspiró y se acercó más a su hermano, sentándose junto a él. Sabía que Alex podía ser terco y orgulloso, y que una insinuación de infidelidad, aunque falsa, podía hacer que su inseguridad se desbordara.

—Alex —comenzó, su tono firme pero gentil—, sé que quieres proteger lo que tienes con Lottie, pero ¿realmente vas a dejar que las palabras de una mujer como Beatrice siembren dudas en ti? Tú la conoces mejor que nadie. Sabes por qué hace esto.

Alex miró a su hermana, su rostro todavía oscuro por la frustración.

—Y si tiene razón, Amelia. Si Lottie realmente está buscando algo más... algo que yo no le estoy dando. Hemos tenido momentos... pero eso no significa que...

—No seas estúpido —lo interrumpió Amelia, su paciencia comenzando a agotarse—. Sé lo que vi. He visto cómo Lottie te mira, cómo actúa contigo. Te ama, Alex. Eres el único que parece ser ciego a ello.

Alex cerró los ojos por un momento, intentando procesar lo que Amelia decía. Quería creerle, realmente lo quería, pero había algo en esas palabras de Beatrice que seguía hiriéndolo, tocando su miedo más profundo: no ser suficiente.

— ¿Por qué, entonces, parece que ella está siempre lejos? —preguntó Alex, abriendo finalmente sus ojos—. Si me ama, ¿por qué tiene que pasar tanto tiempo en esas malditas reuniones, rodeada de hombres como Wentworth?

Amelia se cruzó de brazos, frunciendo el ceño.

— ¿Acaso estás escuchando lo que estás diciendo? —preguntó, su voz firme—. ¿De verdad crees que Lottie está haciendo esto para buscar la atención de otro hombre? Si es así, eres un completo imbécil. Las reuniones de caridad son lo único que le da un sentido de independencia. No es una muñeca para que la guardes en una vitrina.

Alex apretó los dientes, mirando hacia el fuego como si esperara encontrar respuestas entre las llamas.

—Si sigues tratándola como si no fuera importante, como si no confiaras en ella —continuó Amelia, su tono más suave pero aún directo—, entonces tal vez sí busque algo en otra persona. Pero no porque quiera. Sino porque tú la empujaste a ello.

Alex la miró, sus ojos oscuros y llenos de lucha interna.

— ¿Qué debo hacer entonces? —preguntó, casi en un susurro.

Amelia dejó escapar un suspiro, aliviada de que su hermano finalmente comenzara a escucharla.

—Habla con ella, Alex. Deja de actuar como si fueras el único en este matrimonio que tiene miedo de perder algo. Lottie es fuerte, pero también tiene un corazón, y si sigues mostrándole solo indiferencia y control, tal vez lo rompas.

El silencio cayó entre ellos mientras Alex procesaba las palabras de su hermana. Sabía que Amelia tenía razón, pero la herida que las palabras de Beatrice habían dejado seguía latente, todavía haciéndolo dudar. Sin embargo, sabía que tenía que enfrentarlo, que no podía permitir que esos rumores destruyeran lo que apenas estaban comenzando a construir juntos.

Finalmente, asintió lentamente, sus ojos aún fijos en el fuego.

—Tienes razón, Amelia —murmuró—. Tengo que hablar con ella.

LA OFICINA PRIVADA de Alex era un espacio solemne, donde la madera oscura y los estantes cargados de libros creaban un ambiente pesado, cargado de silencios que se rompían solo por el crujido de las lámparas de aceite. Las llamas titilantes arrojaban sombras sobre el rostro de Alex, endurecido por la noticia que acababa de recibir. Sentado detrás de su escritorio, miraba fijamente los papeles que Henry había colocado frente a él.

—No puede ser... —murmuró, su voz apenas audible.

Henry, quien había estado de pie junto a la puerta durante unos momentos tensos, se acercó despacio. Sabía que lo que acababa de revelar a su amigo era devastador. Lord George Ashford, el primo en quien Alex había confiado durante años, resultaba ser el traidor detrás de los intentos de arruinar financieramente al ducado.

—Lo siento, Alex —dijo Henry con voz baja, colocando una mano en el hombro de su amigo—. Pero los documentos no mienten. He rastreado todos los movimientos de dinero sospechoso y todo llevaba de una forma u otra a George. Él ha estado manipulando a tus socios, utilizando información privilegiada para su propio beneficio. Está claro que su objetivo ha sido despojarte poco a poco.

— ¿Pero cómo diablos, no vi esto? ¿Y cómo no lo vio mi abogado, Clarence?

Henry bajó la cabeza—tu abogado lo sabía, amigo mío. Pero él estaba de manos atadas porque el maldito de George deshonró a su hija y lo chantajeó para que no dijera nada de las inconsistencias que viera, o su hija pagaría as consecuencias, cuando él enlodara su nombre.

Alex cerró los ojos, luchando contra la sensación de traición que se apoderaba de él. Era como si una parte de su vida, una en la que había confiado ciegamente, se desmoronara en cuestión de segundos. George no solo era un familiar; había sido un confidente, un amigo, alguien en quien podía apoyarse. Pero ahora, esa confianza se había convertido en veneno.

— ¿Cómo he sido tan ciego? —murmuró Alex, abriendo los ojos y fijándolos en las llamas de la lámpara de aceite—. Lo tenía tan cerca y no vi lo que hacía.

Henry se sentó frente a él, notando la oscuridad creciente en la mirada de su amigo. Sabía que Alex tenía una inclinación hacia el control y que esto solo lo empujaría más hacia su naturaleza posesiva, especialmente cuando se trataba de Lottie.

—Esto no es tu culpa —insistió Henry—. George ha sido astuto, pero ya no puede ocultarse. Sabemos lo que ha hecho, y debemos actuar.

Pero Alex apenas escuchaba a Henry. Su mente ya estaba en otra parte, y aunque no quería admitirlo, las palabras de Beatrice sobre Lottie seguían rondando en su cabeza, incluso ahora. Si alguien tan cercano como George podía traicionarlo, ¿qué evitaba que Lottie hiciera lo mismo? El miedo y la desconfianza comenzaban a nublar su juicio.

— ¿Y si ya lo está haciendo? —murmuró para sí mismo, pero lo suficientemente alto para que Henry lo escuchara.

— ¿De qué hablas? —preguntó Henry, frunciendo el ceño.

Alex levantó la mirada, sus ojos oscuros y llenos de una nueva sospecha.

—Si George me ha traicionado... ¿cómo puedo estar seguro de que Lottie no lo hará? —dijo con voz ronca—. Ya hay rumores... sobre ella y Wentworth.

Henry se quedó en silencio por un momento, perplejo ante el giro de los pensamientos de Alex— ¿Lottie? ¿Te refieres a esos estúpidos chismes? —Henry agitó la cabeza con incredulidad—. Vamos, Alex, no puedes poner en la misma balanza a George y a tu esposa. Lottie no tiene nada que ver con esto.

Pero Alex se levantó de su asiento abruptamente, su cuerpo tenso y su expresión endurecida.

— ¿Cómo puedo saberlo, Henry? Si George pudo engañarme, cualquiera puede. Y Lottie... —hizo una pausa, intentando contener su frustración—, ella ha sido distante. Siempre tiene algo que hacer fuera de la casa, y esos malditos rumores...

Henry lo miró, comprendiendo que las inseguridades de Alex se estaban apoderando de su razonamiento. Sabía que, en su estado actual, Alex estaba proyectando sus miedos en la única persona que probablemente aún lo amaba de verdad.

—No hagas esto, Alex —advirtió Henry—. No dejes que la traición de George te ciegue hasta el punto de dudar de Lottie. Ella te ama, eso es evidente. Y si no lo ves, te arriesgas a perderla de verdad.

Alex guardó silencio, mirando hacia la ventana que daba al jardín. Sabía, en el fondo, que Henry tenía razón, pero el veneno de la traición ya había sido inyectado en su mente. No podía evitar sentir que su mundo estaba al borde de desmoronarse, y que la única forma de mantener el control era sujetar todo más fuerte, incluyendo a Lottie.

Al día siguiente, mientras Lottie se preparaba en su habitación, Nelly, su doncella, entró con un aire nervioso. Se acercó a su señora con cierta vacilación, claramente incómoda con lo que iba a decir.

—Milady... —empezó Nelly, susurrando como si alguien más pudiera escuchar—. Hay algo que creo que debería saber. No me gusta meterme en chismes, pero los sirvientes han estado hablando.

Lottie levantó la vista del espejo, intrigada pero también preocupada.

— ¿Qué pasa, Nelly? —preguntó, dándose la vuelta para enfrentarla.

Nelly dudó, pero finalmente continuó.

—Los sirvientes han estado hablando de que... el señor no parece estar muy contento últimamente. Escuché a algunos decir que ha estado molesto por ciertos rumores que vienen desde Londres, sobre usted y... el señor Wentworth. Dicen que él ha escuchado cosas que lo han alterado.

Lottie sintió un escalofrío recorrerle la espalda. Los rumores de Beatrice habían llegado a los sirvientes, y ahora, aparentemente, también a Alex. Nelly bajó la voz aún más, como si temiera que alguien las escuchara.

—Y he notado que el señor se ha vuelto más... distante y, a la vez, más posesivo. Algunos dicen que está enfadado, pero no sé por qué. Solo pensé que debería advertirle, milady.

Lottie se quedó en silencio por un momento, procesando lo que su doncella le había revelado. Sabía que algo no estaba bien con Alex, pero no había anticipado que esos malditos rumores hubieran llegado tan lejos. Si Alex creía esas mentiras... la tensión entre ellos podría volverse insoportable.

—Gracias, Nelly —dijo finalmente Lottie, intentando mantener la calma—. Puedes retirarte por ahora.

Cuando Nelly salió de la habitación, Lottie se levantó y se dirigió hacia la ventana, mirando el paisaje de la propiedad. Su corazón latía rápido, y sus pensamientos estaban llenos de preocupación. Sabía que debía hablar con Alex pronto, pero la creciente posesividad de él la hacía temer lo peor.

El comedor principal estaba iluminado solo por la luz tenue de los candelabros, proyectando sombras largas sobre la mesa de caoba pulida. La cena se había vuelto un ritual frío entre Alex y Lottie, un escenario donde las palabras eran pocas y el aire estaba cargado de tensión. El sonido de los cubiertos chocando contra los platos era lo único que rompía el incómodo silencio.

Lottie, sintiendo la creciente distancia entre ellos, miró de reojo a Alex, cuya mirada estaba fija en su plato, claramente inmerso en sus propios pensamientos oscuros. Sabía que algo lo estaba consumiendo, y aunque ya habían pasado días desde que había descubierto la traición de George, él seguía negándose a hablar abiertamente con ella. Su paciencia estaba agotándose.

—Alex —dijo finalmente, con una calma calculada—. Quiero ayudarte. Sé que estás pasando por algo grave, y si me lo permites, puedo apoyarte con este asunto de George.

Alex levantó la vista lentamente, sus ojos oscuros y fríos como una tormenta. Había una dureza en su expresión que Lottie no reconocía. A lo largo de los últimos días, esa barrera invisible que siempre había sido su refugio había crecido más impenetrable que nunca.

—No necesito tu ayuda, Lottie —respondió él, con una frialdad que cortó el aire entre ellos.

Lottie frunció el ceño, irritada por el rechazo constante. Pero esta vez, sintió que algo más estaba mal. La forma en que lo dijo no era solo un intento de protegerla, como lo había hecho antes, sino un indicio de algo mucho más oscuro.

— ¿Por qué siempre me apartas? —insistió ella, su voz temblando ligeramente de frustración—. Esto no es solo tu problema, Alex. George está tratando de destruir lo que es tuyo, lo que es nuestro. Si hay algo que pueda hacer...

Alex la interrumpió abruptamente, golpeando la mesa con su mano. El estruendo resonó en la habitación, haciendo eco en el silencio.

— ¡He aprendido mi lección! —exclamó con un tono lleno de amargura—. Ya sé que no puedo confiar en nadie, y eso te incluye a ti.

El corazón de Lottie se detuvo por un momento. Su mirada se endureció mientras lo observaba. Había algo más en sus palabras, algo que iba más allá de la traición de su primo.

— ¿Qué estás tratando de decir, Alex? —preguntó, intentando mantener la calma.

Alex la miró directamente a los ojos, su expresión severa y cargada de una rabia contenida.

—Sé bien que te estás revolcando con Charles Wentworth.

El tenedor de Lottie cayó al suelo con un sonido metálico que pareció resonar en toda la estancia. Sus ojos se abrieron de par en par por el shock, incapaz de procesar por completo lo que acababa de escuchar.

— ¿Qué... qué dijiste? —murmuró, su voz rota por la incredulidad.

Alex permaneció firme, su rostro endurecido por la ira y la inseguridad. No podía detenerse ahora que había comenzado. La traición de George lo había dejado ciego al razonamiento, y las palabras venenosas de Beatrice Fairfax habían avivado sus peores miedos.

—Lo que oíste. —Su voz era baja pero intensa, como si cada palabra le quemara la garganta—. Has estado viéndote con él en esas reuniones de caridad, buscando su atención como si fuera mejor que yo.

Lottie se levantó de su silla bruscamente, su cuerpo temblando de furia e incredulidad. No podía creer que Alex, su esposo, pudiera creer algo tan vil sobre ella. Intentó hablar, pero las palabras se atascaban en su garganta. Lo único que podía hacer era mirarlo con una mezcla de dolor y desprecio.

—No puedo creer que me estés diciendo esto —dijo finalmente, su voz firme pero temblorosa—. No tienes idea de lo que estás diciendo, Alex. ¡Y si! Ese hombre ha hecho de todo para tener mi atención pero a pesar de cómo me has tratado y cómo me humillas, jamás te falté.

Ella dio media vuelta para irse, incapaz de soportar un segundo más en esa habitación, cuando la voz de Alex la detuvo.

— ¡No te vayas! —gritó él, su tono lleno de una desesperación que parecía más dirigida a sí mismo que a ella—. ¡Te quedarás aquí y escucharás lo que tengo que decir!

Lottie lo ignoró y siguió avanzando, con el corazón roto y la mente hecha un caos. Pero justo cuando alcanzaba la puerta, sintió una mano fuerte tomar su brazo, apretando con tal fuerza que le dolió.

— ¡No te atrevas a irte! —gruñó Alex, sus ojos encendidos por una furia irracional.

Lottie se giró rápidamente y, sin pensarlo, le dio una bofetada con fuerza. El sonido resonó en la habitación, dejando un silencio mortal entre ellos. Alex soltó su agarre inmediatamente, sorprendido tanto por el golpe como por la realidad de lo que estaba haciendo.

Se quedó allí, aturdido, con la mano sobre la mejilla, mientras Lottie lo miraba con una mezcla de ira y tristeza.

—No vuelvas a tocarme de esa manera —le dijo con voz gélida—. No soy tu enemiga, Alex. Pero si sigues tratándome así, te aseguro que pronto te quedarás sin nadie a tu lado.

Ella salió de la habitación rápidamente, dejando a Alex solo, atrapado en su propia confusión y rabia. Mientras se quedaba inmóvil en medio del comedor, el eco de la bofetada y de sus propias acciones resonaba en su mente. La culpa comenzó a infiltrarse en su corazón, pero el orgullo y la desconfianza seguían firmemente plantados.

Y ahora, con la casa sumida en un silencio absoluto, Alex comprendió que había cruzado una línea peligrosa, una línea que podría costarle todo lo que realmente le importaba.

Capítulo 17

El despacho de Alex estaba sumido en una penumbra silenciosa, iluminado solo por el resplandor tenue de la lámpara de aceite sobre su escritorio. Las sombras danzaban en las paredes, mientras Alex permanecía sentado en su sillón de cuero, con el ceño fruncido y una copa de whisky en la mano. La tormenta que había estado azotando los alrededores parecía reflejar la tempestad interna que lo consumía.

Henry Lancaster, su viejo amigo, se encontraba frente a él, con una expresión mezcla de preocupación y paciencia. Alex había guardado silencio durante varios minutos, pero finalmente, sin levantar la vista de la copa, soltó:

—No sé qué me pasa, Henry. La sola idea de pensar que Lottie... que ella pudiera estar en brazos de otro hombre, me hace enloquecer.

Henry lo observó con detenimiento. Sabía que había mucho más detrás de esas palabras que solo celos infundados. El peso de la traición de su primo George, las tensiones financieras, las demandas, todo había comenzado a desmoronar el control de Alex sobre su vida. Pero el hecho de que ese control se extendiera también hacia su matrimonio era lo que lo preocupaba más.

—Beatrice Fairfax —murmuró Alex, con amargura—. Ella fue quien me llenó la cabeza con esas ideas. Insinuó que Lottie y Wentworth... que ella lo busca cada vez que sale de la casa. Que tal vez nuestro matrimonio ya se acabó.

Henry tomó un sorbo de su propio whisky antes de responder. Sabía que tenía que manejar esto con cuidado.

—Tienes que considerar de quién vienen esas palabras, Alex. ¿De verdad confías en Beatrice? —Henry lo miró a los ojos, intentando que su amigo viera la lógica—. Es una mujer herida, y todos sabemos lo que el despecho puede hacerle a una persona. Está atrapada en un matrimonio infeliz, y probablemente su única intención era hacer tambalear el tuyo. No porque sepa algo, sino porque le duele que otros tengan lo que ella nunca tendrá.

Alex apretó los labios, como si las palabras de Henry intentaran abrirse paso a través de la niebla de celos que lo envolvía.

—Lo sé, pero no puedo evitarlo. —Alex golpeó la mesa con la palma de la mano, frustrado—. ¿Qué clase de hombre soy si no puedo confiar ni en mi propia esposa?

Henry se inclinó hacia adelante, manteniendo su voz firme pero comprensiva.

—El tipo de hombre que está al borde de perderla, si sigues así. —Hizo una pausa, dejando que esas palabras se asentaran—. Sabes tan bien como yo que este matrimonio, que comenzó como un contrato, ha cambiado. Se ha vuelto real, Alex. Ambos están enamorados, pero ninguno quiere ceder. Y esa terquedad puede costarte lo que más valoras.

Alex no dijo nada, pero su mandíbula estaba tensada, y sus ojos, oscuros por el cansancio y la rabia contenida.

—Lottie no es como las demás mujeres de la sociedad —continuó Henry—. Ella ama su libertad, su independencia. Si sigues apartándola y tratándola con indiferencia, o peor aún, celando sin motivos, la perderás. A una mujer como Lottie solo la ganarás con paciencia, amabilidad y detalles. Déjala entrar en tu vida, comparte momentos con ella. No puedes esperar que esté a tu lado si tú mismo la mantienes a distancia.

Alex dejó caer su cabeza entre sus manos, sintiendo la pesadez de las decisiones que tenía que tomar. Sabía que Henry tenía razón, pero aún no estaba listo para enfrentar la posibilidad de que él mismo fuera el principal obstáculo en su matrimonio.

————— ❧ —————

EN EL ALA ESTE DE LA mansión, Lottie se encontraba en su habitación, intentando en vano concentrarse en los papeles que tenía frente a ella. La discusión con Alex de la noche anterior todavía resonaba en su mente, y el dolor en su brazo, aunque menor, le recordaba la intensidad del momento. De repente, la puerta se abrió suavemente y Amelia, su cuñada, entró con pasos decididos.

—Lottie, ¿podemos hablar? —preguntó Amelia, aunque su tono denotaba que no se trataba de una simple solicitud.

Lottie levantó la mirada y, al ver la expresión preocupada de Amelia, dejó los papeles a un lado. Sabía que no podría evitar la conversación, así que asintió y le indicó que tomara asiento.

— ¿Qué ha sucedido? —preguntó Amelia directamente, sus ojos buscando alguna señal en Lottie que pudiera darle una pista.

Lottie suspiró, levantando ligeramente la manga de su vestido para revelar el moretón que Alex le había dejado en el brazo. Amelia se quedó sin palabras por un momento, antes de sentarse más cerca, observando la marca de una mano grande en el brazo de su cuñada, que miró con el ceño fruncido.

— ¿Alex te hizo esto? —preguntó con suavidad, pero su tono era firme.

Lottie asintió, sus ojos brillando con una mezcla de tristeza y rabia contenida.

—Anoche discutimos. —Lottie intentaba mantener la calma—. Dijo cosas horribles, cosas que no puedo ni repetir. Me acusó de... de estar con otro hombre, con Wentworth. Fue como si toda la furia que sentía se desbordara en ese momento, y antes de darme cuenta, me había agarrado el brazo con tanta fuerza que me hizo daño.

Amelia tomó un respiro profundo, sintiendo una mezcla de tristeza y preocupación por su hermano.

—Lamento no haber estado allí, Lottie. Alex... no está manejando bien todo lo que ha pasado con George. La traición, las demandas, los rumores... lo han dejado en un estado en el que no puede confiar en nadie, ni siquiera en ti. Pero eso no justifica lo que hizo. Voy a hablar con él, esto no puede continuar así.

Lottie, aunque agradecida por el apoyo de Amelia, sintió que había algo más que necesitaba saber.

— ¿Qué sucede con Alex? —preguntó, su voz llena de curiosidad y preocupación—. Siento que hay algo que no me ha dicho.

Amelia vaciló por un momento, pero sabía que Lottie tenía derecho a saber la verdad.

—George no solo lo traicionó. Se llevó una gran cantidad de dinero y dejó a Alex con todos los problemas. Ahora hay personas demandándolo, y la reputación de Alex está por los suelos. Lo acusan de ser un hombre deshonesto, y esos rumores han crecido gracias a George. Y ahora se acababa de enterar de que su abogado de confianza, que ha estado en nuestra familia por años, lo ha traicionado también.

Lottie se quedó sin palabras, impactada por la gravedad de la situación. No había tenido idea de que las cosas estuvieran tan mal. En ese momento, supo que, a pesar del dolor que sentía por las palabras de Alex, tenía que estar a su lado y apoyarlo, demostrarle que podían superar esto juntos.

—No sabía que todo estaba tan mal —murmuró, más para sí misma que para Amelia.

Amelia le dio un apretón de manos, con una sonrisa reconfortante.

—Es un momento difícil para todos, pero confío en que, si logras que Alex confíe en ti, ambos podrán superar esto. Solo no pierdas la esperanza.

Lottie asintió, con una nueva determinación ardiendo en su pecho. No dejaría que los miedos de Alex ni los obstáculos creados por otros destruyeran lo que estaban construyendo juntos.

***

LA LUNA APENAS SE ASOMABA entre las nubes oscuras que cubrían el cielo, proyectando una luz plateada sobre los vastos jardines de la mansión Cavendish. El viento frío soplaba entre los árboles, susurrando secretos antiguos mientras las sombras danzaban entre los arbustos y los setos perfectamente cuidados. Lottie estaba en los jardines, disfrutando de un momento de tranquilidad bajo el cielo nocturno, cuando una extraña sensación recorrió su espalda, como si alguien o algo la estuviera observando.

Alex la había estado observando desde una distancia prudente. Había pasado días tratando de reconciliarse con sus propias emociones, atormentado por su propio comportamiento reciente. Su mirada, sombría y atormentada, no dejaba de fijarse en ella. Sabía que había cometido errores, pero Lottie era todo para él ahora, y haría lo que fuera necesario para protegerla.

De repente, un ruido inusual rompió el silencio de la noche. Los arbustos crujieron, y en un abrir y cerrar de ojos, varios hombres emergieron de las sombras, armados con cuchillos y garrotes. Alex, sintiendo el peligro inminente, no dudó ni un segundo. Corrió hacia Lottie, colocándose entre ella y los intrusos, con el cuerpo tenso como el de un león protegiendo su territorio.

— ¡Lottie, quédate atrás! —ordenó con voz firme, sus ojos ardiendo con una mezcla de determinación y miedo. El terror de perderla lo empujaba a una ferocidad que ni él mismo sabía que tenía.

Lottie, atónita, dio un paso atrás, su corazón martilleando en su pecho. No había tiempo para procesar lo que estaba sucediendo; solo veía el peligro acercándose rápidamente hacia ellos, mientras los hombres avanzaban con intenciones claras.

— ¡Son hombres de George! —gritó Alex, reconociendo el emblema en los brazaletes que algunos de ellos llevaban. Su primo lo había enviado. Esto no era solo un ataque, sino un mensaje claro: George estaba dispuesto a todo, incluso a derramar sangre en su propio suelo.

Alex se lanzó contra el primer atacante que se abalanzó sobre él. Su fuerza y habilidad, moldeadas por años de enfrentamientos físicos en su juventud, resurgieron con una furia renovada. Derribó al primer hombre con un golpe directo al rostro, seguido de un giro rápido que lo dejó inconsciente. El segundo atacante, más ágil, lo enfrentó con un cuchillo, pero Alex lo esquivó y lo desarmó con un movimiento preciso, dejando el arma caer al suelo.

Lottie no podía apartar la mirada. Alex, que normalmente mantenía una fachada distante y controlada, se movía con una fiereza que nunca había visto antes. La desesperación en sus acciones, el modo en que su cuerpo se interponía constantemente entre ella y el peligro, le revelaba algo nuevo: él estaba dispuesto a sacrificarlo todo por ella.

Uno de los atacantes, aprovechando un momento de distracción de Alex, se escabulló por detrás y se dirigió hacia Lottie con un cuchillo. El terror la paralizó por un instante, pero antes de que pudiera siquiera gritar, Alex lo vio. En un arranque de pura adrenalina, se lanzó hacia el hombre, bloqueando su ataque con el brazo y recibiendo un corte superficial en la piel, antes de derribarlo con un puñetazo devastador.

— ¡No te atrevas a tocarla! —gruñó Alex, su voz vibrando con rabia.

El jardín se llenó del sonido de la lucha. Pero tras lo que pareció una eternidad, los hombres de George comenzaron a retroceder, malheridos y derrotados. Al ver que no podían con la furia desatada de Alex, optaron por huir hacia la espesura de los árboles, dejando el caos a su paso.

Lottie corrió hacia Alex cuando el último de los atacantes desapareció entre las sombras. Lo encontró de pie, respirando pesadamente, con las manos y la camisa manchadas de sangre, y una profunda herida en su brazo. Su mirada todavía estaba encendida, pero cuando sus ojos se encontraron con los de Lottie, esa fiereza se desvaneció lentamente, dejando espacio para algo más suave, algo vulnerable.

—Alex, estás herido... —dijo Lottie, con la voz temblorosa mientras se acercaba a él, sus manos temblando cuando trató de inspeccionar el corte en su brazo.

—No es nada —respondió él, su voz más baja ahora—. Lo importante es que tú estás bien.

Lottie, con el corazón aun latiendo con fuerza, no pudo evitar sentir una mezcla de emociones encontradas. El hombre que la había herido emocionalmente días antes, ahora había estado dispuesto a arriesgar su vida por ella. Había algo en la forma en que Alex la había protegido, en la ferocidad con la que había luchado por ella, que la hizo ver una nueva faceta de él, una faceta que nunca había visto tan claramente.

—Alex... —susurró ella, todavía con la adrenalina corriendo por sus venas—. Nunca pensé que... harías algo así por mí.

Alex se acercó, su respiración agitada, y colocó suavemente una mano en la mejilla de Lottie, con sus ojos llenos de una sinceridad que hasta entonces había sido rara en él.

—Haría lo que fuera por ti, Lottie. —Su voz era baja, apenas audible, pero cargada de una intensidad que la dejó sin aliento—. Lo que sea.

Lottie, sorprendida por la declaración y por todo lo que había ocurrido, sintió una calidez desconocida en su pecho. A pesar de la confusión y el dolor que su matrimonio había traído, en ese momento entendió que Alex estaba dispuesto a luchar por ella. Tal vez, solo tal vez, había una esperanza de que pudieran superar todo lo que les había separado hasta ahora.

------ ⚬ ------

LOTTIE NECESITABA ESCAPAR de la mansión, aunque solo fuera por unas horas. Ahora estaba más tranquila, pues el médico había ido y después de examinar a su esposo, le había dicho que no pasaba de ser una herida superficial, así que solo le recetó algo de láudano para el dolor si se volvía intenso, cosió la herida, y recetó también algunos cataplasmas para ayudar a cicatrizar la herida y desinfectarla. Luego de eso, él se había quedado dormido. Ella estuvo muy pendiente, el par de días siguientes y ahora que estaba mejor quiso dar un paseo pues La tensión en Cavendish Manor se había vuelto sofocante, con Alex y los recuerdos de las últimas semanas atormentándola. Quería pensar, aclarar su mente, y el aire fresco de la campiña inglesa parecía ser la mejor solución. Así que una tarde, cuando el sol comenzaba a descender suavemente sobre el horizonte, se colocó su capa y decidió caminar hasta Ashbourne, el pequeño pueblo cercano que estaba a solo unas millas de distancia.

Mientras caminaba por los senderos que conectaban la propiedad con el pueblo, sus pensamientos vagaban. El paisaje era típico de la campiña inglesa: extensos campos verdes que se extendían hasta donde alcanzaba la vista, salpicados de pequeños arroyos y setos. Los árboles viejos y robustos bordeaban el camino, proyectando sombras suaves mientras las aves trinaban desde las ramas más altas. Era un entorno tan sereno, y sin embargo, en el fondo, Lottie no podía escapar del tumulto interno que sentía.

Ashbourne no estaba lejos; unos veinte minutos en carruaje desde Cavendish Manor, pero caminando, le tomaría más tiempo, lo cual era justo lo que necesitaba. El sendero que llevaba al pueblo serpenteaba a través de los campos, y a medida que avanzaba, el sonido del murmullo del agua en un arroyo cercano y el crujido de las hojas bajo sus pies le ofrecían una tregua momentánea a sus inquietudes.

El pueblo de Ashbourne era tan pintoresco como recordaba. Era un pequeño asentamiento rural con casas de piedra cubiertas por techos de paja, enmarcadas por jardines llenos de flores silvestres que se balanceaban suavemente con la brisa. Los habitantes del lugar se movían en su rutina diaria, algunos atendiendo sus jardines, otros caminando hacia la iglesia o la pequeña tienda de víveres. Lottie había visitado el mercado en varias ocasiones y, a diferencia de la mayoría de las damas de su rango, siempre se detenía a conversar con los locales, compartiendo breves pero cálidas charlas con las mujeres del pueblo.

Al pasar por la herrería, escuchó el resonar de los martillos, un sonido fuerte pero constante que parecía formar parte del alma del lugar. La posada, un edificio modesto pero acogedor, emanaba el aroma de guisos recién hechos, y frente a la taberna, algunos hombres ya comenzaban a reunirse, intercambiando historias y risas a medida que avanzaba la tarde. Lottie sabía que los habitantes de Ashbourne respetaban la privacidad de Cavendish Manor, pero también había notado sus miradas curiosas cada vez que algún carruaje de la aristocracia pasaba por el camino principal.

Lottie suspiró mientras caminaba por las estrechas calles empedradas del pueblo. La tarde avanzaba, y aunque su paseo le había proporcionado algo de paz, sus pensamientos seguían siendo un remolino de emociones. Alex. A pesar de todo lo que había sucedido, no podía negar que algo profundo la atraía hacia él. La imagen de su esposo luchando por protegerla, la forma en que la había mirado después del ataque, todo seguía presente en su mente. Y mientras más pensaba en ello, más sentía que debía intentarlo. Tal vez aún había una oportunidad de salvar lo que tenían, de convertir su matrimonio ficticio en algo real.

Con una decisión firme en el pecho, comenzó su regreso a Cavendish Manor, el viento frío acariciando su rostro mientras la luz del día se desvanecía lentamente. Mientras caminaba, pensaba en cómo podría acercarse a Alex, cómo podrían ambos superar la barrera de orgullo y desconfianza que habían construido entre ellos.

Esa noche, después de regresar a la mansión, ocurrió algo que cambiaría el curso de todo. La señora Merton, solicitó hablar con Lottie y Lady Amelia en privado. Su rostro mostraba una seriedad poco común.

—Debo contarles algo que he guardado durante muchos años —comenzó la señora Merton, con una voz casi apagada, como si el peso de su secreto la hubiera consumido por dentro—. Es sobre George Ashford.

Lottie frunció el ceño, sintiendo que algo oscuro se avecinaba.

—George no es quien ustedes piensan. Él es... el hijo ilegítimo del padre de Alex —dijo, con el rostro tenso—. Lo supe por el propio padre de Alex, años antes de que falleciera.

El silencio cayó en la habitación, pesado y espeso. Lady Amelia se llevó una mano a la boca, visiblemente conmocionada.

— ¿Qué está diciendo, señora Merton? —preguntó Lottie, apenas procesando la magnitud de lo que acababa de escuchar.

—El padre de del duque dejó una carta —continuó la señora Merton—. Una carta que encontré recientemente entre sus pertenencias. En ella revela la existencia de un fondo secreto, destinado a proteger a la familia en caso de una crisis financiera, algo que puede ser crucial ahora, dadas las circunstancias. Pero la carta también menciona la verdadera identidad de George, y el resentimiento que este siente al descubrir que todo lo que Alex tiene, alguna vez pudo haber sido suyo.

Lottie se quedó inmóvil, asimilando la gravedad de las palabras de la señora Merton. El odio de George hacia Alex no era solo un asunto de dinero o poder; era algo más profundo, algo que venía de un lugar de traición y envidia. La carta podía salvar a la familia, pero también podía destruirla si se revelaba en el juicio.

Lady Amelia, con el rostro pálido, miró a Lottie.

—Esto lo cambia todo —susurró—. George no solo quiere destruir a Alex financieramente. Él... él quiere vengarse, quiere arrebatarle todo lo que alguna vez creyó que le pertenecía.

Lottie sintió una presión en el pecho. Sabía que debía actuar, que debía hacer algo para proteger a Alex, no solo del peligro inminente, sino de las verdades oscuras que ahora salían a la luz. —Tal vez el difunto duque, sabía de lo que George era capaz.

—No lo sé —respondió Amelia— si hay algo que mi padre siempre tuvo, fue esa forma de ser previsiva ante todo lo que tuviera que ver con el futuro de la familia y los negocios. Cuidaba demasiado sus finanzas y las propiedades y se aseguró de que Alex fuera de la misma forma... Pero mi padre jamás confió en nadie lo suficiente como para darle un poder, al contrario de Alex que llevado por su cariño hacia ese hombre, cometió un terrible error.

—Eso solo demuestra que tiene un buen corazón —dijo Lottie sintiendo que debía defenderlo.

Amelia la miró sorprendida y luego sonrió tomándole una mano —lo sé querida, lo conozco bien y no lo culpo en lo absoluto.

Las tres mujeres se quedaron en silencio después asimilando la noticia y pensando que esa revelación lo cambiaba todo, y Lottie, con más determinación que nunca, sabía que debía luchar, tanto por Alex como por su propio lugar en esa familia.

Capítulo 18

La reaparición de George Ashford en la escena pública causó un revuelo inmediato. Después de haber estado ausente por tanto tiempo, su regreso no pasó desapercibido, especialmente cuando decidió hablar frente a la Cámara de los Lores. Vestido con la elegancia de un noble, pero con una sonrisa llena de arrogancia, George se presentó como un hombre inocente, completamente ajeno a las acusaciones que recaían sobre él.

—No tengo nada que ver con todo esto —declaró con voz firme, manteniendo una postura segura—. Si mi primo Alex ha decidido involucrarse en estafas y negocios turbios, lo hizo solo y sin mi participación. Yo, al igual que todos ustedes, me siento indignado por lo que ha sucedido. Es más —añadió, mirando descaradamente a Alex, quien se encontraba en la sala—, hace poco me comentó que estaba a punto de cerrar un negocio que lo haría mucho más rico de lo que ya era. No me dio detalles en ese momento, pero parece que ahora todos estamos descubriendo en qué clase de tratos estaba metido.

La tensión en la Cámara de los Lores era palpable. Los murmullos se esparcieron entre los miembros allí presentes, muchos de los cuales parecían respaldar las palabras de George. Con el apoyo de gran parte de los nobles, George se sintió envalentonado. Sus ojos brillaban con codicia, mientras dirigía una mirada cargada de desprecio hacia Alex, quien se mantenía estoico, aunque la ira burbujeaba bajo la superficie.

—Es evidente que, si todo esto llega a despojar a Alex de su título —prosiguió George con falsa modestia—, el ducado pasará a su siguiente heredero... es decir, a mí. Un triste destino, pero alguien debe asumir la responsabilidad de restaurar el honor y la buena reputación de nuestra familia.

Alex apretaba los puños, sintiendo la traición ardiendo en su interior. Cada palabra de George era como un veneno destinado a corroer la poca estabilidad que le quedaba. Sabía que su primo había planeado esto, que lo había esperado durante años. La codicia de George no conocía límites; siempre había envidiado la posición y la fortuna de Alex, pero ahora, ese resentimiento se manifestaba en una intención clara: apoderarse del ducado y destruirlo a él en el proceso.

Después de esa audiencia, las interacciones entre George y Alex se volvieron extremadamente tensas. Cada encuentro estaba cargado de enfrentamientos verbales, donde George dejaba entrever su verdadera intención.

—Nunca quisiste este título, Alex —le dijo un día con una sonrisa sarcástica—. No sabes lo que tienes. Siempre fuiste el favorito de todos, mientras yo, el hijo olvidado, me quedé a las sombras. Ahora es mi momento, y te aseguro que, cuando termine, todo lo que tienes será mío.

Alex sintió que la rabia lo consumía, pero no podía caer en las provocaciones de su primo. Sabía que la batalla no se ganaría con palabras, sino con hechos. Y en ese momento, sabía que debía moverse rápido para defender lo que le pertenecía.

Afortunadamente, no estaba solo. Henry Lancaster, su amigo más cercano y confidente, jugó un papel crucial en lo que estaba por venir. Mientras George se pavoneaba, seguro de su victoria, Henry trabajaba incansablemente en descubrir pruebas que demostraran la traición de George. Con una mente aguda y un sentido de la justicia implacable, Henry comenzó a desenterrar documentos, correspondencias y testimonios que vinculaban a George con los negocios turbios que este mismo intentaba atribuir a Alex.

—Encontré algo —le dijo Henry a Alex un día, entrando en su estudio con una expresión seria—. Hay más pruebas de la implicación de George de las que pensábamos. No solo ha estado detrás de algunas de las estafas en las que intentó involucrarte, sino que también ha estado desviando fondos y manipulando contratos para asegurarse de que, cuando llegara el momento, todo lo apuntara a ti. Pero hay algo más, algo que puede ser la clave de todo.

Henry dejó caer un pequeño paquete de papeles sobre la mesa, y Alex los tomó, leyéndolos con rapidez. Con cada palabra, la trama de George se revelaba más claramente. No solo había traicionado a su primo, sino que lo había hecho con un cuidado meticuloso, asegurándose de que, si las cosas salían mal, Alex fuera el único en caer. Pero ahora, con las pruebas en la mano, había una oportunidad de exponerlo públicamente.

—Este es nuestro plan —dijo Henry, con los ojos brillando de determinación—. Lo enfrentaremos en un juicio, pero no serás tú quien se defienda. Lo expondremos. Revelaremos todo lo que ha hecho, no solo ante la Cámara de los Lores, sino ante todos. George cree que tiene el apoyo de los nobles, pero cuando vean quién es realmente, lo perderá todo.

Alex asintió, sintiendo que finalmente había una oportunidad de detener a su primo. La batalla no había terminado, pero al menos ahora, gracias a Henry, tenía las armas necesarias para luchar.

El juicio se acercaba, y mientras la tensión en Cavendish Manor aumentaba, Alex sabía que la traición de George sería su perdición.

———⟨❧⟩———

UNA NOCHE OSCURA Y silenciosa envolvía Ashbourne cuando la señora Merton, con determinación en cada paso, se dirigió a la casa donde George Ashford se alojaba temporalmente. Sabía que el enfrentamiento que estaba a punto de tener sería peligroso, pero la lealtad que sentía hacia Alex y su familia la impulsaba a actuar. Llevaba consigo un secreto que había guardado durante años, y el tiempo había llegado para confrontar a George.

La casa de George estaba bañada en sombras. La servidumbre ya se había retirado para descansar, dejando a George solo en su estudio, revisando documentos bajo la luz de una lámpara de aceite. Estaba profundamente concentrado, pero al oír los pasos firmes de la señora Merton, levantó la mirada con una mezcla de sorpresa y molestia.

— ¿Qué hace usted aquí a estas horas? —preguntó George, con una sonrisa burlona—. ¿Acaso ha venido a ofrecerme algún consejo de los que tanto le gusta repartir?

La señora Merton mantuvo su postura erguida, sus ojos fijos en él, mostrando una calma implacable.

—No vine a aconsejarlo, Lord George. Vine a decirle que sé la verdad —su voz resonó con autoridad—. Sé quién es usted realmente y cuáles son sus verdaderas intenciones.

George dejó de sonreír, la sorpresa genuina cruzando su rostro por un momento antes de que sus facciones volvieran a endurecerse.

— ¿De qué está hablando? —preguntó, fingiendo confusión, aunque sus ojos la analizaban con cautela.

—Usted es el hijo ilegítimo del difunto duque, el medio hermano de Alex —continuó la señora Merton sin rodeos—. Y sé que ha estado planeando apoderarse del ducado por cualquier medio posible, incluyendo desacreditar y destruir a Alex. Pero, permítame decirle algo, Lord George. No permitiré que eso ocurra.

El silencio que siguió a sus palabras fue denso, tenso. George, quien normalmente mantenía una fachada tranquila y arrogante, no pudo evitar que la sorpresa lo traicionara brevemente. Pero rápidamente se recuperó, adoptando una postura defensiva.

—No tiene idea de lo que está diciendo —dijo con un tono ácido—. No sé de qué locura me acusa, pero le sugiero que se retire antes de que diga algo de lo que se arrepienta.

—Sé exactamente de lo que hablo —replicó la señora Merton con una calma mortal—. Encontré una carta del padre de Alex que confirma su verdadera identidad y su plan. Usted ha estado esperando este momento toda su vida, esperando el momento adecuado para arrebatarle lo que cree que es suyo. Pero sepa una cosa: la justicia siempre alcanza a los ambiciosos que creen poder manipular a los demás. Tengo pruebas que lo incriminan, y si intenta algo en contra de Alex o de la familia, las expondré al mundo.

George, dándose cuenta de la gravedad de la situación, se levantó de su asiento y caminó lentamente hacia la señora Merton, sus ojos oscuros llenos de desprecio y rabia contenida.

— ¿Pruebas? —su voz estaba cargada de veneno—. ¿De verdad cree que alguien va a creer las palabras de una vieja sirvienta? Usted no tiene poder aquí, señora Merton. —Hizo una pausa, sonriendo de manera maliciosa—. Pero quizá podríamos llegar a un acuerdo. Digamos que si desaparece de la escena y guarda silencio sobre esto, yo podría ser muy generoso. Le aseguraría una vida cómoda, lejos de todo esto.

La señora Merton no se inmutó ante el intento de soborno.

— ¿Cree que puede comprar mi lealtad, Lord George? —preguntó, con un destello de indignación en sus ojos—. No estoy aquí por dinero ni por poder. Estoy aquí porque Alex y su familia me han confiado todo, y jamás traicionaría esa confianza. No puede intimidarme, y no puede sobornarme.

Al ver que su intento de soborno había fallado, George cambió de táctica. Su expresión se volvió más oscura, su voz más amenazante.

—Tenga cuidado, señora Merton. Las personas que saben demasiado a veces terminan en lugares incómodos. Usted tiene familia, ¿verdad? Tal vez debería pensar en ellos antes de tomar decisiones que podrían ponerlos en peligro.

Pero la señora Merton no retrocedió. Se inclinó levemente hacia él, sus palabras cargadas de convicción.

—He guardado mi evidencia en un lugar seguro. Y si algo me llegara a ocurrir, toda la verdad saldría a la luz, con pruebas irrefutables. Así que le sugiero que piense bien en su próximo movimiento, Lord George, porque podría ser su perdición.

George permaneció en silencio por unos momentos, con una mezcla de frustración y cólera en su rostro. Sabía que estaba acorralado, al menos por ahora. Finalmente, dio un paso atrás, cruzando los brazos, aunque su mirada seguía siendo afilada.

—Usted no me conoce, señora Merton —dijo en voz baja, con un tono amenazante—. Pero lo hará. No será fácil deshacerse de mí.

—Lo conozco mejor de lo que usted cree, Lord George —respondió ella con firmeza—. Y ahora me despido. Pero recuerde esto: cada paso que dé será vigilado, y cada mentira que diga será expuesta.

Sin esperar respuesta, la señora Merton giró sobre sus talones y salió de la casa, dejándolo solo en la oscuridad de su propio complot. Sabía que George era peligroso, pero también sabía que había hecho lo correcto al confrontarlo. La verdad tenía un poder que George no podía controlar, y, aunque el peligro estaba lejos de terminar, la señora Merton estaba dispuesta a luchar para proteger a Alex y a la familia Cavendish.

EL AMBIENTE EN LA ALCOBA principal estaba impregnado de un silencio denso, las cortinas cerradas permitían que solo un tenue rayo de luz se filtrara, envolviendo la habitación en un aire de privacidad e intimidad. Lottie, sentada en una silla junto a la ventana, se encontraba inmersa en sus pensamientos cuando escuchó un leve toque en la puerta.

Era Alex. Habían pasado días sin hablar. Ella seguía dolida, y él había mantenido una distancia que solo incrementaba su incomodidad y culpa. Por un instante, dudó si debía entrar, pero la necesidad de enfrentar lo que había hecho lo empujó a hacerlo. Con un leve suspiro, giró el pomo de la puerta, y al oír la voz suave de Lottie que le decía "pasa", entró lentamente, cerrando la puerta tras de sí.

Cuando sus ojos se encontraron, Lottie frunció el ceño en un gesto de confusión. No estaba segura de qué esperar de su inesperada visita. Alex se quedó unos momentos en silencio, observándola con una mezcla de temor y arrepentimiento. Sus ojos se dirigieron rápidamente a su brazo, donde aún se podían distinguir ligeras marcas, recuerdos amargos de aquella noche en que su frustración había tomado control de su comportamiento.

Su corazón se apretó ante la visión de las marcas en el brazo, y su rostro se llenó de horror. Con voz entrecortada, comenzó a hablar.

—Lottie, no hay palabras que puedan justificar lo que hice —su voz temblaba, cargada de remordimiento—. Lo que sucedió fue inexcusable. Te lastimé, y no hay ninguna razón en el mundo que haga aceptable lo que te hice. —Se acercó un poco más, pero no demasiado—. Perdí el control, me dejé llevar por la rabia, por la frustración... Pero jamás debí pagarlo contigo.

Lottie no dijo nada al principio, simplemente lo miraba, intentando descifrar la mezcla de emociones que luchaban en su interior. A pesar del dolor, había una parte de ella que necesitaba escuchar lo que él tenía que decir.

Alex bajó la mirada, avergonzado, antes de continuar.

—George me ha traicionado de la peor forma posible, y lo que está en juego es mi nombre, mi futuro... todo por lo que he trabajado —admitió, su voz tensa—. Me siento atrapado, como si todo lo que he construido se desmoronara frente a mis ojos, y en mi desesperación... cometí un error que no puedo reparar. Te juro, por mi vida, Lottie, que nunca volveré a hacerte daño. Nunca más.

Alex, que siempre había proyectado una imagen de control y dominio, ahora se mostraba vulnerable, desnudo emocionalmente ante ella. Luchaba por encontrar las palabras adecuadas, palabras que pudieran hacerla entender la guerra interna que estaba librando.

—No confío en nadie —confesó, su voz más suave, casi rota—. He pasado mi vida sin dejar que nadie se acerque demasiado, y... contigo... contigo es diferente. Has sacudido mi mundo de una manera que no sé cómo manejar. —Se frotó las sienes con frustración—. Estoy acostumbrado a controlar todo: mis negocios, mi vida, mis emociones... pero contigo, Lottie, no sé cómo hacerlo.

Lottie observaba cada gesto, cada palabra. Lo veía luchando consigo mismo, tratando de mantener la compostura mientras su vulnerabilidad afloraba. A pesar del dolor, pudo ver que Alex estaba enfrentando sus propios demonios. Y aunque sus heridas seguían frescas, sabía que lo que estaba escuchando era real, era el corazón de Alex, en carne viva, frente a ella.

—Te amo —dijo finalmente, y esas dos palabras resonaron con un peso inusual, como si el mismo acto de pronunciarlas lo hiciera sentir desnudo ante ella—. Pero no sé cómo confiar... no sé cómo permitir que alguien entre en mi vida sin sentir que perderé el control.

Hizo una pausa, su mirada cargada de sinceridad y miedo al mismo tiempo.

—George... —su voz se tensó—. Él era la única persona a la que le di un voto de confianza, alguien que lleva mi propia sangre. Y mira lo que me ha hecho. Me ha traicionado de la manera más vil, me ha arrastrado al borde de la ruina, y ahora... ahora no sé en quién confiar, no sé si puedo confiar. Ni siquiera en mí mismo.

Alex dio un paso hacia Lottie, sus manos temblorosas pero decididas. No quería intimidarla ni imponer su presencia, pero necesitaba que ella supiera lo que sentía.

—Tengo miedo —admitió, con una vulnerabilidad que jamás había mostrado antes—. Miedo de fallar, miedo de perderlo todo. Y ahora, miedo de perderte a ti. Nunca me importó tanto una persona como me importas tú, Lottie. No sé cómo manejarlo, pero quiero aprender. Quiero ser el hombre que mereces.

Lottie, quien había estado en silencio durante todo este tiempo, finalmente dejó escapar un suspiro suave, procesando cada palabra que Alex había dicho. Él había abierto su corazón, con todas sus fallas, miedos y dolor. Y aunque ella seguía herida, sabía que este momento era crucial para ambos.

—Alex —su voz era suave, pero firme—, sé que lo que pasó no fue fácil para ninguno de los dos. Me lastimaste, pero también veo el peso que llevas sobre tus hombros. —Lo miró a los ojos, sosteniendo su mirada—. Lo único que te pido es que sigas siendo honesto conmigo, como lo has sido ahora. No espero que seas perfecto, pero sí espero que podamos aprender a confiar el uno en el otro.

Las palabras de Lottie parecieron aliviar una parte de la angustia de Alex, aunque sabía que aún quedaba mucho por hacer. Pero ese momento, esa conversación, fue el primer paso en un largo camino hacia la reconciliación.

Alex tomó aire profundamente, asintiendo con gratitud.

—Haré lo que sea necesario para ganarme tu confianza, Lottie. No quiero perderte.

Ambos sabían que la curación llevaría tiempo, pero en esa alcoba íntima, entre sombras y confesiones, habían comenzado a desatar los nudos que los ataban al pasado, dando lugar a una nueva oportunidad.

La atmósfera en la alcoba había cambiado sutilmente. Las cortinas seguían cerradas, dejando que la luz tenue acariciara el mobiliario, pero ahora había algo distinto entre ellos. Lottie, que momentos antes había mantenido una cierta distancia emocional, ahora se encontraba más cerca de Alex, sentada a su lado en la cama. La tensión que había dominado la habitación se disipaba lentamente, reemplazada por una quietud cargada de emociones contenidas.

Lottie miraba hacia el suelo, procesando las palabras que Alex acababa de confesarle. Podía sentir la calidez de su presencia junto a ella, un calor que le resultaba reconfortante y perturbador al mismo tiempo. Se había construido tantas barreras para protegerse, tantas excusas para no caer en la trampa del amor, pero ahí estaba, más cerca de él que nunca, con su corazón latiendo más rápido de lo que ella hubiera querido admitir.

Alex no se movió, consciente de que cualquier gesto apresurado podría romper el frágil momento. Solo la observaba de reojo, esperando algún indicio de lo que Lottie podría estar pensando. Su confesión lo había dejado expuesto, pero en ese instante, el control no estaba en sus manos. Había dado todo de sí; ahora, solo quedaba esperar su respuesta.

Lottie tomó aire lentamente y, sin mirarlo directamente, habló con una voz que intentaba mantener su habitual firmeza, aunque traicionada por la emoción que se escondía detrás.

—No esperaba escucharte decir todo eso —empezó, sus palabras cuidadosas—. He estado... dolida, confundida, pero también... —su voz se fue apagando por un momento, buscando las palabras adecuadas—. También sé que no eres solo ese hombre que perdió el control. Eres mucho más.

El silencio que siguió fue denso pero no incómodo. Ambos sabían que estaban a punto de cruzar una frontera emocional, un terreno desconocido que los asustaba tanto como los atraía.

Lottie giró ligeramente su cuerpo hacia él, permitiendo que sus miradas se cruzaran. Sus ojos, habitualmente seguros, ahora estaban llenos de una mezcla de incertidumbre y una ternura que rara vez mostraba.

—Alex, no sé si estoy lista para esto —admitió, su voz más suave—. No porque no me importes. En realidad, es todo lo contrario. —Hizo una pausa, y por primera vez, permitió que su mirada se suavizara aún más—. Creo que... me he estado mintiendo a mí misma. No quería admitirlo, pero me importas más de lo que debería.

Alex, que había mantenido una compostura calmada hasta entonces, sintió cómo sus esperanzas comenzaban a renacer. Se giró hacia ella, buscando cualquier signo de apertura en su expresión, cualquier indicio de que ella también estaba luchando con sus propios sentimientos.

—Lottie... —comenzó a decir, pero ella lo interrumpió, colocando una mano suave sobre la suya.

—Déjame terminar, por favor —dijo con una leve sonrisa, aunque sus ojos revelaban un temor latente—. Lo que siento por ti... es real. Pero he pasado tanto tiempo protegiéndome, construyendo una vida donde no dependo de nadie más que de mí misma, que ahora tengo miedo. Miedo de lo que podría perder si... —hizo una pausa, su voz temblorosa—, si me entrego completamente a esto.

Alex apretó su mano suavemente, sus ojos llenos de comprensión. No intentó presionarla ni buscar respuestas inmediatas. En cambio, dejó que sus gestos hablasen por él, ofreciendo solo la seguridad de que estaría allí, sin importar lo que ella decidiera.

—No tienes que decidir ahora —le susurró, su voz cargada de una ternura que pocas veces mostraba—. No te pido que cambies quién eres ni que renuncies a nada. Solo quiero que sepas que estoy aquí para ti, como sea que necesites que esté.

Lottie sintió cómo su pecho se llenaba de emociones contradictorias. Quería entregarse a esos sentimientos, dejarse llevar por lo que sentía por Alex, pero la parte de ella que valoraba su independencia y su libertad emocional la mantenía cauta. Sin embargo, en ese momento, sentada a su lado, sintió que esas barreras comenzaban a desmoronarse.

—Me estás pidiendo que confíe en ti, y eso es lo que más miedo me da —dijo finalmente, con una honestidad cruda que la sorprendió tanto a ella como a él.

Alex asintió lentamente, entendiendo la magnitud de lo que le estaba pidiendo.

—Lo sé. Pero también sé que podemos hacerlo, juntos. No tienes que hacerlo sola.

Lottie lo miró por un largo momento, y aunque no respondió de inmediato, su silencio ya era una respuesta. Sabía, en lo más profundo de su corazón, que estaba perdidamente enamorada de él, aunque no lo admitiera abiertamente. No estaba lista para decirlo en voz alta, pero el hecho de que estuviera allí, más cerca de él, era suficiente por ahora.

Finalmente, con un gesto suave, se inclinó hacia él, apoyando su cabeza en su hombro, un acto de entrega silenciosa. Alex cerró los ojos por un momento, saboreando la proximidad, sabiendo que, aunque fuera un pequeño paso, era un avance significativo.

Ambos permanecieron en silencio, dejando que el momento hablara por sí mismo. No necesitaban más palabras, no en ese instante. Había mucho que sanar, mucho que construir, pero por ahora, la cercanía era suficiente.

Capítulo 20

Una tarde mientras estaban en la biblioteca, disfrutando de ambiente cálido y tranquilo, Alex, sentado en un amplio sillón de cuero frente a la chimenea apagada, sostenía un libro abierto, pero sus ojos apenas lo leían. Su atención, sin querer, se desviaba hacia Lottie, quien estaba sentada en el otro extremo de la habitación, absorta en su lectura.

Desde que había decidido cambiar la forma en que se relacionaba con ella, Alex había adoptado un enfoque más suave. Sabía que las palabras no podían borrar el daño que había causado, y que no bastaba con disculpas o promesas vacías. Esta vez, había elegido escuchar.

Durante sus últimas conversaciones, en lugar de responder impulsivamente o defenderse, Alex se había obligado a mantenerse en silencio, a dejar que Lottie hablara sin interrupciones. Sentía que su mundo, antes tan controlado y predecible, había cambiado desde que ella llegó a su vida. Y lo entendía ahora: no se trataba de tener el control, sino de cederlo, de permitirle a ella que expresara su dolor y sus miedos sin sentirse silenciada.

Mientras miraba el reflejo de la luz en los rizos de Lottie, recordó las pocas ocasiones en que, en los últimos días, habían tenido esas conversaciones profundas. En cada una, Lottie había hablado más que él, y Alex, aunque incómodo con su propia vulnerabilidad, había hecho algo que no solía hacer: escuchar. En lugar de interrumpirla o intentar justificar sus acciones, simplemente la había dejado hablar.

Ella había compartido con él cómo la relación le había causado dolor, cómo la había hecho sentir pequeña en momentos en que solo quería ser vista, no solo como la esposa de un duque, sino como una persona con sus propias emociones y deseos.

Había sido doloroso para Alex escuchar esas palabras, no porque fueran injustas, sino porque eran ciertas. Por primera vez, se dio cuenta de que siempre había estado intentando arreglarlo todo a su manera, sin considerar cómo sus acciones afectaban a los demás, especialmente a ella.

Ahora, sentado en la tranquilidad de la biblioteca, no buscaba llenar el espacio con palabras vacías. El silencio entre ellos era diferente. No era incómodo, ni tenso. Era un silencio compartido, lleno de pequeñas promesas no dichas.

Alex miró hacia Lottie, quien levantó la vista de su libro, sintiendo su mirada. Se encontraron los ojos por un breve instante, y ella le dedicó una sonrisa suave, pero tímida. Era el tipo de sonrisa que no había visto en mucho tiempo, una que le recordaba el principio, cuando todo parecía más sencillo entre ellos. Le devolvió la sonrisa, un gesto pequeño, pero cargado de significado.

Sabía que no podía apresurar la reconciliación emocional ni física. Eso sería un error, y lo entendía más que nunca. En lugar de intentar forzarla a sentirse cercana a él, había optado por compartir momentos más sutiles, más sencillos. Esa misma tarde, había sugerido que fueran a la biblioteca, no para hablar de sus problemas, sino para estar juntos, en silencio, disfrutando de la compañía mutua sin necesidad de palabras. Sabía que cada pequeño gesto contaba, que la intimidad se construía no solo en momentos de pasión o grandes declaraciones, sino también en estos espacios tranquilos, donde podían redescubrirse a través de la calma compartida.

Después de un rato, Lottie cerró su libro, descansando su cabeza en el respaldo del sillón. Sus ojos vagaban por los estantes llenos de libros antiguos y reliquias familiares. Alex dejó el suyo en la mesa auxiliar junto a él, consciente de que este era uno de esos momentos en los que debía seguir escuchando, incluso en silencio.

—Siempre he amado este lugar —dijo Lottie finalmente, rompiendo el silencio con un tono suave, casi reflexivo—. La biblioteca siempre ha sido mi refugio, incluso antes de que llegara aquí. Los libros me hacían sentir segura. Me hacían sentir como si el mundo fuera más comprensible, más predecible.

Alex asintió, sintiendo el peso de cada palabra que decía.

—Siempre te he visto aquí —dijo él—. Siempre parecía que este era tu lugar especial, tu santuario.

—Lo es —respondió ella—. Pero no es solo por los libros. Es porque aquí... aquí me siento tranquila. No tengo que pensar demasiado en todo lo que ha pasado. Puedo perderme entre las palabras y olvidar, aunque sea por un rato.

Alex no respondió de inmediato. Sabía que no debía apresurarse en llenar el silencio con promesas de que todo estaría bien. En lugar de eso, dejó que el peso de su propia presencia, de su compromiso silencioso, hablara por él.

—He estado pensando mucho en lo que dijiste —dijo finalmente—, sobre cómo te he tratado, sobre lo que no te he dado. —Se detuvo un momento, eligiendo cuidadosamente sus palabras—. No puedo prometer que cambiaré de la noche a la mañana, pero lo que sí puedo prometer es que siempre te escucharé. Te lo debo, Lottie. Y... —hizo una pausa—, quiero entenderte mejor, como no lo hice antes.

Lottie lo miró, sus ojos suaves pero llenos de emociones. No era fácil para ella abrirse de nuevo, no después del dolor que él le había causado, pero había algo en su voz, en la forma en que él se expresaba ahora, que hacía que su corazón comenzara a derretirse, aunque aún lo hiciera con cautela.

—Eso es todo lo que siempre he querido —dijo en voz baja, como si todavía no se atreviera a esperar demasiado—. Que me escucharas, que me entendieras.

—Y lo haré —replicó él—. No te apresuraré, no te pediré que confíes en mí de inmediato. Sé que llevará tiempo. Pero quiero reconstruir esto, lo que sea que teníamos. Y lo haré a tu ritmo.

Un largo silencio siguió. Pero esta vez, no era incómodo. Era un silencio lleno de entendimiento, un espacio donde ambos podían empezar a sanar, aunque fuera poco a poco. Alex había aprendido que la intimidad no siempre tenía que ver con las palabras o los actos grandiosos. A veces, era solo compartir un espacio, escuchar, y dar tiempo al tiempo.

Lottie, sin decir más, se levantó de su sillón y, de manera inesperada, caminó hasta el de Alex. Se detuvo frente a él, y en lugar de decir algo, simplemente se sentó en el reposabrazos, su mano descansando en el hombro de él. No era una gran demostración de afecto, pero para Alex, ese pequeño gesto lo significaba todo.

UNA SUAVE BRISA SOPLABA entre los árboles, haciendo que las hojas susurraran y las flores del jardín se meciesen suavemente. Charlotte estaba en su habitación, de pie frente al espejo, ajustando su sencillo vestido de mañana mientras se preparaba para hablar con su esposo sobre la venida de su amiga Victoria. Habían intercambiado cartas durante semanas, y la idea de tenerla en la casa de campo la llenaba de emoción. Era un cambio refrescante, un respiro de los días llenos de incertidumbre y tensiones que habían marcado su matrimonio con Alex.

Sin embargo, Charlotte no podía evitar sentirse un poco nerviosa. Aunque las cosas con Alex habían mejorado considerablemente, todavía había momentos en los que se sentía insegura sobre sus decisiones en aquella casa. Así que, se armó de valor de valor, y con cierto nerviosismo, se dirigió a su marido que estaba en el despacho. Al llegar allí, lo encontró revisando unos documentos, con su acostumbrada expresión de concentración.

—Alex... —había comenzado Charlotte, un poco vacilante, mientras tocaba suavemente la puerta para llamar su atención.

Él levantó la vista, dejando los papeles a un lado con una mirada inquisitiva, pero cálida.

— ¿Qué sucede, Lottie? —preguntó, su voz suave, como había sido en las últimas semanas, lleno de paciencia y calma. Era diferente al Alex que había conocido al principio, y ese cambio la llenaba de alivio, aunque aún le costaba acostumbrarse.

Charlotte dio un paso adelante, jugando nerviosamente con su argolla de casada que nunca se quitaba.

—Mi amiga, Lady Victoria... —comenzó, casi con timidez—. Bueno, hemos estado escribiéndonos y... ella quiere pasar unos días aquí. Me preguntaba si... sería posible que la invitara a quedarse.

Alex la miró con una mezcla de sorpresa y comprensión. Durante un largo momento, no dijo nada, lo cual hizo que Charlotte se sintiera aún más nerviosa. Entonces, él sonrió, una sonrisa que hizo que sus hombros se relajaran de inmediato.

—Lottie, no necesitas pedirme permiso para eso —dijo con amabilidad, levantándose de su silla y acercándose a ella—. Esta es tu casa tanto como la mía. Solo con decirme lo que planeas, es más que suficiente. Eres la duquesa, tienes derecho a recibir a quien quieras.

El alivio la inundó, y por primera vez en mucho tiempo, una sonrisa genuina se dibujó en su rostro. Las palabras de Alex no solo eran lo que ella necesitaba escuchar, sino que venían con una sinceridad que hacía que Charlotte sintiera que, finalmente, ambos estaban en el mismo camino.

—Gracias, Alex —dijo en voz baja, sin poder ocultar la emoción en su tono.

Él inclinó la cabeza y le sonrió con ternura, como si entendiera perfectamente la importancia de ese pequeño gesto para ella. —¿Y...eso es todo?

—Oh sí, sí. Ahora iré a escribirle una nota y luego me dedicaré a preparar todo para su llegada —le dio una dulce sonrisa —gracias de verdad.

Ambos se miraron en silencio diciéndose muchas cosas sin decirse nada. Cuando el momento se rompió, ella bajó la cabeza sonrojada, y salió de la habitación, dejando a Alex con una sensación muy cálida en su pecho.

El día de la llegada de Lady Victoria fue soleado y claro. Charlotte había pasado la mañana asegurándose de que todo estuviera perfecto: la habitación de huéspedes preparada, flores frescas dispuestas en cada rincón, y un té especial servido para dar la bienvenida a su querida amiga. Cuando finalmente escuchó el sonido de las ruedas del carruaje acercándose a la casa, su corazón dio un vuelco de emoción.

Corrió hacia la entrada justo a tiempo para ver a Victoria bajarse con gracia del carruaje, su vestido color lavanda ondeando al viento. Su rostro iluminado por una sonrisa amplia y sincera.

— ¡Victoria! —exclamó Charlotte mientras se acercaba apresuradamente para abrazar a su amiga.

— ¡Charlotte! —respondió Victoria, abrazándola con fuerza—. ¡Qué alegría verte! ¡Y qué lugar tan maravilloso tienes aquí!

—Me alegra tanto que hayas venido —dijo Charlotte, sus ojos brillando de felicidad—. Estaba deseando que vinieras.

Después de algunos momentos de cálidos saludos y de intercambiar algunas risas, Alex salió de la casa para unirse a ellas, saludando con cortesía a Lady Victoria. Aunque su comportamiento era, como siempre, reservado y educado, Charlotte pudo notar un pequeño cambio en él: no solo le dio la bienvenida con cortesía, sino que también hizo un esfuerzo por mostrar su amabilidad, algo que en el pasado habría sido poco frecuente.

—Lady Victoria, es un placer tenerla en nuestra casa —dijo Alex, inclinando ligeramente la cabeza.

—El placer es mío, Su Gracia —respondió Victoria con una sonrisa. —Este es un hermoso lugar—le dijo mirando a su alrededor.

—Bueno...solo la ha visto por fuera, cuando la vea por dentro, entonces dígame que le parece, porque ha sido mi esposa quien se ha estado encargando de la nueva decoración.

Eso la sorprendió—oh bueno...por supuesto que observaré y le diré mi sincera opinión—dijo ella riendo.

Todos entraron a la casa, mientras los lacayos llevaban baúles a las habitaciones de arriba donde ya Victoria tenía la suya preparada.

Después de una breve conversación, Alex se excusó, dejando a las dos amigas para que pudieran pasar tiempo juntas. Charlotte lo vio alejarse y sintió una punzada de gratitud en su corazón. Las palabras de Alex, días atrás, seguían resonando en su mente. Él estaba haciendo esfuerzos, no solo en privado, sino también en estos pequeños gestos públicos que dejaban claro que la respetaba como su igual. Este cambio en él, esta nueva disposición a compartir las decisiones del hogar y la vida con ella, había sido un bálsamo para sus inseguridades.

Los siguientes días transcurrieron entre risas y conversaciones mientras Charlotte y Victoria disfrutaban de paseos por los jardines, exploraban los alrededores y pasaban largas tardes charlando en el invernadero, el rincón favorito de Charlotte. La casa de campo, tan tranquila y alejada de las formalidades de la vida en Londres, les brindaba el espacio perfecto para reconectar y compartir confidencias.

Una noche, mientras Alex y Henry se sumergían en una conversación en la biblioteca, Charlotte y Victoria se acomodaron en el salón de dibujo, disfrutando de una charla más íntima junto al fuego crepitante.

La luz suave de las lámparas de aceite llenaba el salón de dibujo, proyectando sombras tenues sobre las paredes decoradas con retratos familiares. La atmósfera era acogedora, y el crepitar del fuego en la chimenea ofrecía una calidez especial. Charlotte y Lady Victoria estaban sentadas en cómodos sillones, rodeadas por la elegancia discreta del lugar, disfrutando de una tranquila conversación nocturna. Desde el pasillo se escuchaba el sonido lejano de la biblioteca, donde Alex y Henry discutían algún asunto, dejando a las dos amigas a solas para hablar.

Charlotte, con una copa de vino en la mano, miraba el resplandor del fuego mientras recordaba cómo habían cambiado las cosas en su matrimonio. Victoria, su amiga de toda la vida, la observaba con una sonrisa inquisitiva, consciente de que Charlotte parecía más tranquila que la última vez que hablaron en persona.

Victoria, con su habitual franqueza, lanzó una pregunta que Charlotte había esperado en algún momento—Bueno —comenzó Victoria, rompiendo el silencio—, he estado esperando para preguntarte, Lottie. ¿Cómo van las cosas con tu... —dudó un momento, buscando las palabras adecuadas—, con tu esposo?

Charlotte sonrió ligeramente, mirando a su amiga antes de bajar la vista. Sabía que esa pregunta vendría, después de todo, en sus cartas anteriores no había ocultado su infelicidad inicial. Se acomodó en su sillón, dándose un momento para pensar cómo responder.

—Victoria, debo admitir que al principio... fue difícil. Me sentía atrapada en una situación que parecía no tener salida, como si hubiera firmado una condena al aceptar ese acuerdo. —Suspiró, recordando los primeros meses de su matrimonio—. Hubo momentos en los que pensé que jamás podría llegar a soportar a Alex. Pero algo ha cambiado.

Victoria la miró sorprendida. — ¿Ha cambiado? Cuéntame, ¿cómo es eso?

Charlotte sonrió de nuevo, pero esta vez, su sonrisa era más suave, casi nostálgica. —Sí, mucho ha cambiado. Creo que... ambos lo hemos hecho. Alex... ha estado haciendo un verdadero esfuerzo por mejorar, por ser alguien con quien puedo convivir. Ya no es el hombre frío y distante que conocí al principio. —Bajó la voz un poco, como si confesara un secreto—. Me escucha, Victoria. Me pregunta qué pienso, y no solo sobre cosas triviales, sino sobre decisiones importantes. Me ha pedido mi opinión sobre asuntos familiares, sobre su primo... incluso sobre las finanzas de la casa.

Victoria levantó una ceja, claramente impresionada. —Vaya, eso sí es un cambio. No esperaba escuchar eso del duque ¿Y tú? ¿Cómo te sientes al respecto?

Charlotte hizo una pausa, reflexionando. —Al principio, no sabía cómo reaccionar. Pero... he empezado a creerle. No es fácil para él, lo sé. Pero ha hecho esfuerzos, como dejarme tener a mi amiga aquí sin tener que pedir permiso, como solía pensar que debía hacer. Me dijo que no necesitaba su permiso, que esta casa también es mía, que soy la duquesa, después de todo.

Victoria sonrió, genuinamente feliz por su amiga. —Eso me alegra mucho, Lottie. Sabía que había algo especial en ti, que algún día encontrarías la forma de hacer que un hombre vea tu verdadero valor. Y me parece que Alex lo está empezando a ver.

Charlotte la miró fijamente. —Aún no sé si esto va a funcionar a largo plazo, pero estoy dispuesta a intentarlo. Me doy cuenta de que puedo confiar en él más de lo que creí al principio. Pero hay una parte de mí que sigue temerosa... no quiero perder mi independencia.

Victoria tomó un sorbo de su vino antes de responder. —Entiendo. Siempre has sido una mujer fuerte, y sé que la idea de depender de alguien te asusta. Pero quiero decirte algo, Lottie. No tienes que renunciar a ti misma por amor. Si te enamoras, si encuentras una verdadera conexión con Alex, no significa que pierdas tu libertad. El amor verdadero no es una prisión. Puede ser lo contrario, puede darte alas.

Charlotte se quedó en silencio, procesando las palabras de su amiga. Había temido por tanto tiempo que el matrimonio significara una especie de encarcelamiento emocional, una pérdida de todo lo que la hacía ser quien era. Pero tal vez, solo tal vez, estaba empezando a ver que el amor y la independencia no tenían que estar en conflicto.

—Supongo que el tiempo lo dirá —dijo finalmente, con una sonrisa suave—. Pero es un buen comienzo. Y... estoy empezando a ver que tal vez no todo sea blanco o negro. Tal vez, solo tal vez, pueda ser feliz con él.

Victoria sonrió ampliamente, estirando su mano para apretar la de Charlotte con cariño. —Eso es todo lo que quiero para ti, amiga mía. Que seas feliz, en la forma que tú elijas. Y si Alex es el hombre que puede ofrecerte eso, entonces me alegro por ti.

El sonido de pasos acercándose interrumpió su conversación, y ambas mujeres levantaron la vista justo cuando la puerta del salón se abrió. Era Alex, con una expresión relajada pero inquisitiva.

— ¿Interrumpo? —preguntó con una sonrisa que mostraba más apertura de la que Charlotte jamás hubiera esperado meses atrás.

Charlotte se levantó de su asiento, acercándose a él con una calidez natural que antes no había estado allí. —No, en absoluto. Victoria y yo solo estábamos charlando.

Victoria se levantó también, observando la interacción entre ambos. Era sutil, pero era evidente que algo había cambiado. Charlotte se movía con más confianza, y Alex, por su parte, parecía más atento, menos imponente.

—Bueno, entonces —dijo Victoria, con una sonrisa juguetona—, no quisiera estorbar en su noche. Me retiraré a descansar.

Charlotte y Alex la despidieron, y cuando Victoria salió del salón, Charlotte se volvió hacia su esposo, quien la miraba con una mezcla de curiosidad y afecto.

— ¿Está todo bien? —preguntó él suavemente, y Charlotte asintió.

—Sí, todo está perfecto.

Y en ese momento, mientras se miraban bajo la luz suave del salón de dibujo, Charlotte supo que, aunque todavía quedaba mucho camino por recorrer, ya habían dado los primeros pasos para construir algo más fuerte, más profundo.

Capítulo 21

Victoria, Amelia, Henry y Charlotte salieron con Alex a una feria en el pueblo intentando divertirse un poco y distraerse de todo el problema con George Ashford. Al llegar todos sonreían al escuchar aquel bullicio de la feria en el que llenaba el aire con una mezcla de risas, gritos entusiastas y el aroma de comida callejera. El sonido de los carruajes y los pasos de la multitud se mezclaban con la música de fondo de algunos músicos callejeros, creando una atmósfera vibrante y festiva. Charlotte caminaba al lado de Alex, acompañados de Victoria, Amelia y Henry, quienes disfrutaban del ambiente. El sol de la tarde bañaba todo con una luz cálida y dorada, mientras el grupo se desplazaba entre los puestos de artesanías, juegos y alimentos. Había algunos terratenientes conocidos con sus familias, que saludaron cariñosamente a Charlotte, quien se había ganado poco a poco el cariño de los habitantes del pueblo con sus obras benéficas y su manera de ser, siempre preocupada por los demás.

Para Charlotte, estar en un evento tan animado se sentía refrescante. Los últimos meses habían estado llenos de tensiones, y esta pequeña escapada era exactamente lo que necesitaba para aliviarse de las preocupaciones. Aunque no podía evitar sentir una ligera aprensión al estar rodeada de tantas personas, una parte de ella se relajaba más de lo habitual al estar con Alex, que últimamente se había mostrado más cercano y atento.

El grupo se detuvo frente a un puesto donde ofrecían un juego de tiro con arco. Henry fue el primero en lanzarse al reto, con Amelia animándole mientras él trataba de dar en el blanco. Victoria, siempre animada, se unió a las risas, y pronto todo el grupo se encontró observando la competencia amistosa entre Henry y Alex.

—Vamos, Alex —bromeó Henry, mientras intentaba superar la puntería de su amigo—, sé que puedes hacerlo mejor.

Alex sonrió con calma, pero cuando tomó el arco en sus manos, su mirada se desvió hacia Charlotte, que observaba en silencio desde un lado.

—Quizás Lottie podría enseñarnos a todos cómo se hace —dijo Alex, llamando la atención de todo el grupo y de algunas personas cercanas.

Charlotte, sorprendida por el comentario, levantó la vista y vio cómo Alex la miraba con admiración sincera. No lo decía como un cumplido superficial, sino como una afirmación genuina de su capacidad.

—Vamos, querida, ¿por qué no lo intentas? —añadió, extendiéndole el arco.

Ella lo miró con los ojos entrecerrados, no del todo segura si lo decía en serio. Pero el gesto de Alex fue claro, y la sonrisa alentadora que le dio la hizo sentirse segura. Sin pensarlo demasiado, se acercó, aceptando el desafío. Cuando tomó el arco, sintió las miradas de los demás sobre ella, pero no con expectativa de que fallara, sino con curiosidad y respeto.

—No puedo prometer ser mejor que ustedes —dijo Charlotte con una sonrisa juguetona mientras preparaba una flecha—, pero lo intentaré.

Victoria y Amelia la animaron mientras se concentraba, apuntando cuidadosamente al blanco distante. Después de un momento de ajuste, soltó la flecha, que voló a través del aire y golpeó justo en el borde del centro del blanco. La multitud cercana aplaudió con entusiasmo, y el grupo estalló en risas y vítores.

—Sabía que lo lograrías —dijo Alex, con una sonrisa de orgullo evidente, acercándose para colocar suavemente una mano en su espalda. La forma en que lo decía, y la manera en que la miraba, no solo le comunicaba su aprecio, sino también su respeto por sus habilidades. No la veía como una figura decorativa, sino como alguien con quien se sentía honrado de estar a su lado.

Charlotte, que normalmente hubiera sentido un leve rubor por ser el centro de atención, esta vez se sintió en control. La confianza de Alex en ella parecía haberse contagiado, y se encontró sonriendo con más seguridad de lo habitual.

—Eres una mujer increíblemente talentosa —dijo Alex en voz baja, lo suficiente para que solo ella lo escuchara—. No solo por esto, sino por todo lo que eres. Y estoy muy orgulloso de ti.

Charlotte sintió un calor reconfortante en su interior. Estas palabras, pronunciadas frente a sus amigos y en público, le confirmaban lo que empezaba a entender: Alex realmente la veía como su igual, no solo en privado, sino también ante los demás.

El día continuó con diversas actividades, desde juegos hasta paseos por los coloridos puestos de la feria. Victoria y Amelia, entre risas, se detenían junto a Henry para observar un espectáculo de marionetas que atraía la atención de muchos curiosos. La complicidad entre ellas era evidente, y su alegría contagiosa. Mientras tanto, Alex y Charlotte se habían separado del grupo para explorar la feria a su ritmo.

—Mira esto —dijo Charlotte emocionada mientras se detenía frente a un pequeño puesto que exhibía libros antiguos y manuscritos cuidadosamente apilados. El olor a papel envejecido y cuero les envolvía, transportándolos a otro tiempo.

Alex se detuvo a su lado, observando los volúmenes con interés. Algunos de los libros eran claramente reliquias, con tapas gastadas y bordes dorados que apenas se sostenían. Otros, en cambio, parecían nuevas publicaciones, más accesibles, pero no por ello menos intrigantes. Mientras Charlotte hojeaba un ejemplar con la mirada concentrada, Alex tomó otro, admirando su encuadernación.

—Este parece interesante —comentó Alex, mostrándole un libro con la portada grabada en oro que relataba la historia de una civilización antigua—. Siempre me ha fascinado cómo la historia se repite en ciclos.

Charlotte sonrió al ver su entusiasmo por el tema. Desde que habían comenzado a pasar más tiempo juntos, había aprendido a apreciar esos pequeños detalles de él, como su interés por el conocimiento y su habilidad para hablar sobre casi cualquier cosa con naturalidad.

—Este tiene una colección de plantas medicinales que usaban en el sur de Francia —dijo ella, mostrando su propio hallazgo—. Creo que podríamos adaptarlas para nuestras recetas.

Alex asintió, le gustaba su forma de ver utilidad en cosas que muchos otros habrían pasado por alto. Tomó ambos libros y se acercó al vendedor, sacando un par de monedas de su bolsillo para completar la compra.

—Aquí tienes —dijo Alex al hombre, quien le agradeció con una reverencia antes de entregarle los libros envueltos cuidadosamente.

—No tenías que comprarlos —dijo Charlotte con una sonrisa tímida mientras él volvía a su lado.

—Lo sé, pero quería hacerlo —respondió Alex, sus ojos brillando con una ternura que la desconcertaba y la emocionaba al mismo tiempo—. No es solo por los libros, es por todo. Me gusta verte feliz, y sé cuánto disfrutas aprender sobre estas cosas.

Charlotte sintió un nudo en la garganta ante sus palabras, y por un momento, el bullicio de la feria pareció desvanecerse, dejándolos a los dos solos, envueltos en una burbuja de intimidad inesperada.

—Gracias, Alex —murmuró, sintiéndose más conectada con él que nunca.

Alex, que siempre había sido más reservado en sus muestras de afecto, no solo la miraba con admiración, sino que también mostraba su aprecio por ella abiertamente frente a los demás.

— ¿Recuerdas cuando te dije que no necesitabas pedirme permiso para invitar a Victoria? —preguntó Alex mientras hojeaban los libros.

Charlotte asintió, recordando aquel momento en que le había permitido tomar decisiones sin sentirse limitada por las normas del matrimonio.

—Tú eres mi compañera en todo esto, Lottie. No se trata solo de mí. —La forma en que lo decía, con una sinceridad calmada, pero firme, le hacía sentir que, por primera vez en su vida, un hombre realmente veía su valor completo, no solo como esposa o duquesa, sino como una persona independiente.

Caminando juntos, llegaron a un pequeño puesto de flores. El aire estaba impregnado del aroma a lavanda y rosas, y los colores vibrantes de los ramos llamaron la atención de Charlotte de inmediato. Sin pensarlo mucho, Alex se inclinó hacia la florista y le indicó que le diera un ramo de las flores favoritas de Charlotte.

— ¿Te gustan? —preguntó Alex, ofreciéndole el ramo con una sonrisa suave.

—Me encantan —respondió Charlotte, sus ojos brillando con gratitud. Sostuvo el ramo con cuidado, sintiendo cómo su corazón latía un poco más rápido—. Son preciosas.

Mientras continuaban su paseo, se encontraron casualmente con el clérigo local, el señor Hustle, y su esposa, quien estaba visiblemente embarazada. El rostro del clérigo se iluminó al verlos, y se acercó con pasos tranquilos, manteniendo una mano protectora en la espalda de su esposa.

— ¡Su Gracia, Excelencia! —saludó el clérigo con una cálida sonrisa—. Qué alegría verles aquí.

—Señor Hustle, señora Hustle —saludó Charlotte, devolviendo la sonrisa—. ¡Qué alegría verlos a los dos!

El clérigo y su esposa parecían rebosar de felicidad. Era evidente el amor que compartían, y la delicada manera en que él la cuidaba no pasó desapercibida para Charlotte, quien observó cómo la mano del clérigo permanecía siempre en contacto con su esposa, como si fuera un ancla que la mantenía segura.

—Esperamos con ansias la llegada de nuestro primer hijo —dijo la señora Hustle, sonrojándose un poco mientras acariciaba su vientre—. Estamos muy emocionados, aunque... a veces es un poco abrumador.

—Estoy seguro de que serán maravillosos padres —dijo Alex, ofreciendo una sonrisa comprensiva—. Y es natural sentirse así.

La señora Hustle asintió, y luego, mirándolos a ambos con una sonrisa tímida, dijo algo que dejó a Charlotte momentáneamente sin palabras.

—Nos gustaría verlos a ustedes tan felices como nosotros algún día. —Sus palabras estaban llenas de esperanza y buenos deseos, y aunque sabía que era un comentario bienintencionado, Charlotte sintió un pequeño rubor subir por sus mejillas.

Alex la miró entonces, y aunque fue solo por un segundo, esa breve mirada compartida entre ellos dijo mucho más de lo que las palabras podrían haber expresado. Había una promesa silenciosa en sus ojos, algo que estaba creciendo entre ellos, aunque ninguno se atrevía aún a ponerle nombre.

—Bueno, quién sabe lo que nos deparará el futuro —dijo Charlotte con una sonrisa tranquila, tratando de aliviar la intensidad del momento.

Después de intercambiar algunas palabras más, la pareja se despidió. Charlotte prometió a la señora Hustle que pronto la visitaría para ayudarla con la fabricación de jarabes y remedios que serían útiles durante el invierno que ya se vislumbraba en el horizonte.

Cuando los Hustle se alejaron, Alex y Charlotte retomaron su paseo, pero algo había cambiado entre ellos. La mención de un futuro con hijos, aunque inesperada, no les resultaba incómoda. Por el contrario, les había dejado un eco cálido, como una idea que podría convertirse en realidad algún día, si ambos seguían esforzándose por encontrar su camino juntos.

—Parece que el señor Hustle está muy emocionado con su próxima paternidad —dijo Charlotte, intentando retomar la conversación con naturalidad, pero no pudo evitar mirar de reojo a Alex, esperando alguna reacción.

—Sí —dijo Alex, su voz tranquila—. Creo que tiene suerte de tener a alguien con quien compartir esa alegría.

Y aunque sus palabras eran simples, Charlotte supo que, en el fondo, ambos estaban comenzando a imaginar un futuro diferente, uno que tal vez no habían planeado pero que, de alguna manera, ya no parecía tan lejano o imposible.

Al caer la tarde, mientras las luces comenzaban a encenderse y la feria adquiría un tono más íntimo bajo el cielo crepuscular, Charlotte se dio cuenta de algo que la llenó de paz: Alex no solo la amaba, sino que la respetaba profundamente, y no había mejor sensación que esa. Su relación estaba construyéndose nuevamente, pero sobre bases mucho más sólidas. Y eso era lo que le daba a Charlotte la seguridad de que, tal vez, todo podría salir bien.

Después de un largo día disfrutando de la feria, repleto de risas, dulces y momentos de complicidad, todos volvieron a la mansión. En la noche tuvieron una cena tardía y bastante ligera, ya que habian comido mucho en la feria. Y después de eso, todos fueron a uno de los salones para tomar una copa de brandy los caballeros y un jerez, las damas. Ahora la casa de los duques volvía a un ambiente más tranquilo. La brisa nocturna que entraba por las ventanas abiertas llenaba el aire con un frescor que contrastaba con el cálido resplandor de las lámparas de aceite, y el sonido suave de las cartas barajadas por Alex se mezclaba con las risas contenidas de Amelia y Henry.

Charlotte, sentada junto a su esposo, no pudo evitar notar la química sutil pero palpable entre Henry y Amelia. Las miradas que Henry lanzaba de vez en cuando hacia su cuñada eran suaves, casi reverentes, y aunque Amelia se mantenía centrada en el juego, Charlotte pudo ver pequeños destellos de reconocimiento en sus ojos. Se preguntó si tal vez había algo más entre ellos, una conexión que apenas estaba comenzando a florecer. Sonrió para sí misma ante la idea, alegrándose de que Amelia pudiera tener a alguien tan bueno como Henry a su lado si las cosas seguían por ese camino.

Pero mientras esa idea le daba una sensación de calidez, fue otra cosa la que mantuvo su mente en constante agitación durante toda la noche: las miradas de Alex. Cada vez que levantaba la vista de las cartas o del tablero de ajedrez, lo encontraba observándola con una intensidad que la desarmaba por completo. Había algo diferente en la forma en que sus ojos se posaban sobre ella, un deseo crudo, inconfundible, que hacía que su piel se estremeciera bajo su vestido. Era como si, con cada mirada, él le estuviera recordando lo que habían compartido antes, aquella pasión que los había consumido por completo en la intimidad de su alcoba.

Charlotte intentaba concentrarse en los juegos, en las risas y la conversación animada que rodeaba la mesa, pero las imágenes de la última vez que estuvieron juntos en la cama no dejaban de aparecer en su mente. Recordaba sus manos firmes recorriendo su piel, los susurros roncos de su voz junto a su oído, y cómo su cuerpo había respondido a cada uno de sus toques. La necesidad que sentía por él era imposible de ignorar, y cada mirada que intercambiaban esa noche solo avivaba las llamas que ardían dentro de ella.

Un rato después, Victoria se excusó con una sonrisa, mencionando que el largo día la había agotado y que necesitaba descansar. Henry y Amelia también decidieron retirarse poco después, dejando a Charlotte y Alex solos en el salón. El silencio que quedó entre ellos era cargado, lleno de expectativas no dichas. Charlotte no sabía exactamente cómo romperlo, pero lo cierto era que no hacía falta.

Alex se acercó a ella, sus ojos oscuros reflejando la luz tenue de la habitación. No dijo nada al principio, solo la miró con esa intensidad que la había desestabilizado toda la noche. Charlotte sintió su pulso acelerarse bajo la piel, mientras él se sentaba a su lado, más cerca de lo que había estado durante toda la velada.

—Parece que Amelia ha dejado a Henry impresionado —comentó Alex en voz baja, un rastro de diversión en su tono, pero sus ojos seguían clavados en ella, como si sus palabras fueran una excusa para mantener la conversación ligera.

Charlotte sonrió, aunque su mente estaba lejos de ese tema.

—Lo noté —respondió suavemente—. Tal vez pase algo entre ellos. Creo que harían una buena pareja.

—Tal vez. —Alex hizo una pausa, acercándose aún más—. Pero no estoy pensando en ellos en este momento.

El aire entre ellos se volvió denso, cargado de algo palpable y ardiente. Charlotte levantó la mirada para encontrarse con la suya, y el deseo que vio en sus ojos fue suficiente para hacer que su respiración se acelerara.

— ¿En qué estás pensando entonces? —preguntó ella, su voz apenas un susurro.

Alex sonrió de medio lado, esa sonrisa que siempre lograba que su corazón diera un vuelco, y sin apartar la vista de sus labios, respondió:

—En ti. Solo en ti, Charlotte.

La manera en que lo dijo, con esa voz baja y grave, hizo que una oleada de calor recorriera todo su cuerpo. Charlotte sintió que su resistencia se desmoronaba. Todo lo que había intentado ignorar durante la noche, cada uno de esos pensamientos de deseo, volvió con más fuerza que nunca.

—Alex... —empezó, pero no pudo continuar, porque él ya había cerrado la distancia entre ellos. Tomó su mano con suavidad, pero con una firmeza que dejaba claro lo que quería.

—No tienes que decir nada —murmuró, inclinándose para besarla.

El beso fue suave al principio, casi como una pregunta, pero Charlotte respondió con la misma urgencia que había sentido desde el principio de la noche. Se permitió rendirse a sus sentimientos, dejándose llevar por el momento, por las emociones que los habían envuelto desde que se quedaron solos.

Los labios de Alex se movieron sobre los suyos con creciente pasión, y Charlotte sintió cómo el deseo que había estado reprimiendo durante horas finalmente se desbordaba. Todo su cuerpo respondía a él, y no pudo evitar acercarse más, sintiendo la necesidad de estar lo más cerca posible de él.

Cuando finalmente se separaron, ambos respiraban entrecortadamente. Alex la miró con una mezcla de deseo y ternura, sus dedos acariciando su mejilla con una suavidad que contrastaba con la intensidad del momento.

—Ven conmigo —dijo él en un susurro, y Charlotte supo exactamente lo que él quería decir. Supo también que ella deseaba lo mismo.

Los ojos de Charlotte se posaron en los de Alex mientras él tomaba su mano y la guiaba hacia el lecho. Su mirada contenía una mezcla de anhelo y una devoción profunda que la hacía temblar de anticipación. La habitación parecía llenarse de un aire cálido, cargado de promesas y de todas las palabras que antes no habían podido decirse. Sin decir nada más, Alex la atrajo hacia sí, sus labios encontrando los de ella en un beso lento y apasionado, explorando con una intensidad que hacía que Charlotte sintiera que nada más en el mundo importaba.

Él se apartó apenas para buscar sus ojos, y ella vio en los suyos algo indescriptible, un deseo que solo parecía igualado por el amor que guardaba para ella.

—Eres todo lo que he deseado, Charlotte —susurró él, su voz ronca y llena de sinceridad mientras se despojaba de su propia ropa con la misma calma contenida. Sus miradas se encontraron una vez más, y ambos entendieron que habían superado cada barrera, que ahora estaban completamente unidos.

Ella extendió una mano, acariciando su pecho y sintiendo el latido de su corazón, fuerte y constante. Alex tomó su mano, llevándola a sus labios antes de besarla con una ternura que la hizo sonreír, aún con la intensidad del momento entre ambos.

—Te amo, Alex —murmuró ella, sin poder contener más las palabras.

—Y yo te amo, esposa —confesó él feliz de poder decir al fin esas palabras.

Él la llevó con suavidad a la cama, con sus ojos llenos de una devoción que hizo que Charlotte sintiera un cálido estremecimiento recorrer su cuerpo. Él deslizó sus manos con exquisita lentitud desde sus hombros, bajando por sus brazos hasta alcanzar los bordes de su vestido. Mirándola a los ojos, comenzó a desabrochar con cuidado cada pequeño botón, dejando que sus dedos rozaran su piel de una forma que parecía intencionada, como si cada caricia fuera un recordatorio de lo especial que era para él.

Cuando el vestido cayó suavemente, él la atrajo hacia sí, dejando un rastro de besos desde su cuello hasta su hombro, deteniéndose en cada lugar donde podía sentir su pulso acelerado. Charlotte cerró los ojos, entregándose completamente a la sensación, sintiendo que, en ese instante, todo lo que él hacía era para demostrarle cuánto la amaba.

Charlotte, ya sin reservas, se acercó a él, ayudándole a despojarse de su propia ropa. Sus manos recorrieron su torso con una mezcla de reverencia y deseo, sintiendo el calor de su piel bajo sus dedos. Cada prenda que caía al suelo parecía ser una capa más de vulnerabilidad, una barrera menos entre ellos.

Alex tomó su rostro entre las manos, mirándola como si fuera el tesoro más preciado que había tenido. Inclinó su cabeza para besarla, uniendo sus labios en un beso que fue primero suave, luego más profundo, cargado de promesas. Cuando finalmente se separaron, sus respiraciones eran entrecortadas, y la intensidad entre ambos era palpable.

—Quiero que sepas que eres todo para mí —susurró él, su voz baja y cargada de emoción mientras la tomaba suavemente y la recostaba en la cama, sus manos explorando cada parte de su cuerpo, como si quisiera memorizar cada detalle, como si ella fuera única.

Charlotte se dejó llevar, respondiendo a sus caricias con la misma ternura y deseo, sintiéndose plenamente conectada a él en cada beso, en cada roce. En ese instante, el tiempo dejó de existir; solo estaban ellos dos, juntos, en una entrega total y sin reservas.

Entonces la miró, desarmándola con el deseo que reflejaban sus ojos, luego deslizó suavemente las palmas por sus muslos desnudos, separándoselos. Ella le sostuvo la mirada mientras él desapareció entre sus piernas y entonces sintió su boca en su sexo.

Sintió arder las mejillas. Eso no estaba bien... ¿O sí? Pero entonces sintió deslizarse la lengua de él por la protuberancia en el centro y se arqueó, tan inmersa en las deliciosas sensaciones que le era imposible sentir vergüenza. Él le estaba lamiendo ahí, ahí donde sentía la necesidad.

Dejó caer la cabeza sobre el asiento, tan inmersa en el placer físico que no podía hacer otra cosa que sentirlo. Se mordió el labio y cerró fuertemente los ojos, mientras él deslizaba la lengua por entre sus pliegues y hacia dentro, enloqueciéndola de placer.

El cuerpo le vibraba de todas aquellas sensaciones, mientras el ritmo de sus caricias la avasallaba hasta que en ella desapareció hasta el último vestigio de cordura. Incluso el corazón empezó a zumbarle en los oídos, y entre sus temblorosas piernas también.

— ¡Alex! —exclamó.

Abrió los ojos y lo apartó. Bajó la pierna de su hombro y se incorporó, pero no antes de ver bien definido bulto de su miembro empujando la tela de sus ceñidas calzas, y lenta y tímidamente le soltó los botones. Mirándolo para cobrar confianza, metió la mano hasta coger el pene; lo rodeó con la mano y, vacilante, empezó a bajarla y subirla, suave y lentamente al principio; al sentirlo agrandarse y ponerse rígido, y comprendiendo el poder de esa caricia sobre su piel, hizo más rápidos y seguros los movimientos.

Iban avanzando hacia un final inevitable; ya no había manera de detenerse, para ninguno de los dos.

Sin dejar de mirar sus ojos, oscuros por el deseo, se echó hacia atrás hasta quedarse espaldas en la mullida cama, guiando su miembro con la mano hacia su húmedo sexo.

Alex se instaló entre sus piernas, sentía que no podía esperar más, y entonces de un empuje entró en la calidez de su esposa.

—Se siente como el cielo estar dentro de ti— ella se retorció debajo de él, los giros de sus caderas eran un estímulo que apenas podía soportar.

—Alex...—la súplica lo hizo estremecerse con fuerza contra ella.

—Cariño, deja de moverte antes de que pierda el poco control que tengo.

Nunca su necesidad de hacer el amor, había sido tan feroz como lo era con Charlotte. Su extravagante la belleza, la sexualidad descarada y las curvas exuberantes fueron hechas para un hombre tan primitivo en sus deseos como ahora se sentía él. Empujó sus manos debajo de ella, y rodó, llevándola sobre él.

— ¿Qué...estás? — ella jadeó, su cabello suelto cayó sobre el suyo cara y hombros, ahogándolo en su aroma. El miembro de él creció imposiblemente más

—Mírame— gruñó, sus manos la soltaron como si ella lo quemara. Como no podía confiar para tomar la iniciativa, tuvo que confiar en ella. Charlotte dudó, y pensó por un momento que ella diría que no. En cambio, se deslizó hacia abajo, tomando más de él dentro de ella, hasta sentir la base de su miembro.

Las manos de ambos estaban entrelazadas mientras ella gemía quejumbrosamente. —Dios, Alex, Te sientes tan. . .

Apretando los ojos con fuerza, Alex la sostuvo ligeramente en lo alto mientras empujaba violentamente hacia arriba, jadeando como un hombre poseído.

— ¡Sí! — ella lloró, su cabeza cayó hacia atrás. Todo el tiempo su cuerpo ordeñó su miembro atrayendo su semilla, hasta que llegaron los espasmos pulsantes casi brutales en su intensidad. La primera liberación de ella, duró casi para siempre, pero él se mordió el labio hasta casi sangrar mientras aguantaba. Sólo cuando ella se quedó lánguida en sus brazos, sucumbió a su propio clímax.

Alex se recostó sobre ella, jadeando por aire, al tiempo que ahuecaba sus pechos y besaba su boca. El aroma de ella mezclado con sexo era intoxicante. Presionó sus fosas nasales contra su piel y lo respiró. Mirándola, Alex fue golpeado por la perfección carnal absoluta de la forma de su cuerpo. Pura y bellamente desnuda, Charlotte era una Venus, una sirena con pechos llenos con caderas generosamente curvadas y una boca ancha enmarcada por labios llenos de besos. Su miembro respondió con admirable prisa y pasó el resto de la noche llenándola de atenciones y haciéndole sentir con su cuerpo lo mucho que la amaba.

DESPUÉS DE AQUELLA noche en la que Alex y Charlotte se entregaron sin restricciones, su relación empezó a florecer de maneras inesperadas. Ahora, ya no solo compartían una conexión física más intensa, sino también una emocional mucho más profunda. La confianza y la cercanía entre ambos creció con pequeños gestos cotidianos que fortalecían su lazo, lo que les permitía afrontar juntos las tensiones externas.

Alex comenzó a acompañar a Charlotte en sus caminatas diarias por los jardines de la casa de campo, un lugar donde ella encontraba paz. Caminaban tomados de la mano, conversando de todo tipo de temas, desde lo que ocurría en sus días hasta sus preocupaciones más personales. También compartían momentos en el invernadero, el rincón favorito de Charlotte, donde ella le mostraba las plantas y hierbas que cuidaba con tanto esmero. Alex, aunque no tenía un gran interés en la botánica, se sentaba con ella y aprendía sobre sus plantas, disfrutando simplemente de estar a su lado.

Una de las actividades que más disfrutaban juntos era leer en la biblioteca. Después de aquella noche, ambos encontraron un nuevo placer en compartir el silencio cómodo de sus lecturas, eligiendo libros y comentando lo que les parecía interesante. A menudo, Alex buscaba libros antiguos para ella en sus viajes, sabiendo lo mucho que a Charlotte le gustaba la historia y las curiosidades literarias. Esos momentos de tranquilidad, sin necesidad de palabras, les ayudaban a reconectar.

Charlotte empezó a participar más activamente en los asuntos del ducado, algo que antes había dejado en manos de Alex. Él, por su parte, valoraba sus opiniones y le pedía consejo en decisiones importantes. Trabajaban juntos en proyectos para mejorar las tierras y la vida de los arrendatarios. Charlotte incluso organizaba eventos benéficos para recaudar fondos para los campesinos más necesitados. La colaboración mutua les daba un sentido de propósito compartido.

Y aunque jamás en su vida se lo imaginó, Alex, se esforzaba por sorprender a Charlotte con pequeños detalles. A menudo le traía flores que recogía él mismo o mandaba preparar su postre favorito para después de la cena. Charlotte, por su parte, también comenzaba a hacer gestos de cariño hacia él, como preparar infusiones de sus hierbas medicinales cuando lo veía cansado, o leerle en voz alta antes de dormir. Hubo cambios en su vida íntima, ya que empezaron a dormir juntos en la habitación principal. Ya no había habitación de él o de ella, sino la habitación de los duques donde la pasión física entre ellos no disminuyó, pero ahora era acompañada por gestos más sutiles de afecto. Y a menudo, mientras estaban juntos, en la cama, Alex le daba suaves besos en la frente o la abrazaba por la cintura, solo para recordarle que siempre estaba allí para ella. Las miradas entre ellos durante las cenas o en las reuniones con amigos estaban llenas de deseo, y la anticipación de la intimidad futura hacía que esos momentos fueran aún más especiales.

Todo parecía ir muy bien, pero también esos días estuvieron cargados de una mezcla de incertidumbre y ansiedad para Charlotte. Cada mañana, la llegada de mensajeros o el abrir de cartas traía consigo más noticias inquietantes. Cartas de acreedores furiosos, comerciantes arruinados y aristócratas caídos en desgracia llegaban sin cesar, todos dirigiendo sus acusaciones hacia el duque. Lo llamaban ladrón, aseguraban que no permitirían que escapara sin consecuencias, e incluso algunos llegaban a responsabilizarlo directamente de su bancarrota. A pesar de que Charlotte sabía, en lo más profundo de su corazón, que Alex no era culpable de nada de lo que se le acusaba, el peso de esas acusaciones comenzaba a afectar el ambiente en la casa.

Cada carta que abría parecía golpear un poco más fuerte. Sabía que no todos los que se quejaban lo hacían con fundamento; había rumores y chismes que alimentaban el fuego de la discordia, pero no dejaba de ser doloroso ver cómo tantas personas buscaban un culpable, y Alex parecía ser el blanco perfecto.

Sin embargo, en medio de tanta adversidad, también llegaban palabras de apoyo. Algunos amigos y conocidos del duque escribían para ofrecer su solidaridad y expresaban su incredulidad ante las acusaciones. Agradecida por esos gestos, Charlotte no podía evitar dudar de la sinceridad de algunos. Sabía que en la alta sociedad, las lealtades eran volubles, y muchos simplemente buscaban mantenerse en buenos términos con el duque debido a su poder e influencia, que seguían siendo considerables a pesar de las circunstancias.

Aun así, en medio de esa tormenta de tensiones, había algo inquebrantable que les daba fuerza: su amor. Charlotte y Alex, ahora más unidos que nunca, se apoyaban mutuamente de una manera que antes ni siquiera hubieran imaginado. Aquella noche en la que ambos se entregaron sin restricciones, dejando atrás las heridas emocionales y las barreras que los separaban, había marcado un antes y un después en su relación. Ya no eran dos personas luchando por mantener su matrimonio en pie, sino una pareja enfrentando juntos cualquier desafío que se les presentara.

Alex, a pesar de las presiones externas, encontraba refugio en Charlotte. Su fortaleza, su apoyo silencioso, y la manera en que siempre estaba a su lado, sin importar lo que sucediera, lo llenaban de una calma que hacía más llevadera la tormenta que caía sobre ellos. Charlotte, por su parte, había descubierto en su esposo una vulnerabilidad que antes él no había mostrado. Verlo lidiar con las críticas injustas, con las preocupaciones sobre el futuro de su ducado y con las emociones que a veces parecía no saber cómo manejar, la había hecho comprender que él también necesitaba ser protegido, no solo con palabras, sino con su amor y comprensión.

Las noches se habían vuelto su santuario, el lugar donde podían dejar atrás, aunque fuera por unas horas, las preocupaciones y el caos que los rodeaba. En la intimidad de su habitación, se encontraban sin palabras, con miradas que decían más que cualquier promesa. La pasión entre ellos era tan intensa como el primer día, pero ahora estaba acompañada de una ternura nueva, de un entendimiento profundo que solo podía surgir de haber enfrentado juntos las adversidades.

Una de esas noches, mientras se recostaban juntos después de haberse amado, Charlotte sintió que algo dentro de ella se había transformado. Ya no temía lo que el mañana pudiera traer, porque sabía que mientras estuvieran juntos, podrían superar cualquier obstáculo. Alex, acariciando suavemente su espalda, pareció percibir sus pensamientos, porque murmuró contra su cabello:

—No importa lo que venga, Lottie. Lo enfrentaremos juntos.

Charlotte levantó la vista hacia él, encontrándose con sus ojos llenos de determinación y amor.

—Siempre juntos —respondió ella, sintiendo una paz que contrastaba con el caos que los rodeaba.

Y de repente Charlotte se encontró deseando estar para siempre con que hombre del cual hasta hace pocos meses quería alejarse con toda su alma.

Capítulo 22

La atmósfera en la sala del tribunal en Londres era tensa, impregnada de expectación y murmullos apagados. El espacio austero, con paredes grises y columnas imponentes, parecía amplificar el eco de cada movimiento. Los jueces y miembros de la Cámara de los Lores se encontraban en sus lugares, observando con atención el juicio que había captado el interés de todo Londres: el destino de la familia Ashford y el enfrentamiento entre Alex, el duque de Ashford, y su primo traidor, Lord George Ashford.

Alex y Charlotte, estaban sentados juntos en la primera fila, mostrando un frente unido. Desde la última vez que habían enfrentado este tipo de circunstancias, Charlotte había cambiado mucho. Ahora se sentía segura de su lugar en la vida de Alex, no solo como su esposa sino como su compañera, y estaba decidida a no ser dejada de lado en este juicio crucial. Ella había sido parte activa en la recolección de pruebas y estrategias para el caso, y su inteligencia brillaba ahora más que nunca.

El aire pesado se rompió cuando Lord George entró en la sala, con su habitual aire de superioridad, pero con una leve sombra de inquietud en los ojos. Sabía que la situación era delicada. Los abogados de ambos lados se acomodaron, y pronto los primeros testigos fueron llamados al estrado.

La parte acusadora, encabezada por George, intentaba desacreditar a Alex. Algunos testigos presentaron versiones de dudosa procedencia, buscando demostrar que Alex había estado al tanto de los manejos fraudulentos en los negocios de la familia. Pero todo se sostenía con hilos finos, y las contradicciones comenzaron a surgir bajo el interrogatorio de los abogados de Alex. Fue entonces cuando llamaron a la señora Merton, una mujer que había trabajado para la familia Ashford por años y que, hasta hace poco, había sido leal a George.

Charlotte había jugado un papel crucial en ganarse la confianza de la señora Merton, y cuando la mujer se sentó en el estrado, intercambió una breve mirada con Lottie antes de hablar.

—Señora Merton —empezó el abogado defensor—, usted ha declarado anteriormente ser parte del personal de confianza del duque. ¿Es correcto?

—Sí, lo es —respondió la señora Merton con voz clara.

—Cuéntenos, por favor, qué sucedió durante esos años.

La mujer comenzó a relatar cómo su señor tenía un cariño especial por su primo George Ashford pero que nunca fue recíproco por parte de este. Y dijo que siempre lo envidió por lo que lo engañó aprovechándose del afecto que Lord Cavendish tenía por él. Que Ashford lo engañó y manipuló de una forma cruel. Describió en detalle cómo había encontrado pruebas irrefutables: un conjunto de cartas que George había intentado destruir, y que ella había recuperado del fuego en el estudio donde este las había lanzado para quemarlos.

—Estas pruebas —dijo la señora Merton, levantando un manojo de papeles que entregó al tribunal— muestran claramente que Lord George no solo cometió fraude, sino que además intentó culpar al duque de Ashford, para quedarse con el control de las propiedades y el título familiar. También tengo una carta donde el duque no solo habla de la existencia de un fondo que dejó en manos de su abogado de confianza con la expresa orden de no revelar esa información, hasta que fuera necesario. Y en esa carta, también dice que él es el padre de lord George Ashford pero que por evitar un escándalo su hermano se hizo pasar como el padre de este.

Las voces se alzaron en murmullos mientras los jueces examinaban los documentos. George, visiblemente perturbado, intentaba mantener su compostura, pero ya era demasiado tarde. El peso de la evidencia se inclinaba a favor de Alex.

Fue entonces cuando ocurrió una de las revelaciones más impactantes del juicio: la verdadera identidad de Lord George. A lo largo de la investigación, Charlotte y Alex habían descubierto algo que amenazaba no solo con arruinar la fortuna de George, sino su propia legitimidad. Durante la sesión, el abogado defensor hizo una pausa antes de soltar la bomba:

—Hay algo más que la corte debe saber. —El abogado se dirigió a los jueces—. A lo largo de nuestra investigación, encontramos pruebas que indican que Lord George Ashford no es quien dice ser.

Los murmullos en la sala se intensificaron, y George se puso rígido.

—Hemos descubierto que Lord George es en realidad hijo ilegítimo de un comerciante y no es hijo ilegítimo del difunto duque de Cavendish, ni tampoco del hermano del duque. Así que al no tener un gota de sangre de la familia del duque, no tiene derecho alguno al título ni a las propiedades de los Ashford, en caso de que el actual duque faltara o no tuviera descendencia. Las pruebas documentales, así como varios testimonios, corroboran esta afirmación.

Uno de los caballeros más influyentes alzó la voz— ¿y cómo sabe esto?

—Porque su padre está vivo y nos ha dicho que la madre del niño queriendo sacar ventaja de una noche con el duque, le hizo creer que era el padre de la criatura, pero en realidad era de su amante, un comerciante que aceptó aquello para que su hijo tuviera una mejor vida. Y si duda de mi palabra, milord, puede ver por usted mismo al hombre en cuestión que ha venido aquí.

Todas las personas comenzaron a hablar y las voces cada vez se alzaban más ante la indignación de todo aquello. Entonces abrieron la puerta y un hombre de cabello canoso y vestimenta humilde, entró.

Toda la cámara de los lores no tuvo más que observar al hombre y sus rasgos físicos, para darse cuenta de que George era su hijo, pues eran como dos gotas de agua.

Un profundo silencio se apoderó de la sala. La revelación fue como un balde de agua fría sobre la audiencia y especialmente sobre George, cuya cara palideció. No solo estaba a punto de perderlo todo, sino que su propia existencia social, basada en una mentira, estaba desmoronándose ante todos.

— ¡Eso no es verdad! ¡Ese hombre no es nada mío! —gritaba George molesto y fingiendo indignación por tal mentira.

Pero nadie allí le creyó y enseguida decidieron su suerte en menos de cinco minutos.

Alex tomó la mano de Charlotte bajo la mesa, apretándola con fuerza, mientras ambos intercambiaban una mirada cargada de significado. El legado de la familia Ashford y la reputación del ducado estaban a salvo, gracias a los esfuerzos combinados de ambos.

Al finalizar la audiencia, los jueces se retiraron a deliberar, aunque el resultado ya parecía claro para todos. Durante el receso, Charlotte se permitió un pequeño suspiro de alivio. Habían pasado por semanas de incertidumbre y presión, pero en ese momento supo que lo habían logrado, juntos. Alex, ahora libre de la sombra de su primo, se inclinó hacia ella, susurrándole al oído.

—Nunca podría haber hecho esto sin ti, Lottie.

Ella le sonrió, sintiendo la calidez y el respeto en sus palabras. Este era el comienzo de una nueva etapa, no solo para ellos como pareja, sino también para el ducado de Ashford, un futuro más seguro y lleno de esperanza.

EL BULLICIO DEL TRIBUNAL seguía resonando a sus espaldas mientras Alex y Lottie cruzaban el amplio vestíbulo de mármol, caminando juntos con una sensación de alivio. Las puertas del tribunal se cerraron tras ellos, marcando el fin de una batalla ardua, no solo contra Lord George, sino contra las dudas y las sombras que se habían cernido sobre su vida desde que el juicio comenzó. El aire del exterior era fresco y revitalizante, pero ambos se detuvieron en el umbral del vestíbulo, necesitaban un momento a solas antes de enfrentar el mundo.

Alex se giró hacia Charlotte, su expresión serena pero con un brillo de emoción en los ojos. Sin decir nada, extendió su mano hacia ella, y Lottie, sintiendo la calidez y seguridad en ese gesto, la tomó sin dudar.

—Lo hicimos —susurró Alex, con una mezcla de asombro y admiración en su voz—. Lo hicimos juntos.

Lottie lo miró a los ojos, y en ese momento, todo el peso de lo que habían logrado juntos se asentó en su mente. Ya no había dudas ni inseguridades sobre su lugar en la vida de Alex o en el mundo que compartían. Desde el principio, había temido ser solo una figura decorativa, una esposa sin influencia real en la vida de su esposo, pero ahora, al final de esta prueba, sabía que era su igual, su compañera en cada sentido de la palabra.

—No soy solo yo, Alex —respondió ella suavemente, dando un paso hacia él—. Somos nosotros. Nunca pensé que llegaría a sentirme tan... completa, tan fuerte a tu lado.

Alex asintió, acercándola más a él, sus manos acariciando suavemente las de ella. Sus ojos recorrían el rostro de Lottie con una intensidad que la hacía sentir completamente vista, apreciada.

—No imaginas cuánto me has sorprendido, Lottie. Tú fuerza, tu inteligencia... no solo has sido mi apoyo, sino que has demostrado ser una mujer increíblemente capaz. No somos solo marido y mujer, somos un equipo —dijo, su voz grave llena de sinceridad—. No hay nada que no podamos enfrentar juntos.

Lottie sintió que su corazón se llenaba de una cálida emoción. Su conexión con Alex, ahora más profunda que nunca, iba más allá de lo físico o romántico. Era una verdadera asociación, construida sobre la confianza, el respeto y la aceptación de sus vulnerabilidades.

—Nunca me había sentido tan fuerte como ahora, sabiendo que puedo contar contigo, y que tú puedes contar conmigo —dijo ella, sonriendo suavemente—. No somos perfectos, pero somos mejores juntos.

Alex soltó una pequeña risa, inclinándose para rozar suavemente su frente con la de ella.

— ¿Mejor juntos? —murmuró—. No podría estar más de acuerdo.

En ese instante, no necesitaban palabras para expresar lo que ambos sentían. El vínculo entre ellos se había solidificado. Habían enfrentado las adversidades como individuos, pero habían salido victoriosos como un equipo, más fuertes y más unidos que nunca. Todo lo que habían pasado, cada lucha, cada duda, cada momento de vulnerabilidad, había conducido a este punto.

Con una última sonrisa compartida, Alex apretó la mano de Charlotte y la guió hacia las escaleras del tribunal. La gente comenzaba a salir a las calles, murmurando sobre el juicio y la victoria. Pero para ellos, ese día no solo se trataba de ganar la batalla legal, sino de la reafirmación de su compromiso mutuo.

Ahora, ambos sabían que no importa qué desafíos les traería el futuro, los enfrentarían juntos. Como un equipo.

Cuando el juicio de George Ashford llegaba a su fin, Henry Lancaster que desempeñó un papel crucial en asegurar la victoria legal de Alex, con sus conocimientos y su lealtad, se acercó. Él había ayudado a exponer la verdad y a desenmascarar las mentiras que habían enredado a la familia Cavendish.

Tras la audiencia final, Henry y Alex compartieron un momento de camaradería en la sala privada del tribunal.

—Me alegra que todo haya salido como esperábamos —dijo Henry, dándole una palmada en el hombro a Alex—. Sabía que no dejarías que George se saliera con la suya.

Alex, con una sonrisa de gratitud, asintió. Su relación con Henry había evolucionado desde los primeros días de tensión. Ahora, lo veía no solo como un hermano, sino como un verdadero aliado.

—Gracias, Henry. No podría haberlo hecho sin ti —respondió Alex sinceramente.

Henry sonrió de vuelta, sus ojos brillando con una mezcla de orgullo y humildad.

—De nada. Sabes que siempre puedes contar conmigo.

En ese momento, los dos hombres sabían que no solo habían asegurado la justicia, sino que también habían fortalecido los lazos que los unían. El futuro era incierto, pero juntos, con Lottie a su lado, Alex estaba preparado para enfrentarlo.

LOS PRIMEROS RAYOS del sol de la mañana se filtraban a través de los cristales del invernadero, bañando las flores y helechos en una luz dorada. Las hojas verdes brillaban, y el delicado perfume de las nuevas plantas llenaba el aire, creando una atmósfera de calma y renovación. Lottie se movía entre las macetas, acariciando con delicadeza las hojas de un rosal mientras sentía la paz que el invernadero le ofrecía.

A su lado, Alex observaba en silencio, admirando la gracia con la que su esposa se desenvolvía entre sus plantas. Este lugar, que había comenzado como un simple rincón de refugio para Charlotte, ahora simbolizaba todo lo que habían superado y construido juntos. Su relación, al igual que las flores que florecían a su alrededor, había renacido.

—Parece que tus manos no solo cuidan plantas, sino también corazones —murmuró Alex, acercándose a ella con una sonrisa suave.

Lottie giró hacia él, y sus ojos se encontraron. Había una comprensión profunda en esa mirada, una conexión que iba más allá de las palabras. Ya no eran las mismas personas que se habían casado meses atrás, atrapados en un acuerdo forzado y lleno de incertidumbre. Habían evolucionado, y juntos, habían aprendido a confiar, a ceder y, sobre todo, a amarse sin reservas.

—Las plantas siempre han sido más fáciles de entender que las personas —respondió Lottie con una sonrisa traviesa, aunque sabía que ya no era del todo cierto—. Pero supongo que hay algo de verdad en eso.

Alex se acercó más, tomando una de sus manos y entrelazando sus dedos con los de ella. Se sentía natural, como si hubieran estado destinados a este momento todo el tiempo.

—Lottie, he estado pensando en nuestro futuro —comenzó Alex, su tono serio pero lleno de promesas—. Quiero que todo lo que hagamos de aquí en adelante sea, juntos. Ya no como dos personas que intentan vivir bajo un mismo techo, sino como verdaderos compañeros. Hemos pasado por tanto, y no quiero que nada ni nadie nos aparte jamás.

Lottie lo miró fijamente, sintiendo el peso de sus palabras y el significado detrás de ellas. Durante mucho tiempo, había dudado de su lugar en la vida de Alex, en su mundo y en su corazón. Pero ahora, lo sentía de manera tangible. Este era su hogar, y Alex era su compañero en cada sentido.

—Yo también lo quiero, Alex. —respondió con una sonrisa sincera—. Quiero que construyamos algo hermoso, no solo aquí en el invernadero, sino en nuestras vidas. Sabes que nunca fui la persona que soñaba con ser duquesa o con tener una vida perfecta según los estándares de la sociedad, pero contigo... —hizo una pausa, sintiendo la intensidad del momento— contigo todo es diferente.

Alex la abrazó con fuerza, dejando que el silencio entre ellos hablara por sí solo. Sentía el calor de su esposa contra su pecho, y sabía que el futuro que estaban planeando sería brillante, lleno de respeto, pasión y amor.

Unos días antes de regresar al campo, en una lujosa fiesta de la alta sociedad londinense, la tensión seguía latente. Aunque derrotada socialmente, Lady Beatrice Fairfax Whitmore no pudo resistirse a lanzar un último ataque. Con una sonrisa gélida, se acercó a Charlotte en medio de la multitud, el veneno goteando de cada palabra.

—Charlotte, querida, qué sorpresa verte aquí —dijo Beatrice, fingiendo una dulzura que todos sabían que era falsa—. Nunca imaginé que una mujer tan... reticentes a seguir las reglas como tú, encontraría su lugar en nuestra sociedad. Porque lo cierto es que todos no nacemos para encajar, ¿verdad?

Lottie, quien había aprendido mucho desde que había entrado a este mundo, no dejó que las palabras de Beatrice la afectaran. Ya no era la joven insegura que había temido no pertenecer. Ahora, con la cabeza en alto y una mirada firme, respondió con una calma que desarmó a Beatrice.

—Lady Beatrice —dijo Lottie suavemente, pero con una firmeza innegable—, primero que todo es "su gracia o excelencia", para usted. —le dejó claro cual era su lugar y cual el de Beatrice. — El lugar de una mujer no se define por las expectativas de los demás. Yo he encontrado mi lugar, tanto en mi vida personal como en la pública, y no necesito tu aprobación ni la de nadie para saberlo. Espero que algún día tú también lo encuentres.

Beatrice, sorprendida por la seguridad de Lottie, no tuvo respuesta. Se quedó en silencio mientras Lottie le dedicaba una última mirada y se alejaba con gracia. La duquesa de Cavendish acababa de consolidar su posición, no solo como esposa de Alex, sino como una fuerza por derecho propio.

Epílogo

Un año después...

El amanecer se filtraba suavemente a través de las cortinas del dormitorio de la mansión Cavendish, bañando la habitación en una luz cálida y acogedora. En la cama, Lottie sostenía a su recién nacido en brazos, mientras Alex estaba a su lado, observando con una sonrisa que reflejaba un amor profundo y renovado. Era un momento íntimo, lleno de promesas y esperanza para el futuro, marcando el inicio de una nueva etapa en sus vidas.

—Es perfecto —susurró Alex, acariciando con ternura la pequeña cabeza del bebé, con el corazón lleno de orgullo y emoción.

Lottie sonrió, agotada pero radiante, sintiendo una profunda conexión no solo con su hijo, sino también con Alex. Después de todo lo que habían enfrentado juntos, este pequeño ser simbolizaba todo lo que habían logrado. Había deseo y pasión entre ellos, pero lo que los unía ahora era mucho más profundo: una confianza sólida, un compromiso inquebrantable y un amor duradero.

—Nunca pensé que este sería nuestro destino —admitió Lottie, mirándolo a los ojos—, pero no cambiaría nada.

Alex inclinó la cabeza y besó suavemente su frente.

—Ni yo, mi amor. Esto es solo el comienzo.

Más tarde, cuando el sol ya estaba alto en el cielo, los jardines de la propiedad del duque se llenaron de vida. Había una gran manta extendida en el césped, rodeada de cestas de comida y risas que llenaban el aire. La familia y los amigos cercanos de Alex y Lottie estaban reunidos para celebrar no solo la llegada del bebé, sino también la nueva etapa que la pareja había iniciado juntos.

Lady Emilia, la madre de Lottie, estaba presente en la celebración, pero su actitud había cambiado significativamente. Había dejado atrás su intención de manipular a su hija y a Alex, y ahora veía la fortaleza de ambos con otros ojos. Durante el tiempo transcurrido, había sido testigo de cómo Lottie había encontrado el equilibrio entre su independencia y el amor, y cómo Alex había evolucionado hasta convertirse en un hombre enamorado y abierto, capaz de compartir su vida con una mujer que no solo respetaba, sino en quien confiaba profundamente.

Emilia caminó hacia Alex mientras él observaba el horizonte, su rostro sereno. Se detuvo a su lado y, en un tono suave pero sincero, dijo:

—Gracias, Alex. amar a mi hija como lo haces.

Alex, sorprendido por el comentario, asintió, comprendiendo que esta era una disculpa no expresada. Su relación con Emilia siempre había sido tensa, pero este momento marcaba un nuevo comienzo.

En algún momento del día, Henry se acercó a Alex, con una sonrisa que no pudo ocultar.

—Quería pedirte algo —dijo Henry—. Espero que me des tu permiso para cortejar a tu suegra. No lo haré sin tu bendición, después de todo, ya has pasado por mucho por mi culpa. —Su tono era bromista, pero había una seriedad en sus ojos.

Alex rió con ganas, sorprendido pero feliz de ver a su amigo tan encantado.

—Tienes mi bendición, Henry. Pero ten cuidado, Emilia no es una mujer fácil —respondió con una mirada traviesa, palmeando el hombro de su amigo.

—Bueno, eso es seguro. ¡Es tu hermana! —ambos hombres se echaron a reír.

En un espacio cercana, apartadas del bullicio, Victoria, la fiel amiga de Lottie, y la duquesa compartían un momento privado, sentadas sobre el césped y observando el campo que se extendía ante ellas.

—Nunca pensé que terminarías aquí, Lottie —dijo Victoria, sonriendo—. No de esta manera, al menos. Pero debo decir que ver tu relación con Alex me ha hecho replantearme muchas cosas. Siempre pensé que el matrimonio era una prisión para mujeres como nosotras, pero tú me has demostrado lo contrario.

Lottie la miró con cariño. Victoria siempre había sido un espíritu libre, y saber que su amistad había tenido un impacto tan profundo la conmovió.

—El matrimonio no es fácil —admitió Lottie—. Pero si encuentras a alguien que respete quién eres, como Alex lo ha hecho conmigo, entonces es algo hermoso.

Victoria asintió pensativa.

—He estado pensando... tal vez, algún día, me case. Pero solo con alguien que entienda que nunca dejaré de ser quien soy.

Lottie rió suavemente.

—Es lo que mereces, Victoria. No aceptes nada menos.

Más tarde, en un rincón apartado del jardín, Emilia se acercó a su hija para una breve conversación privada.

—Lottie, quiero que sepas que, aunque mis métodos no siempre fueron los mejores, todo lo que hice fue porque quería lo mejor para ti. —dijo Emilia, con una sinceridad poco común en ella.

Lottie la observó en silencio por un momento antes de responder.

—Lo sé, madre. Y aunque no siempre estuvimos de acuerdo, he aprendido mucho gracias a ti.

Emilia, a pesar de seguir siendo algo manipuladora, había aprendido a respetar a su hija y su matrimonio. Su relación era más cercana que nunca.

Finalmente, el padre de Charlotte, Lord Andrew, observaba todo desde la distancia, con una sonrisa de satisfacción. Ver a su hija feliz y establecida con un hombre que la amaba y la respetaba le daba una tranquilidad inmensa. Había llegado el momento de que Lottie construyera su propio hogar y su propia vida, y él no podría estar más orgulloso.

El futuro para Alex y Lottie se vislumbraba brillante, lleno de amor, respeto y nuevas aventuras, con una familia y amigos cercanos que siempre estarían a su lado.

Una mañana hermosa y tranquila, mientras Lottie disfrutaba de su nuevo estado de maternidad, con su pequeño en brazos, pensaba en todo lo que había sucedido en tan solo un año. Pensaba en Beatrice Fairfax, que tras su derrota social marcó su destino por su incapacidad de aceptar que había perdido a Alex para siempre. A pesar de sus intentos anteriores por recuperarlo y sabotear su relación con Lottie, las circunstancias cambiaron drásticamente después del juicio contra Lord George y el matrimonio consolidado de Alex y Lottie.

En una última aparición durante una fiesta en la alta sociedad, Lady Beatrice intentó lanzar un último ataque verbal contra Lottie, dejando caer un comentario hiriente sobre su "aventura con Charles Wentworth" pero nadie le creyó sobre todo cuando sabían que era una mujer dolida y despechada. Lottie, sin embargo, actuó con elegancia, y desechó sus palabras sin darles importancia, demostrando que no solo había ganado el respeto de la sociedad, sino también de su esposo y de aquellos cercanos a ellos. Esta confrontación pública fue el golpe final para Beatrice, quien se dio cuenta de que ya no tenía el poder de influir en el mundo de Alex ni en la vida de Lottie.

Después de ese incidente, Lady Beatrice se retiró gradualmente de la vida social de Londres. Aunque no cayó en desgracia completa, su estatus se vio severamente afectado, y muchos en su círculo comenzaron a distanciarse de ella. Su reputación, una vez impecable, se desmoronó lentamente, y pasó a ser vista como una figura solitaria y amargada, y sobre todo capaz la mejor reputación de alguien con su lengua afilada.

Con el tiempo, Lady Beatrice optó por retirarse a su propiedad familiar en el campo, lejos de los rumores y las miradas críticas de la alta sociedad londinense. Aunque intentó mantener algo de su antiguo esplendor, su vida ya no tenía la misma relevancia, y quedó relegada al margen de los eventos importantes. Sin embargo, seguía siendo invitada ocasionalmente a algunas reuniones sociales menores, pero siempre como una sombra de lo que alguna vez fue. Años después se casó con un americano y se fue a vivir muy lejos de Inglaterra.

En cuanto a George, después de que la Cámara de los Lores descubriera su verdadera identidad y se revelara que no tenía una gota de sangre noble, su caída fue rápida y brutal. Al ser desenmascarado como un fraude, su título fue revocado inmediatamente, y perdió cualquier derecho a los privilegios de la nobleza. Esto, sumado a las pruebas de fraude financiero y conspiración que se presentaron durante el juicio, dejó su reputación y su vida en ruinas.

La Cámara de los Lores, en su intento de mantener la integridad del sistema nobiliario y evitar mayores escándalos, fue implacable. George fue acusado de múltiples delitos, incluyendo fraude y apropiación indebida de fondos. La exposición de sus crímenes y su falsa identidad causó un gran revuelo en la sociedad londinense. Los acreedores y aquellos a quienes había estafado comenzaron a perseguirlo legalmente para recuperar lo que les debía.

Sin protección alguna y sin apoyo en la alta sociedad, George fue sometido a un juicio penal público. La sentencia fue severa: condena a prisión por sus delitos de fraude, estafa y falsificación. Sus activos fueron embargados para pagar parte de sus deudas, aunque no fue suficiente para reparar todo el daño que había causado.

El escándalo fue tal que su nombre quedó manchado para siempre, convirtiéndose en una advertencia en los círculos de la nobleza sobre las consecuencias de vivir una vida basada en mentiras y engaños. Las conexiones que George había mantenido en la alta sociedad desaparecieron rápidamente, y quienes alguna vez lo habían apoyado se distanciaron para evitar ser asociados con su ruina.

En prisión, George Ashford vivió sus días en la más absoluta soledad y desprecio, sin el poder ni las riquezas que alguna vez había disfrutado. Su caída fue un recordatorio para todos de la fragilidad de las apariencias y cómo la verdad, eventualmente, siempre sale a la luz.

Incluso las cosas con Charles Wentworth habian cambiado mucho. Después de recibir la carta de Lottie, Charles quedó devastado. Al leer las palabras firmes y sinceras de ella, comprendió que, sin importar cuánto deseara lo contrario, Charlotte jamás dejaría de ser fiel a su esposo, y su afecto por Alex era inquebrantable.

El primer impulso de Charles fue la rabia. Durante años, había albergado sentimientos de competencia y resentimiento hacia Alex, considerándolo un obstáculo que se interponía entre él y la mujer a la que deseaba. Sin embargo, al leer las palabras de Charlotte y enfrentarse a la verdad de sus propios sentimientos, la rabia comenzó a transformarse. Empezó a reflexionar sobre su vida, sus deseos y el odio infundado que había acumulado hacia Alex.

Con el tiempo, decidió tomar un paso inesperado: se retiró de la vida social de Londres y emprendió un largo viaje al extranjero, buscando encontrar un propósito y redescubrirse. Viajó a Grecia y luego a Italia, donde encontró consuelo en la belleza de esos lugares y la serenidad de una vida lejos de las intrigas y la competencia de la sociedad londinense. Y allí finalmente encontró el amor con una viuda respetable a la que desposó y con la que decidió quedarse a vivir en Italia.

MIENTRAS ESTABA SUMIDA en sus pensamientos y observaba en detalle la perfección de aquel pequeño ser en sus brazos, no se dio cuenta de que su esposo estaba detrás de ella.

—¿Por qué tan pensativa?—le susurró al oído y le dio un beso en la mejilla haciéndolo sonreír.

—Solo meditaba sobre tantas cosas que han pasado en tan poco tiempo y lo feliz que soy ahora.

Alex se sentó a su lado—yo tampoco puedo creerlo. ¿Recuerdas cómo empezó todo? —murmuró él, mirando a su esposa con una sonrisa nostálgica—. Siento que fue hace tanto tiempo, y al mismo tiempo, parece que fue ayer.

Charlotte le devolvió la sonrisa, recostando la cabeza en su hombro mientras acariciaba la pequeña manita de su hijo, quien emitió un suave suspiro en sueños.

—Lo recuerdo bien —contestó ella—. Jamás pensé que llegaríamos aquí, después de todo lo que pasó. Había momentos en los que no veía cómo podríamos salir adelante... pero aquí estamos.

Alex asintió, mirando el horizonte con una expresión serena.

—Y lo hemos hecho juntos. No hay un solo momento en el que haya dejado de agradecer el haberte encontrado, Lottie. Eres la razón por la que soy un hombre mejor. —La miró con intensidad, como si quisiera grabar cada detalle de su rostro en su memoria.

Charlotte sintió un nudo en la garganta, sus ojos llenándose de lágrimas de felicidad.

—Y tú, Alex... me diste todo lo que nunca imaginé tener. Me diste amor, comprensión y un hogar. —Ella tomó su mano y la apretó con ternura—. Y ahora, tenemos esta pequeña personita que me hace sentir completa.

Ambos miraron al bebé, que dormía plácidamente entre ellos, con una expresión de paz absoluta. Era la mezcla perfecta de ambos, y cada vez que lo miraban, sentían que todo había valido la pena.

—Nuestro pequeño milagro —susurró Alex, inclinándose para besar la frente de su esposa—. No podría pedir nada más. Tengo todo lo que necesito aquí. Charlotte cerró los ojos un instante, disfrutando de la calidez de su abrazo y la paz de aquel momento. Se sentía profundamente amada y segura, como nunca antes en su vida. Abrió los ojos y miró el paisaje, dejándose envolver por la belleza de ese día, del jardín que había sido testigo de tantas conversaciones y promesas entre ellos.

—Este es solo el comienzo, Alex. Quiero pasar el resto de mis días contigo, ver a nuestro hijo crecer y crear juntos tantos recuerdos como nos sea posible.

Alex sonrió, asintiendo con suavidad.

—Nada me haría más feliz, mi amor. —Volvió a besarla, sus labios rozando suavemente los de ella, en un beso lleno de amor y promesas.

Se quedaron así, abrazados en silencio, observando el hermoso paisaje, sabiendo que, tras todas las dificultades, habían encontrado su final feliz. Y con su pequeño en brazos, sabían que lo mejor de su vida apenas comenzaba.

FIN

Also by Amaya Evans

A Caça da a um Nobre"
Um Barão Desconfiado

Acuerdos Escandalosos
El Contrato Con El Duque

A La Caza De Un Noble
Mi Marqués Mentiroso
Los Pecados Del Conde
Mi Duque Atormentado
Mi Extraño Vizconde
Un Barón Desconfiado
Un Falso Caballero

Colección Extraordinarias
Madeleine
Amelia
Rose

Antes de Enamorarme
Antes de Desposarte

Standalone
Corazones Marcados
Ámame Sin Condiciones
Un Amor Vikingo
Chocolate
Un Dulce San Valentín
La Mujer Equivocada
Belle
Pasión Y Mentira
El Amor Vuelve en Navidad
Olvidando el pasado
Sin Secretos
Amor a segunda vista
Un Pasado Doloroso
Me Acuerdo
Un Lugar En Tu Corazón
Más Allá Del Color
Sueño Contigo
El Corazón De Bethany
El Amor Secreto Del Marqués
La Tentación Del CEO

Milton Keynes UK
Ingram Content Group UK Ltd.
UKHW030104081124
450874UK00001B/54

9 798227 631602